新潮文庫

破　獄

吉村　昭著

新潮社版

3741

破獄

時間半後に函館港に入った。岸壁には函館少年刑務所の所員が、夕食用弁当と茶を用意して待ち、一行は、それを受けとるとすぐに発車する函館本線の列車に乗った。沿線の樹林の中には、雪がひろがっていた。

日が没し、列車はすすんだ。男は眠りつづけていたが、看守たちは夜を徹して男を監視していた。

翌朝八時四十五分、列車は、終着の網走駅に到着した。プラットホームにおりると、刺すような冷気が体をつつみこんできた。市内は厚く雪におおわれ、空は青く澄んでいた。

出迎えの看守にみちびかれ、一行は、白い呼気を吐きながら駅の通用口を出ると、護送用のトラックに乗った。トラックは低い家並の間をぬけて、両側に田のひろがる雪道をすすんだ。

やがて、堀をめぐらした赤煉瓦の長い塀が見え、トラックは橋をわたると、網走刑務所と書かれた大きな木札のかかっている正門を入り、鉄扉がとざされた。すでに司法省から厳重警戒の要ありと指示されていた刑務所側では、看守長が待っていて男を獄舎に入れた。獄舎は五棟あって放射線状に建てられ、その中央に各獄舎が見おろせる高い監視所があり、男は、その一棟の中央の独居房に入れられた。それは、廊下を巡回する看守が最もひんぱんにその前を通りすぎる房であった。

刑務所では、さい果ての刑務所に送られて絶望的になっている入所者の気持をわずかながらもなごませるため、温かい素うどんをあたえることを習わしにしていて、男にも丼《どんぶり》がわたされた。入所者は例外なく喜んで涙ぐむ者もいたが、男は、無表情にうどんをすすっていた。

刑務所側では、たとえ要注意の囚人であるとはいえ、東京拘置所から五名の看守長をふくむ看守がついてきたことを幾分大袈裟《おおげさ》すぎると思う者もいた。網走刑務所は長期刑囚のみを収容し、大正五年に破獄事件があって以来、二十七年間、無事故を誇っていた。その事件は、五名の囚人が喧嘩《けんか》をよそおって脱獄をはかり、それを制止しようとした看守二名を殺害、一名に重傷をおわせ、四名は逮捕されたが一名は脱走した。その囚人も、山狩りにくわわった青年に猟銃で射たれ傷をおって捕えられ、重傷の看守は、退職後、傷が癒《い》えぬことに失望して自殺した。

刑務所の看守に対する教育は徹底していて、脱走事故をおこさぬ強い自信をいだいていた。が、司法省からのきびしい警告もあるので、所長命令によって房に入れた男に手錠と連鎖の足錠をつけるという類のない処置をとった。しかも、手錠、足錠は、特別に所内でつくられた頑丈《がんじょう》な鉄製のもので、重さは四貫匁《かんめ》もあった。

東京拘置所の看守長は、その処置に満足し、部下とともに翌朝五時五十分発の列車で引返していった。

司法省から網走刑務所長に送られてきた男の書類には、青森県生れ、佐久間清太郎、三十六歳、準強盗致死罪による無期刑囚で、脱獄歴二回としるされていた。準強盗致死の犯行をおかした佐久間を逮捕したのは、昭和十年二月に青森県警察部刑事課長に着任した三十二歳の桜井均《ひとし》であった。

桜井は、就任と同時に前任者と事務引きつぎをおこなったが、昭和八年春に県下で発生した準強盗致死事件が未解決のままであることを知った。

事件は、その年の四月八日午前二時頃におこった。

雑貨商浦川鶴吉《つるきち》方に覆面した二人の男がしのび入り、店内を物色中、隣室に就寝していた養子の由蔵《よしぞう》が物音に気づき、泥棒《どろぼう》、と叫んだ。男たちは逃げたが、腕力に自信のある由蔵は裸足《はだし》のまま追いかけ、一人を捕えて組み伏せた。他の男は、共犯者が捕えられれば自分の罪も発覚すると考えたらしく、引返してくると手にした日本刀で由蔵の背中に斬《き》りつけ、組み伏せられた男も下から短刀で刺し、盗んだ手袋とキャラメル数個を落して逃走した。由蔵は、青森衛戍《えいじゅ》病院にはこばれ手当をうけたが、右背部から肺臓に達する傷が致命傷になって六日後に死亡した。

青森警察署の係官が捜査にあたり、由蔵に事件当夜のことを質問した。が、重傷であるため十分な供述は得られず、犯人がいずれもスキー帽にゴム長靴《ながぐつ》をはき、組み伏せた男は三十五、六歳、日本刀で斬りつけてきた男は二十三、四歳と述べただけであった。

現場でのただ一つの手がかりは、残雪にしるされていた二人の足跡で、浜田村道を青森刑務所の方向につづいていたが、人通りの多い本通りで消えていた。署員は聞込みその他の調査をおこなったが、手がかりをつかむことができなかった。

事件後、三カ月ほどたった頃、強盗事件が県下につづいておこるようになった。賊は、深夜家にしのびこんで金品をあさり、家人が眼をさますと、

「おれは憲兵だ」

と叫び、家人がひるむすきに逃走するという大胆な犯行をかさね、憲兵強盗と俗称された。

やがて、六十一歳の男が、深夜張りこみ中の警察署員に逮捕され、犯行を自供した。取調べにあたった係官は、雑貨商の養子由蔵に重傷をおわせて逃げた二人組の男の足跡が消えたのが、ただ一軒建っている男の家の前であることに注目し、雑貨商養子傷

害致死事件と男をむすびつけた。

きびしい追及がおこなわれたが、男は、養子殺しについては頑強に否定し、犯行を裏づけるものも見いだせず、強盗罪のみで起訴され、前科もあったので十年の判決をうけ、横浜刑務所におくられ服役した。警察署では、自白こそ得られなかったが、男が養子殺し事件の犯人であるとみる者が多く、養子殺し事件の捜査を打ちきった。

新任の桜井刑事課長は、憲兵強盗と称された男の調査内容を検討した結果、養子殺し事件とは無関係であると断定した。

桜井は、自分の手で事件を解決したいと考え、先入観にとらわれぬよう当時の捜査員から話をきくこともせず、第一歩から捜査に入った。

まず、殺された由蔵の養父浦川鶴吉の家におもむき、鶴吉から当夜の事情を聴取した。鶴吉は、事件を曖昧《あいまい》に処理した警察に強い不信感をいだいていたので、桜井の訪れを喜び、質問に答えた。しかし、その話からはなんの手がかりも得られなかった。

桜井は現場にもゆき、残雪に二人組の足跡がつづいていたという地を歩き、それが消えた場所に憲兵強盗と称された男の家があることも知った。

かれは、捜査をすすめながら、十件近くつづいておこっている土蔵破りと関連があるのではないか、と考えた。それは、大地主の家の堅牢《けんろう》な土蔵の錠を日本刀でえぐりとって扉《とびら》をひらき、高価な物品をうばう事件であった。使用した日本刀は刃がかけてしまっているので現場に捨て、しのびこんだ土蔵から新たな日本刀を持ち出して次の犯行に使うという手口であった。現場に指紋はなく、手袋をはめて犯行をかさねているものと推測された。

桜井は、雑貨商の養子傷害致死事件も土蔵破りも日本刀が使われていることから、土蔵破りの犯人を逮捕すれば、事件解決の糸口がつかめるかも知れない、と考え、捜査員を投入して犯人の検挙に力をそそいだ。

その年の夏、岩手県警察部から盗品のうたがいの濃い物品の照会があった。それは金、銀をつかった櫛《くし》、簪《かんざし》、手鏡などで、盛岡市内の質店に幼児をつれた男が質入れしたが、質店の主人が、男には分不相応な品物とうたがい、ひそかに盛岡警察署に通報し、男は署員に連行された。が、男は盗品であることを否定し、曖昧な供述をしているという。照会をうけた青森警察署でしらべた結果、県下屈指の大地主の別荘の土蔵から盗まれた品々で、娘の嫁入り道具の一部であることがあきらかになった。

男が土蔵破りの犯人であることはうたがいの余地がなかったが、桜井刑事課長は困惑した。都道府県の警察署間では、管内で検挙した者は、その地の警察署の権限として処理するのが習わしになっていた。それは広域捜査を不可能にしていたので、司法省訓令によって、要請があった場合には他の地域の警察署に犯人引きわたしをするよう指示されていた。それも、指名手配の届出の出されている犯人にかぎられていた。

盗品を質入れして連行された男は、青森県警察部から指名手配されていたわけではなく、当然、岩手県警察部で取調べをうけた後、土蔵破りの罪で送検され、判決がくだされることになる。そのようなことになれば、二年四カ月前におこった養子傷害致死事件の手がかりをつかむことはできず、事件は迷宮入りになるおそれがあった。

桜井は、岩手県警察部刑事課長板橋長右衛門《ちょうえもん》と面識があったので、電話をかけて事情を説明し、男の身柄引きわたしを要請した。全国最古参の刑事課長で雅量のゆたかな板橋は諒承《りょうしょう》し、自力で検挙した犯人を他の県に引きわたすことに反対する盛岡警察署員を説得し、桜井に身柄を受けとりにくるようつたえた。

桜井は、すぐに係官数名を盛岡警察署におもむかせ、留置中の佐久間清太郎二十八歳を列車で移送、青森警察署に留置した。その間、佐久間の身辺があらわれたが、かれは、幼い頃父親に死別して親戚《しんせき》にあずけられ、成人後、魚を売り歩き、ついで店をかまえて豆腐商をいとなんでいた。魚を売っていた頃は値段が安く、豆腐も他の店より大きいので、周囲の者からは誠実な商人として好感をいだかれていたという。家宅捜索もおこなわれたが、すべて処分したらしく盗品は発見されなかった。

桜井は、ただちに県警察部刑事課の取調室で佐久間を訊問《じんもん》し、佐久間は連続的に土蔵破りをおこなっていたことを自供した。ついで桜井は、日本刀を使用するという手口から養子傷害致死事件についてきびしく追及した。が、佐久間は頑強に否定し、自白に追いこむ証拠もないので取調べは空転した。

桜井は断念しかけたが、二人組の犯人がのこした残雪の上にしるされた足跡から、手がかりをつかむことができるかも知れぬ、と思った。足跡は、現場から憲兵強盗と称された男の家の前までつづいていた。犯人たちは、そこから本通りに出て逃走したことはあきらかだが、深夜であったので目撃者はいなかった。しかし、足跡の消えた場所の家に住んでいた憲兵強盗と称された男が、残雪の上を走ってきた二人組の男たちを見た確率は高いと考えられた。前科のある人間の特性として、他の事件について述べることを避ける傾向が強く、目撃していながら口をつぐんでいるとも推測された。

服役中の男を青森市まで呼び寄せることは至難のことであったが、桜井は、青森地方検事局主任検事に事情を説明し、要請した。主任検事は、それを容《い》れ、手続きをとって男を列車で護送し、十二月二日夜、青森刑務所柳町支所に移監した。

翌日、桜井は、県警察部刑事課取調室で男を訊問した。男は、青森市へ移送された理由を知らず不安そうな表情をしていたが、二人組の男を目撃したか否《いな》かを問うと、目撃していないと述べ、なおも追及したが答は同じであった。

桜井は、自分の推測がはずれ、唯一《ゆいいつ》の手がかりもうしなわれたことに失望した。服役中の男をいつまでも青森市にとどめておくことはできず、横浜刑務所へもどすことになった。

男が立ちあがり、看守と署員にともなわれて取調室の外に出てゆく。桜井は、入口に出て支所へもどってゆく男を見おくった。

廊下を取調室にむかって歩いてくる佐久間が、男とすれちがった。桜井は、佐久間の顔からかすかに血の色がひくのを見た。無表情な佐久間の顔に、初めてあらわれた表情らしい表情だった。

取調室に入って椅子《いす》に坐った佐久間は、落着かぬような眼《め》をしていた。むかい合って坐った桜井は、しばらくの間黙って佐久間の表情をうかがっていた。桜井は、佐久間の内部になにかがおこっていることを敏感に察していたが、それがなんであるかはわからなかった。

かれは、煙草《たばこ》をとり出し佐久間にあたえて火をつけ、自分も煙草を手にした。

「どうだ。ここらでもう話をしたら……」

かれは、おだやかな口調で言った。

思いがけず佐久間が、かすかにうなずいた。

桜井は、自分の頬《ほお》が不意にゆるむのをおさえながら、おもむろに事件の夜のことをたずねた。佐久間が、問われるままに低い声で話しはじめ、部下が驚きの表情をみせながら調書に筆を走らせた。

桜井は、訊問を部長刑事にまかせて佐久間が自供に転じた理由を考え、それが偶然によるものだということに気づいた。佐久間は、憲兵強盗と称された男が養子傷害致死事件の嫌疑《けんぎ》をかけられたことを新聞記事で知り、さらに容疑の原因が男の家のかたわらで足跡が消えていたことによるものであるのも知ったはずであった。その後、男が強盗罪のみで起訴され、刑が確定して横浜刑務所におくられた記事も読んだにちがいなかった。

佐久間は、その日、取調室から出てきた男とすれちがい、動揺した。服役中の男が遠く横浜刑務所から青森県警察部におくられてきたのは、刑務所内で自分と共犯者が逃げるのを目撃したことをもらし、桜井がそれを確認するために呼び寄せたのだ、と思いこんだのだろう。突然のように自供をはじめたのは、言いのがれができぬと観念したからにちがいなかった。

桜井は、自分の推測があたっていることをたしかめるため、

「憲兵強盗に見られたのが、運のつきだったな」

と、言ってみた。

佐久間は、顔をゆがめるとうなずいた。

やはり、そうだったのか、と思った。もしも、佐久間が男と廊下ですれちがわなければ、事件は再び迷宮入りになっただろう。偶然が思わぬ結果をうんだのだが、男を横浜刑務所から移送することまでして解決につとめた自分の熱意が実をむすんだのだ、とも思った。

佐久間の口から共犯者の氏名ももれ、ただちに係官が逮捕にむかって、夕方、刑事課に連行した。共犯者は四十四歳の男で、由蔵に組み伏せられ、下から短刀で突いたことも自供した。

事件は解決し、佐久間と共犯者は送検され、青森刑務所柳町支所に拘留された。

昭和十一年があけ、青森地方裁判所で審理がすすめられ、佐久間は死刑、共犯者は懲役十五年を求刑された。

その頃《ころ》、日本の海軍軍縮会議からの脱退宣言があって、国際情勢が一層悪化し、世情は暗かった。それにつづいて二月二十六日、歩兵第一、第三連隊を主力に近衛《このえ》歩兵第三連隊、野戦重砲兵第七連隊の一部をふくむ約千四百名の将兵が、武力蜂起《ほうき》した。

かれらは大臣官邸その他をおそい、蔵相高橋是清《これきよ》、内大臣斎藤実《まこと》、陸軍教育総監渡辺錠太郎等《ら》を殺害、政府はこれを叛乱軍《はんらんぐん》として鎮圧を命じ、三日後に将兵は帰順した。

東京でのこの事件は、ただちに全国の警察機関に通報され、青森県警察部でも内務省命令で県下全警察署に署員の非常招集を発令した。

青森歩兵第五連隊には、皇道派にぞくす過激な青年将校がいて、東京の蹶起《けっき》部隊に対し、「師団ハ、我等ト共ニ行動スル態度ニアリ」「今回ノ蹶起ヲ契機ニ革新ニ邁進《まいしん》サレタシ」と打電し、県警察部ではその電文を入手し、内務省に通報した。内務省警保局長からは、青森歩兵第五連隊が上京して蹶起部隊に合流するという説がしきりなので県警察部は厳重警戒し、上京の動きがみられた折には全力をあげて阻止するよう努力せよ、という通達があった。

県内でも連隊が積極的な行動をおこすという風評がもっぱらで、人心の動揺ははげしかった。県警察部は、全警察官を動員して連隊の動きを警戒したが、連隊内に入ることはできず兵舎の外にひそかに人員を配置して内部の動きをさぐり、連隊外に出る将兵を尾行した。また、連隊の上京阻止の方法として、青森駅長をまねき、連隊の将兵が列車を出せと命じた場合には生命をかけても絶対に応じてはならぬ、とつたえた。連隊の将兵が県庁を占拠するという説もながれ、小林光政知事は県庁職員全員をあつめ、将兵が占領にきても職場を放棄してはならぬ、と訓示した。

叛乱部隊が鎮圧された後も不穏な空気はのこり、三月六日に警保局長から県警察部に、
一、極左分子ノ軍ニ対スル流言飛語ソノ他ノ策動ニ対シテハ、特ニ厳重取締ヲ励行スルコト
一、右翼団体ノ行動ニ関シテモ同様監視ヲ厳重ニシ、怪文書ノ横行ニ就《つい》テハ即時処罰スルト共ニ、コレガ絶滅ヲ期スル為《ため》万全ノ策ヲ講ズルコト
という指令があった。

県警察部では、第五連隊の監視をつづけるとともに県内の右翼団体の内偵を強化した。

青森市内の雪は消え、桜が開花し、散った。

その頃、新聞にお定《さだ》事件の記事が掲載され、市民の大きな話題になった。男の陰部を切りとって逃げたというお定の行為が強い関心をひき、二・二六事件の重苦しい空気がわずかながらもうすらいだ。

そうした中で、県警察部刑事課長桜井均は、部下とともに職務にはげんでいた。

六月十八日早朝、官舎に電話がかかってきた。妻が電話口に出て、青森警察署から

だとつたえた。

受話器をとると、

「佐久間が、柳町支所から逃げました」

という甲高い声がきこえた。

桜井は、絶句した。刑務所からの逃走は、構外作業中または護送中にかぎられると言ってよく、構内からの逃走は雑居房の囚人たちが集団の力を利用して実行する例が稀《まれ》にみられるにすぎない。その点、佐久間は、死刑を求刑された未決囚として独居房に収容され昼夜厳重な監視下におかれていて、脱獄したとは信じがたかった。

「逃走時刻は？」

桜井がたずねると、五時二十分から三十分の間で、発見時刻は五時三十分だという。

桜井は、時計の針が五時四十分をさしているのをたしかめ、あわただしく官服を身につけると、近くの青森警察署に急いだ。すでに署長が出署し、緊急招集された署員があつまってきていた。

署長の依頼で、直接の捜査指揮を桜井がとることになり、桜井は、佐久間が脱獄してから時間も経過していないので、ただちに最もせまい範囲に警戒網をしく第一号非常線の配置を緊急指令した。署員が電話で各巡査派出所にその旨《むね》をつたえ、青森市を包囲する非常線が張られた。

桜井は、佐久間の逮捕は時間の問題だと思った。青森港は北洋漁業の最大の水揚げ場になっていて、毎日午前四時頃から国道の南側の地域に住む何千人という浜で働く者たちが、国道をこえて北の方向にある浜へ歩いてゆく。いわば大移動があるのだが、柳町支所を脱獄した佐久間は、その人の流れにさからうように逃げることになる。当然、佐久間の姿は多くの者たちの眼にとまっているはずであった。

桜井は、柳町支所に電話で佐久間の脱走時の着衣その他を問い合わせ、銘仙の黒格子縞《くろこうしじま》の角袖《かくそで》の袷《あわせ》を着、頭は坊主《ぼうず》刈《が》り、髭《ひげ》は剃《そ》ってあって身長五尺二寸であることをたしかめた。そして、出動命令を待っていた署員にそれをつたえた。

署員たちは、あわただしく署を走り出て、警察自動車、サイドカーに分乗して国道から浜の方面に散っていった。また青森刑務所でも、所員六十名が総動員され捜索行動をおこしていた。

警察署には県警察部長池田長吉をはじめ各課長がぞくぞくと駈《か》けつけ、二階の司法調室に捜査本部が設置された。その頃、はやくも新聞記者たちが署に押しかけ、署長は、脱獄時間の関係からみて市内に潜伏中である、と発表した。佐久間が逃走中に犯行をおかすおそれもあり、市内の各消防組、在郷軍人会、青年団に事件の発生をつたえ、警戒にあたるよう電話で依頼した。これによって、それらの団体で自警団が組織され、各地域ごとに非常警戒にあたった。脱獄事件の発生は、それら団体への依頼でたちまち市民の間にひろまった。

午前十時すぎ、担当検事立合いのもとに現場検証がおこなわれることになり、桜井も、池田県警察部長や青森警察署長らと青森刑務所柳町支所におもむいた。そこにも新聞記者がつめかけ、かれらの質問をあびながら所内に入った。

内部には異様な空気がひろがり、支所長をはじめ幹部の者たちの眼は血ばしり、顔は青ざめていた。

支所長が、桜井たちを現場へ案内した。そこには、その夜の当直看守二人が血の気のうせた顔で立っていた。

佐久間の収容されていた独居房の鉄格子の扉《とびら》は、錠を合鍵《あいかぎ》であけたらしく、自由に開閉できるようになっていた。佐久間は房を脱出した後、廊下の扉も鍵であけ、外部に逃走したものと断定された。

当直看守がまねかれ、訊問がおこなわれた。かれらは、ふるえをおびた声で事情を説明した。看守の交替時刻は午前一時で、次の看守が勤務をひきついだ。房を巡視する看守が佐久間の房の前を通過し引返してくるまでの時間は約十分で、五時三十分に房の内部をのぞいた。佐久間は寝ているはずであったが、幾分掛けぶとんの盛りあがりが少いような気がして声をかけた。しかし、何度くりかえしても返事がないので、午前一時に交替した看守をおこして鉄扉《てつぴ》をあけ房内に入ってみると、ふとんの中には箒《ほうき》、バケツ、雑巾《ぞうきん》、枕《まくら》などがあるだけだったという。

桜井は、脱獄が計画的なものであるのを感じた。が、合鍵の入手法、看守に感づかれず逃走した方法が検証ではあきらかにすることができなかった。おそらく佐久間は綿密な準備のもとに想像をこえた方法で脱獄したものにちがいなかった。

検証を終え、桜井は池田警察部長たちと青森警察署にもどり、捜査員からの報告を待った。

午後一時二十分、市内の寺に佐久間があらわれたという第一報が入り、ただちに署員が車で急行し、捜査本部も寺の近くの巡査派出所に移動した。寺に一人の男が姿をみせ、空腹だと言って食物をこい、あたえると去ったが、佐久間らしい、という。署員と自警団が男の去った方面を包囲、二時には全市に警鐘が打たれ、消防自動車で消防組員がぞくぞくとあつまった。

桜井は、住職夫人に質問をくりかえしたが、容貌《ようぼう》が似ているとはいえ言葉に東京訛《なま》りがあり、さらに着衣、体格に相違点があって佐久間ではない、と断定した。

再び捜査本部は警察署内にもどされたが、その頃から佐久間らしい男を見たという情報が殺到しはじめ、その都度、署員が派遣されたが、いずれも人違いであった。また、市内に、佐久間が出刃庖丁《ぼうちょう》で警察官を刺殺し逃走したという流言もながれた。日が没し、市民は家をかたくとざして人通りは絶えた。町角には提灯《ちょうちん》を手にした自警団がつめ、捜査員は空屋、倉庫、空船、家の床下などを徹底的にさぐった。

桜井は、支所から報告された脱獄時刻に疑念をいだくようになった。その時刻に逃走すれば、浜で働くために移動中の者たちの多くに目撃されたはずだが、それらしい男を見たと証言する者はいなかった。

かれは警察部長と警察署長に看守の再調査を進言し、諒承を得て、支所におもむくと支所長立合いのもとに二人の看守に質問をおこなった。かれの関心は、午前一時に勤務を終えて就寝した看守に集中し、ようやく一つの空白時間があったことを聴き出した。

看守は責任をおわされることをおそれて言を左右にしていたが、桜井の追及に屈し、ささいではあるが職務規定にそむいていたことを口にした。交替時には、次に勤務する看守をおこして引きつぎをし、それを終えてから用をたすなどして宿直室で就寝するさだめになっていた。が、かれは、一刻も早く眠りにつきたく、交替時刻前に用をたし、その後、交替看守をおこして就寝するのを常としていたという。

かれが用をたしている間は、巡回する者がなく無監視状態になり、その間に佐久間が逃走したと推定された。桜井は、佐久間が看守たちの動きをひそかに観察し、その看守が他の看守とちがった交替方法をするのを知り、かれの当直の夜をねらって実行にうつしたにちがいない、と思った。

桜井は、ただちに捜査本部に引返し、討論の末、かれの強い主張で県下全域に警備態勢をしく第三号非常線の設置を発令し、翌朝四時に全非常線の配置を完了した。

その日も情報がつぎつぎに寄せられたが、午後三時に佐久間と人相、着衣の完全に一致した男が山間部に入っていったという有力情報が入った。

捜査本部では、その男が佐久間と断定、警察官百九十名、消防組員五十名を動員し、翌二十日午前四時を期して一斉《いっせい》に山狩りをおこなった。その結果、警察官の一隊が山間部の共同墓地で空腹のため疲れきっていた佐久間を発見、逮捕した。

午前八時、佐久間は自動車で青森警察署に護送されたが、署の前には市民が押しかけ、さらに刑務支所にうつされる時には市民の数が増して立往生するほどであった。

脱獄についての取調べがおこなわれ、桜井も同席した。

脱獄時刻は、桜井の推定通り看守が用をたしにいった午前零時五十分から一時までの間で、外塀《そとべい》を乗りこえて逃走したことがあきらかになった。

合鍵づくりについては、驚くべき方法がとられていた。かれは、入浴時に手桶《ておけ》にはめられていた金属製のたがをひそかにはずして房内に持ち帰り、かくした。ついで、入浴後、房に入る時に湯でふやけた掌《てのひら》を錠の鍵穴に強く押しつけ、その型をとり、さらに入浴中、臀部《でんぶ》をあらうふりをよそおってたがを床のコンクリート面で摩擦し、合鍵をつくった。巡回する看守が廊下を遠ざかった折に、それを鍵穴に入れて錠があくのをたしかめ、交替引きつぎの前に必ず用をたしにゆく看守の当直の夜を待ち、実行にうつした。また、その看守がきびしい扱いをするので当直の夜に脱獄し、看守を窮地におとし入れてやろうと考えていたともいう。

桜井は、あらためて佐久間の計画性と頭脳の冴《さ》えを感じた。

柳町支所では、佐久間の再脱獄をふせぐため独房内に入れた後も頑丈《がんじょう》な革手錠をかけ、看守を増員して監視にあたった。また、服務規定をおろそかにした看守を免職にし、午前一時に交替して勤務についた看守も、五時半まで佐久間が房内にいないことに気づかなかった責任を問うて、二カ月間減俸《げんぽう》二割の処分をした。

佐久間に対する青森地方裁判所での審理が再開されたが、或《あ》る蒸し暑い夜、佐久間の房をのぞいた巡回中の看守が、意外にも革手錠をかけていたはずの佐久間がふとんをはぎ、両手を左右にひろげて寝ているのに気づいた。

看守は驚き、詰所に走って非常ベルのボタンを押した。その音に、当直の看守長をはじめ看守たちが房の前に駈けつけて内部をみると、佐久間は再び革手錠で両手首をしめた姿で横になっていた。

この出来事に狼狽《ろうばい》した支所では、佐久間に足錠もつけ、監視を一層きびしくした。

八月二十八日、佐久間は、青森地方裁判所で無期懲役、共犯者は懲役十年の判決言いわたしをうけた。佐久間は、これを不服として控訴《こうそ》したが、十一月五日、宮城控訴院で第一審通り無期懲役を言いわたされ、刑が確定した。

かれは宮城刑務所に収監され、昭和十五年四月に東京小菅《こすげ》刑務所へ移監された。

二

小菅刑務所は、明治十二年、東京府下小菅村に内務省直轄《ちよつかつ》の東京集治監として創設された。

集治監は、維新後おこった佐賀の乱、神風連の乱、萩《はぎ》の乱、西南の役で逮捕された国事犯を投獄するためにもうけられた獄舎で、終身懲役囚、徒刑囚、流刑囚も収容されていた。が、東京集治監では激増する囚人を収容しきれなくなり、明治十四年以後、北海道の石狩川沿岸の密林内に新たにもうけられた樺戸《かばと》集治監に多くの囚人を移送した。

その後、内務省から司法省の管轄下にうつり、大正十一年十一月に小菅刑務所と改称された。翌年九月、関東大震災によって刑務所をかこむ煉瓦塀《れんがべい》がすべて倒壊し、獄舎もかたむいたり亀裂《きれつ》を生じたりして刑務所としての機能をうしなった。当時、収容されていた無期、長期刑囚千二百九十五名を荒川の土手に避難させ、軍隊の出動をもとめて警戒にあたり事故の発生をふせいだ。

昭和四年、新設計による庁舎と獄舎その他が六万坪の敷地に完成した。大きな鳥が羽をひろげたような斬新《ざんしん》な設計で、鳥の頭に似た形で立つ塔の先端には監視所がもうけられていた。鉄筋コンクリートづくりで刑務所としては異例のエレベーターの設備もあり、庁舎と獄舎は回廊で通じ、いくつもの鉄格子の扉で仕切られていた。建物をかこむ塀は高く、四隅《すみ》は囚人がよじのぼって逃走できぬように内側に湾曲し、監視所ももうけられ、銃を手にした看守が警戒にあたっていた。

宮城刑務所から移送された佐久間は、独居房に収容された。かれの身分帖《ちょう》には、青森刑務所からの脱獄歴と、逮捕された後、逃走防止のためはめた革手錠を巧みにはずしたことがしるされていた。また、宮城刑務所内で金属製の手錠をねじ切ったという報告書も添えられていて、最も厳重な監視を要する囚人として扱うように、という注意書きが書きとめられていた。

小菅刑務所では、その警告にもとづいてまず佐久間を収容する房について検討した結果、特別な方法を採用した。舎房の端にある房には模範囚を二名入れ、次の房に佐久間を収容し、次の房は空房とした。もしも、佐久間が逃走を目的に鉄格子の切断などをくわだてた場合、その物音を耳にした模範囚がそれを看守にしらせる方法がとられた。隣接の房を無人にしたのは、看守がその空房に入って壁ごしに佐久間の房の気配をうかがうことができるようにしたのである。

佐久間の逃走を許せば、刑務所長以下関連の者は処罰され、それは、職歴の汚点になって将来に重大な影響をあたえる。殊《こと》に、直接関係した看守は最悪の場合は免職、軽度の場合でも減俸の罰をうける。それを避けるために刑務所では、佐久間に対して徹底的な監視態勢をしいた。

監視には、勤務成績最優秀の看守四人をえらび、戒護主任の職にある浦田進看守長が、直接指揮にあたった。通常、舎房を巡回する看守は十五分ごとに房の内部をのぞくようになっていたが、房の外の通路に常に一名を配置して、対面監視の方法がとられた。また、浦田もひんぱんに房の外におもむき、部下の報告をうけた。

房内の収容者に手錠、足錠をかけるのは逃走のおそれが十分に予想される場合か、または暴力をふるった場合のみにかぎられていた。刑務所内では、破獄歴のある佐久間に手錠をほどこすべきだと主張する者もいたが、佐久間は入所してから静かに正坐《せいざ》し読書したりしていたので、そのような処置をとる理由は見いだせなかった。もしもそれを強行すれば、獄則法に違反したかどで刑務所長が責任を問われる。そのため足錠はもとより手錠をかけることもしなかった。

三年前から中国大陸でくりひろげられていた戦争は拡大の一途をたどり、東アジアでの日本の勢力の伸展をおそれた米英両国との国際関係は険悪の度を増していた。さらに前年の九月には、ドイツ軍のポーランド侵攻によって第二次世界大戦が勃発《ぼっぱつ》し、十五年に入るとデンマーク、ノルウェー、オランダ、ベルギーがドイツの軍政下に入りフランスへの攻撃も開始され、六月十四日にパリの陥落によってフランスはドイツに屈した。日本は、米英両国への対抗策としてドイツ、イタリアと三国同盟を締結し、その対決は一層深まっていた。

刑務所内にも戦時色は濃く、所内にある工場では弾薬箱、救急箱、木銃、軍服、戦闘帽、看護服、火薬缶、軍靴《ぐんか》、馬具などがさかんにつくられ、陸、海軍に納入されていた。また、全国の刑務所では、一般男子の出征、入営や軍需工場への徴用による労働力不足をおぎなうため、多数の囚人が軍事施設の工事に動員されていた。

昭和十三年六月、海軍省からの要請によって、網走《あばしり》刑務所に近い美幌《びほろ》ですすめられていた海軍の飛行場建設工事に千二百六十名の囚人が作業に従事し、工事を完了させていた。

この成果に注目した海軍省は司法省に対して、翌十四年九月、日本の委任統治領であるマリアナ群島のテニヤン島、マーシャル群島のウォヂェ島の飛行場建設に二千名の囚人の派遣をもとめた。

司法省行刑局では、二千名の囚人をそろえることは非常に困難であるとして難色をしめした。また、囚人が刑務所外で作業をするのは国内にかぎるという監獄法があり、法律的にもその実施は不可能であった。が、この点については、島につけた船を囚人の宿舎とし、それを国内に見たてて毎日上陸して島の作業現場にかようなら違法ではあるまいという解釈を立て、戦時下の特例としてそれをみとめた。

行刑局では、とりあえず両島に視察員を派遣したが、最も危惧《きぐ》された囚人の逃亡については島が一つの刑務所とも考えられ、そのおそれはないということになって、司法大臣命令で実施を決定した。

難問である囚人の選定について、囚人の中から希望者をつのったところ定員を上まわる二千六百六十六名が応募してきた。思いがけぬ結果によろこんだ行刑局では、審査をおこなって適格者二千名をえらび、南方赤誠隊という名称のもとに作業隊を編成した。

昭和十四年十二月八日、東京芝浦から第一陣が出発し、その後、テニヤン、ウォヂェ両島に千名ずつがおくりこまれた。

船を宿舎とするのは名目上のことであったので、島内に簡素な獄舎がつくられ、囚人をそこに収容して飛行場建設工事に入った。

看守たちが最も警戒したのは、囚人の暴動と逃亡事故の発生であった。初めの計画では、囚人三名に看守一名が監視にあたることになっていたが、予算等の関係で十名に一名の監視率になっていた。そのため非常事態にそなえて拳銃《けんじゅう》、騎銃が配布されたが、作業現場には工事用のシャベル、ツルハシ、鉄棒などの危険物があって、ひとたび騒擾《そうじょう》がおこればたちまち島が囚人の手中におちることはあきらかだった。

隊の指揮をとる看守長は、折にふれて工事が国家的事業であることをかれらに訓示し、厳重警戒する一方でかれらの精神状態を安定させるため給養面にも意をはらったので、際立《きわだ》った不祥事はおこらなかった。

それでも、両島で三件の逃走事故が発生し、殊に昭和十五年四月十五日にテニヤン島でおきた事故では二名の囚人が死亡した。

その日の午前十一時二十分頃《ごろ》、昼食のため全員を獄房にもどしたが、二名の囚人が職員に宿舎の仕事をするようたのまれたと申出たので、担当の看守はかれらを房から出した。

やがて午後の作業がはじまり、担当の看守は、午後一時二十分頃、二人の姿が見えぬことに気づき、仕事をたのんだという職員のもとにいったが、その事実はないことがあきらかになり、隊の本部に逃走を報告した。本部では、ただちに全囚人を獄舎にかえし、全島にわたって捜索をおこなった。日没後も囚人の姿を追いもとめたが効果はなく、翌十六日午前八時二十分頃、農民が、家の裏口からしのびこんで握り飯二個、缶詰一個を盗んでいるかれらを発見し、捜索隊に通報した。

二人は丘の傾斜をのぼって逃げたが、捜索隊に包囲され甘藷畠《かんしょばたけ》に追いつめられた。看守部長と看守が二十メートルの位置まで近づいた時、一人の囚人が手にしていたダイナマイトを発火させ、逃げようとしている他の一名を呼びもどし、ダイナマイトの上におおいかぶさって抱き合った。看守部長と看守が驚いて数歩後退した時、ダイナマイトが爆発、一人の首が部長の頭上をこえ、他の者の首が看守の背後に落ちた。

二人の囚人は、テニヤン島への船中で親しくなり、一カ月前、作業現場が別になったことを悲しんでいたことがあきらかになり、それが逃走の原因と判定された。また、自殺したのは、二人が船中以来情交関係をむすんでいた節がみられたことから情死によるものと推定された。

逃走事件は三件で終ったが、内地とは気候風土のちがう島での生活は多くの病者を出した。デング熱、赤痢、腸チフスその他の病気で、囚人四十五名、看守十名が死亡し、囚人五名が精神錯乱をおこし縊死《いし》などで自殺した。

看守の中にも、精神異常をおこして内地へ送還された者が多かった。囚人たちは拘禁されることになれていたので島での生活も苦にならないようだったが、看守たちは四囲を海でかこまれた地での生活にたえきれず、休養をとる家庭もないため精神異常をおこしたのである。かれらは例外なく、周囲に自分たちの十倍におよぶ囚人たちがいて逆に囚人に監視されているような錯覚におちいり、強迫観念におそわれていた。

このような事故はあったが工事は順調にすすみ、昭和十六年一月にウォヂェ島、ついでテニヤン島の飛行場が完成した。

四人の戦時作業は、さらに強化されていったが、小菅刑務所からは飛行場建設などに動員される囚人は一人もいなかった。収容されているのはすべて無期または長期刑囚で、逃走のおそれのあるかれらに所外での作業はゆるされなかったのである。

小菅刑務所の囚人たちは、ひたすら縫製、木工、革工、鍛冶《かじ》の所内の工場で軍需品の加工、修理作業に従事していた。その中で佐久間清太郎は、厳重監視を要する囚人として工場におもむくこともゆるされず、独居房で日をすごしていた。

かれが獄房の外に出されるのは、週二回の入浴と、雨天の日以外に十五分以上と規則でさだめられている運動のため獄舎の外に連れ出される時だけであった。かれは、無表情に眼をしばたたいて日光を見あげたり手足を動かして軽い運動をしていた。

その間、看守部長は看守たちとともに獄房内に入って徹底した点検をした。鉄格子が切られていないかをたしかめるため、鉄棒で鉄格子を丹念にたたく。もしも切り口があれば音がちがうのだが、過去の破獄例では変った音がしないように切り口に飯粒などをおしこんで隙間《すきま》をうめていることが多く、看守たちは鉄格子を一本ずつ入念に眼でさぐり切り口の有無をたしかめた。また、獄房の壁と天井は鉄筋コンクリートでかためられているが、それも棒でたたいて異常がないかをたしかめ、さらに佐久間がなにかを房内にかくしていないか、と、ふとんの縫い目までさぐった。

やがて佐久間がもどってくると裸体にし、衣類をはじめ口、耳、鼻から肛門《こうもん》の中までしらべる。佐久間は従順に口をひらき、命じられるままに四つんばいになったりしていた。

刑務所の前をながれる荒川放水路の堤に霜柱が立つようになり、初雪が舞った。獄舎に暖房器具はなく、寒気はきびしい、浦田看守長が、

「寒いだろう」

と声をかけると、佐久間は、

「青森の刑務所にくらべれば楽です。あの寒さはこたえました」

と、答えた。

佐久間は、静かに日をすごしていた。堅牢《けんろう》な小菅刑務所の独居房に入れられて逃走する意志をうしなったのか、とも推測されたが、そのおだやかな態度は看守を油断させるためのものかも知れず、浦田は部下を督励して監視態勢をくずさなかった。

昭和十六年に入ると、日米関係は一層険悪なものになった。アメリカは日本に対する経済圧迫を強化し、屑鉄鋼《くずてっこう》の対日輸出禁止の処置をとった。これに対して日本政府は、野村吉三郎駐米大使にアメリカとの外交関係の修復にあたらせたが効果はなく、両国の対立は深刻なものになっていた。

五月下旬、アメリカ大統領ルーズベルトは国家非常事態を宣言し、ドイツの軍事行

動を非難してイギリスに対する軍需物資輸送を支援することをほのめかした。その間、外相松岡洋右《ようすけ》は対ソ関係を緩和するため訪ソして日ソ中立条約を締結したが、それを追うように六月下旬、日本の同盟国であるドイツがソ連に宣戦を布告してソ連領内に侵攻を開始し、国際関係は一層複雑な様相をしめした。

アメリカ、イギリスは、七月二十五日、日本の在外資産凍結を通告、それに対して日本軍は三日後に南部仏印へ進駐し、さらにアメリカはその報復措置として発動機用燃料、航空機用潤滑油の対日輸出を禁じた。日米両国間の外交交渉はつづけられていたが、すでに両国の悪化した関係には修復の望みがうしなわれていた。

このような国際政治の緊迫化にともなって、それに対処するため国内の動きもあわただしかった。

七月十六日、第二次近衛《このえ》文麿《ふみまろ》内閣が総辞職し、近衛はただちに第三次内閣を組織して司法大臣に検事総長岩村通世《みちよ》を任じた。岩村は、七月三十一日、全国の刑務所を統率する行刑局長に前橋地方裁判所検事正正木亮《あきら》を抜擢《ばってき》した。日米交渉は難航し、九月六日の御前会議で「対米英蘭戦を辞せざる決意」をいだくことが決定した。また、アメリカのハル国務長官は日本軍の中国、仏印からの全面撤退をふくむ覚書を寄せ、それは最後通牒《つうちょう》にひとしいものであった。

政府は開戦を必至と考え、それに対する施策を立案して実施にうつした。

このような緊迫した情勢の中で、司法省は、各刑務所に収容している囚人対策を最も重視した。地方の刑務所の場合は不安がないが、東京の刑務所については緊急に時代に即した処置をとる必要があった。

開戦後、アメリカ空軍機が飛来することも予想され、その折には首都である東京が攻撃されるだろう、と考えられていたが、もしもその空襲によって刑務所も破壊されるようなことがあれば、囚人の暴動、集団逃走が発生するにちがいなかった。関東大震災の折にも豊多摩《とよたま》刑務所では騒乱がおこって、看守が抜剣し、たけり狂った囚人の鎮圧につとめた。また巣鴨《すがも》刑務所でも、二千数百名の収容者が突然喊声《かんせい》をあげて壁、屋根等を破壊し集団破獄の状態になったので、看守たちは抜剣、発砲し、軍隊の出動によってようやくこれを鎮《しず》めた。その折、刑務所の近くの町々は恐慌《きようこう》状態におちいり避難騒ぎまでおこったが、空襲によって同じような騒擾が起き、治安のみだれるおそれがあった。殊に無期、長期刑囚のみを収容している小菅刑務所の存在は、最も危険視された。

司法省では大臣を中心に協議した末、小菅刑務所に収容されている服役成績不良の無期、長期刑囚を地方に分散移送することをさだめた。移送先は、宮城、秋田、網走の三刑務所が指定された。

正木行刑局長は、ただちに伊江朝睦小菅刑務所長を司法省にまねき、また宮城、秋田、網走の各刑務所長を電報で本省に呼び寄せて決定事項をつたえ、移送の日時、方法については各刑務所と小菅刑務所との間で協議するよう指示した。その間、十月十六日に第三次近衛文麿内閣が総辞職し、二日後に東条英機《ひでき》内閣が成立、戦争回避は絶望的になったので長期刑囚の移送を早めることになった。各刑務所への囚人の配分については、移送先の刑務所の設備が考慮された。宮城刑務所は古い木造建築であり、それにくらべて秋田、網走両刑務所は煉瓦《れんが》づくりの整備された刑務所として知られていた。正木行刑局長の指令による「遵法《じゅんぽう》思念のいかがわしい」無期、長期刑囚を収容するのは秋田、網走両刑務所がこのましく、さらに長距離移送は事故発生の危険もあるので破獄、抗命のおそれのある無期、長期刑囚は、秋田刑務所に集中的におくられることになった。

秋田刑務所へ二百名の囚人がおくられることになり、実施方法について秋田、小菅両刑務所の間で打合せがおこなわれた。小菅刑務所側は数輛《すうりよう》の客車を借り切って二百名の囚人を一度におくる案を出したが、秋田刑務所はそれに同意しなかった。秋田刑務所長の中田主税は関東大震災時に小菅刑務所に勤務していて、刑務所が破壊された後、囚人三百名を千葉刑務所へ、二百名を宮城刑務所へそれぞれ移送する任務についた。が、途中、不穏な空気がひろがり、軍隊の支援を得てかろうじて囚人を両刑務所へ収容することができた。その折の苦い経験をもつだけに小菅刑務所側の意見に賛成できなかったのである。中田は、分割して移送することを主張し、小菅刑務所側もその意見に従って二百名を十回にわけておくることに決定した。

移送日は三日の間隔を置き、移送は昼間が望ましいが適当な列車がないので午後八時三十四分上野発の秋田行き急行を利用することも決定した。

十月下旬に入って、第一陣が出発した。二十名の無期、長期刑囚は手錠に腰縄《こしなわ》をつけられて幌《ほろ》つきの護送トラックに分乗、二十名の看守につきそわれて上野駅に到着した。客車一輛が借りきられ、囚人たちは看守とともに乗車した。他の車輛に通じるドアはとざされ、拳銃を携帯した看守がドアの前に立って警戒にあたった。列車は翌朝九時十分に秋田駅に到着、囚人たちは秋田刑務所の護送トラックで所内に入り、収容された。

つづいて第二、第三陣が出発し、その中には押し入った家の者に防犯の心得を説くという大胆な犯行を三年間にわたってかさねた、説教強盗と称された長期刑囚もまじっていた。

準強盗致死罪で無期刑囚として服役していた佐久間清太郎も、秋田刑務所へうつされることになった。青森刑務所で独居房から逃走し手錠を二度もはずした経歴をもつかれは、移送囚人の中で最も注意を要する存在であった。

かれの移送方法について小菅、秋田両刑務所で打合せた結果、佐久間をふくむその回の囚人の数はそれまでの二分の一にし、かれと接してきた担当看守長の浦田進と二名の看守を特につきそわせることになった。また、事故発生をふせぐため、それまでと同じように一般乗客との接触を断つ必要から客車一輛を借りきりとした。

十一月末、最終の移送囚人とともに佐久間は手錠をはめられて上野駅に護送され、客車に乗った。かれは、他の囚人たちとははなれた座席の窓ぎわに坐《すわ》らされ、前に浦田看守長、横とななめ前に看守が坐った。窓の幕はおろされていた。列車が、上野駅をはなれた。

宇都宮駅をすぎて間もなく、浦田は、佐久間が片肘《かたひじ》を窓ぎわにのせて頬杖《ほおづえ》をつき眼をとじるのを見た。浦田は眼をみはった。前手錠をかけられた佐久間にはできぬ姿勢であった。驚いて手首をみると、一方の手は膝《ひざ》の間にたれ、手錠がはずれていた。浦田は、他の看守とともに佐久間を見まもっていたのに、いつの間にか手錠をはずしていることに愕然《がくぜん》とした。

二人の看守が顔色を変えて立ちあがり、

「足錠をかけ、縛りましょう」

と、言った。

浦田は、看守を制すると、

「佐久間、ちゃんとかけとれ」

と、言った。

眼をあけた佐久間は、窓ぎわから片手をおろして手錠をはめ、

「手が疲れたのではずしただけですよ。主任さんにはお世話になったし、ご迷惑をかけるようなことはいたしません」

と言って、頭を壁にもたせて再び眼をとじた。

浦田は、あらためて佐久間が為体《えたい》の知れぬ能力を秘めた男であることを感じた。過去に二度手錠をはずし独房内から逃走したのも、かれには十分可能である、と思った。

佐久間は、やがて寝息をたてはじめた。浦田たちは、一睡もせずかれを見つめつづけていた。

翌朝、列車が秋田につき、囚人たちは通用口から構外に出た。そこには護送トラックが待ち、かれらを乗せると一丈二尺（三・六メートル）の高さの煉瓦外塀《そとべい》にかこまれ

た刑務所の中に入っていった。

十二月八日、真珠湾攻撃によって太平洋戦争が勃発《ぼっぱつ》した。各刑務所では、それを収容者につたえ、相つぐ勝報に明るい空気が所内にひろがった。

しかし、秋田刑務所では、所長以下所員の顔に苦悩の色が濃かった。

秋田刑務所は、明治十一年に秋田県監獄署として発足、その後、建物の火災、移転がつづいて、明治四十五年三月、近代的な監獄が完成した。二万一千余坪の敷地に煉瓦づくりの千八百三十坪の獄舎、その他千七百坪の附随《ふずい》建物をもつ大規模なもので、大正十一年、監獄官制の改正によって秋田刑務所と改称された。刑務所としての十分な機能をそなえていたので、大正八年に廃監された北海道樺戸《かばと》監獄からの移送者をはじめ主として無期、長期刑囚が収容されていた。建物は煉瓦づくりで房は厚い板でつくられ、鉄格子は他の刑務所より太く、看守の教育も厳正であった。その後、他の刑務所の設備が徐々に強化されるにつれて重罪囚もそれらの刑務所にうつされ、昭和十年以後は刑期八年以下の囚人のみが収容されるようになっていた。

そのような刑務所に、服役成績不良の無期、長期刑囚を二百名も引きうけることは重大問題であった。日中事変以来、看守の入営、出征がしきりで、その欠員をおぎなうために看守の募集をおこなっていたが求人をさかんにしている軍需工場での給与が高く、低い給与しかあたえられぬ看守になろうとする者は少かった。そのため体格の劣った者まで採用しなければならず、看守の質はかなり低下していた。

秋田刑務所では、小菅刑務所からの囚人引きうけについて、あらかじめ慎重な検討をおこなった。移送されてくる者の大半は逃走、抗命のおそれがあるため小菅刑務所では所内作業は許さず独居房に収容していた。が、秋田刑務所に収容されている者はすべて短期刑囚で、かれらは所内の工場で作業をしていた。そうした中に、新たにおくられてくる重罪の囚人たちを独居房にとじこめたままにしておけば、その差別にかれらは反撥《はんぱつ》するにちがいなく、全員作業に出すことに定めた。ただし、短期刑囚と同じ作業場に出すと、短い刑期を終えて出獄する者に対する羨望《せんぼう》から動揺がおこることが予想されるので、印刷工場である第三工場をかれらだけの作業場にするという配慮もした。

ただ、佐久間清太郎については例外にすべきだという意見が支配的であった。青森刑務所の独居房を脱獄したことから考えて、工場におもむかせるなど論外であった。

統計的に逃走事故は刑務所外での作業中に発生することが最も多く、それについで所内の作業場、雑居房からという順序で、独居房からの逃走はきわめて稀《まれ》であった。

それに成功した佐久間には、工場から逃走することは容易であるはずで、他の囚人とは一線を劃《かく》すべきだ、と主張する者が多かった。が、第三工場の担当責任者である滝沢誠一看守部長は、佐久間一人を別あつかいにするのは、かれに反抗心をうえつけさせることになってこのましくないと反論、刑務所長もその意見をいれて佐久間も作業に従事させることになった。

つぎつぎに移送されてきた囚人たちは、一日間休息をとった後、第三工場におもむき、佐久間も出役した。

すでに寒気はきびしく、刑務所は雪にうもれていた。

早出の看守の集合時刻は冬期に入っていたので遅くなっていたが、それでも午前四時五十分に全員整列し、看守長の点検をうけた。それが終ると看守部長が、看守とともに各舎房に散って房内の収容者を点検簿で照合し、異常のないことをたしかめると房の扉《とびら》の錠をあけ、囚人を廊下に整列させ、屋根つきの通路をすすんで工場におもむかせた。

囚人たちの朝食は作業場でとらせ、作業をはじめさせる。作業終了は午後四時三十分で、四十分の休憩後、二時間の残業がおこなわれた。その終了時に塩または梅干し入りの粥《かゆ》が夜食としてあたえられたが、それを楽しみにしている囚人が多く、残業に不服をとなえる者はいなかった。

午後七時三十分、囚人たちは工場から舎房にもどり、就寝する。看守は、すべての房の鍵《かぎ》を点検してあつめ、看守部長がそれを受けとって日直の看守長に異常のないことを報告し、鍵を納管する。看守百三十名の勤務時間は平均十三時間で、休日は月に一回のみであった。

夜の当直勤務は、看守たちに肉体的な苦痛をあたえた。舎房には、厳寒期をむかえてもストーブなどの暖房器具をそなえることは禁じられていた。囚人は敷ぶとん一枚、掛けぶとん二枚のふとんの中に身を入れているが、看守は寒気にさらされる。もしも脱獄その他の事故がおきた場合、囚人との格闘で不利にならぬよう外套《がいとう》の着用は禁じられていたので、かれらはチャンチャンコやハトロン紙などを制服の下に入れていた。かれらは、坐ると眠ってしまうおそれがあるので絶えず立って廊下を巡見してまわらなければならない。長時間立ったままでいるので、足のむくみや血尿になやんでいる者が多かった。

昼間勤務の者は、午前四時前に起床して出勤するのが常で、前夜炊《た》いた飯で朝、昼二食分の弁当をつくり、朝食を刑務所内であわただしくとる。帰宅は、夜の十時頃《ごろ》であった。また、看守の数が不足ぎみになっていたので、発病して欠勤する者がいると勤務を代行しなければならず、月に一度の休日をとれぬこともあった。そのため同僚に迷惑をかけぬように、病気にかかっても無理をして出勤するのが習わしになっていた。

司法省は、戦争突入と同時に囚人の刑務所外での作業が増すことによって逃走事故がおこり、治安がみだれるのをうれえていた。そのため昭和十七年元旦の囚人に配布する『人』紙上で正木亮行刑局長が、異例の全国刑務所に収容されている囚人に対する逃走防止の談話を掲載した。

「世の中の人々は、戦争気分が横溢《おういつ》して来て燈火《とうか》管制が敷かれ真暗になったりすると、必《ま》ず先ず第一に囚人の逃走などの刑務所の事故を心配するものである。しかし、私は信ずる。私と同じ気持になって居る、そして日本人としての感激にひたって居る今日の収容者たちに、一人の逃走を企てるものがあろうか。犯則でも逃走でも、それを収容者みんなの罪だけとして責めたくない。それは同時に、収容者を取扱う役人たちの心構えにも負わねばならぬ責があるのだ、と私は堅く信じて居る。収容者が悪いのだ、と彼等《かれら》のみを責めることをやめよう」

と、述べ、

「私は本当に収容者たちがお国の為《ため》に自粛自戒して呉《く》れることを信ずる。……四万五千の収容者たち！　此《こ》の非常時局には犯罪などがあってはならないのだ。犯罪によって国力を消耗するなぞということは、それこそ一大不忠である。私は、今のお前たちみんなを信用する」

と、逃走する意志をいだかぬよう強調した。

戦況は有利に展開し、マニラ占領につづいて二月十五日にはシンガポールも日本軍の手に落ちた。

その頃、佐久間清太郎に一つの動きがみられた。朝、工場へおもむかせるため独居房の扉をあけても坐ったまま出てこない。看守が腕をつかむと、驚くほどの荒々しさでその手をふりはらう。

看守長が理由をたずねると、工場担当の滝沢誠一看守部長は温情をかけてくれるので感謝しているが、他の囚人と一緒に作業をするのは不愉快だという。

「今までどの刑務所でも独居房に入れられたままだったから、一人でいる方がいい」

佐久間は、静かな口調で言った。

かれの言葉は、そのまま刑務所長につたえられ、所内で協議がおこなわれた。破獄歴のある佐久間だけに、その申し出は無気味に思われた。一般的に作業に出るのを囚人は喜ぶが、佐久間は逆に不愉快だという。その言葉を素直にうけ入れることは危険であった。もしかすると他の囚人と作業をするのはそれらの視線にさらされることで、破獄の機会を見いだすことができず、一人になるための口実ではないか、とうたがう者もいた。

しかし、結論として、かれの希望をいれることに意見が一致した。基本的に、作業に出すのは逃走の危険をはらみ、かれに工場へおもむかすのをゆるしたのは特別扱いすることによって刺戟《しげき》するのをおそれたからだが、かれの申し出によってその理由もうしなわれたことになる。常識的には独居房にとじこめておくべきで、その申し出をいれるべきだという結論を得たのである。

看守長は、佐久間に希望通りにすることをつたえ、かれは終日独居房ですごすようになった。

が、数日後から佐久間の態度が一変した。早朝の起床時に何度も声をかけなければおきず、点呼にも返事をしない。夜、囚人の自殺を発見できぬことを防止するためふとんをかぶって眠ることは厳禁されていたが、かれは、それにも従わない。看守が荒々しく声をかけると、ふとんから顔を出すが、すぐにもぐりこんでしまう。看守はいらだち、深夜でも声をかける。

佐久間は顔を出し、

「私の癖ですから直りませんよ。そんなにきびしくしないでくださいよ。夜ぐらいぐっすり眠らせてくださいな」

と、するどい眼《め》をむける。

「規則をまもらぬと、罰をあたえるぞ」

看守は、きびしい口調で言う。

「私は、いつでも逃げられるんですよ。正月に偉いお役人さんが『人』に書いていたでしょう。囚人が逃走するのは、看守の心構えにも責任がある……と。そんなにきびしいことを言うと、あんたの当直の時に逃げますよ。それではあんたが処罰され、困るでしょう」

佐久間は、再びふとんをかぶる。

深夜に怒声を浴びせかけると、他の囚人たちの眠りをやぶるので、看守は腹立たしげに口をつぐんだ。

そのようなことが毎夜くりかえされるうちに、他の囚人たちの間に不穏な空気がただようようになった。夜、看守の中には憤《いきどお》りをおさえきれず佐久間に怒声を浴びせかける者もいて、それが他の囚人を目ざめさせてしまう。それに、小菅刑務所とは比較にならぬきびしい寒気に、かれらの心情は不安定になっていた。

やがて、かれらは露骨に反撥する姿勢をとりはじめた。作業を終えて舎房にかえると、しめし合わせたように喊声《かんせい》をあげ、食器で房の鉄扉《てっぴ》をたたく。看守が笛を吹鳴して制止しても、効果はない。やむを得ず、初めに声をあげた囚人を引きずり出そうとして扉をあけると、看守に殴りかかってきて傷をおわせたりした。このようなことがつづき、看守たちは殴られぬように、座ぶとんを頭にのせて房をひらき、主謀者と思われる者を引き出し、懲罰房に入れて減食の罰を科したりした。

佐久間は、それらの騒ぎを傍観し、声をあげることもしなかった。が、昼間、巡見の看守が房をのぞき正坐《せいざ》の規則にそむいて寝ころがったりしているのを注意すると、

「私にそんな酷なことを言っていいんですか。ひどい目に会いますよ。あんたの当直日に逃げると困るんじゃないんですか」

と言う。顔の表情はおだやかだったが、斜視の眼には刺すような光がうかんでいた。

そんなことがくりかえされているうちに、看守の間には佐久間の監視を担当することをいとう心理がきざした。自分の当直日に破獄されれば、免職されるか、苛酷《かこく》な処罰をうける。手錠を難なくはずす脱獄歴のある佐久間だけに単純な強がりとも思えなかった。佐久間には破獄が可能かも知れず、それは自分の当直日以外の日であって欲しい、という気持をいだくようになった。

かれらは、いつの間にか佐久間にきびしく注意することを避け、深夜、ふとんをかぶって寝ていても声をかけようとはしない。昼間、足を投げ出して坐っているのを見ても軽く注意するだけであった。

そうしたことは、他の囚人たちに悪影響をあたえた。自分たちには規則を強要するのに、佐久間だけが別格にあつかわれていることに不満をいだき、一時鎮《しず》まっていた不穏な動きを再びみせるようになった。

看守長は看守たちを叱責《しっせき》し、佐久間に対して厳重に規則をまもらせるよう命じた。が、同時に佐久間を他の囚人と同じ舎房に置くことはこのましくない、とも考えた。規則違反をかさねる佐久間は処罰すべきで、罰を科せば他の囚人たちも納得する。その二つの条件をかなえるために独居房から囚人の最もおそれる鎮静房にうつすのが妥当だ、と判断し、所長の許可を得た。

鎮静房は外壁が煉瓦《れんが》作りの独立した房で、刑務所内の東北の一郭にある病舎の西側に三つもうけられ、かたわらに病舎で死亡した遺体を安置する屍室《ししつ》があった。

内部は一坪たらずのせまさで、床、壁には厚く硬い良質の板がはられていた。三メートル二十センチ上方の天井には、直径三十センチメートルの金網入りのガラスの明り窓がある塔のような房であった。窓のかたわらに二燭《しょく》の電燈がともるようになっているが、それが切れた時には長い梯子《はしご》をつぎたして交換しなければならなかった。房の前面は厚い栗材《くりざい》の扉で、看守ののぞく視察窓と下方に食器を入れる小さな長方形の穴があるだけで、排泄物《はいせつぶつ》は扉の下にわずかにうがたれた溝《みぞ》から外にながれ出るようになっていた。

看守たちは、その鎮静房が稲荷社《いなりしや》の祠《ほこら》に似ていることから稲荷房、または周囲が煉瓦でかためられているのでトーチカ房などと俗称していた。

三月下旬、佐久間は、独居房から鎮静房にうつされた。

三

佐久間清太郎が、秋田刑務所内の鎮静房にうつされてから間もない昭和十七年四月十八日、アメリカの中型爆撃機が、日本本土に飛来した。

その徴候は、四月十日にすでにあらわれていた。海軍軍令部は、潜水艦からの敵の行動情報や無線傍受から判断し、その日の午後六時三十分頃、航空母艦二または三隻《せき》から成る敵機動部隊が太平洋上を西進して真珠湾北西方約四百浬《かいり》に進出、十四日頃に東京空襲をくわだてている気配を察知した。

そのため、軍令部では木更津《きさらづ》、南鳥島を基地とした哨戒機《しょうかいき》に七百浬圏の索敵を命じるとともに、航空部隊に強力な迎撃態勢をとるよう指示した。また、インド洋作戦から内地に帰投中の空母「赤城」、戦艦「榛名《はるな》」「金剛」を擁する南雲忠一《なぐもちゅういち》中将指揮の第一航空艦隊に、敵機動部隊の進出が予想される海面に急速進撃することを命じた。

軍令部の判断は的中していて、空母「エンタープライズ」、「ホーネット」を基幹としたウィリアム・F・ハルゼー中将指揮のアメリカ機動部隊は、日本本土にむかってひそかに接近していた。ハルゼーの作戦計画は、日本の東方四百浬附近から爆撃機一機をまず発進させ、十八日夜に東京上空に達して焼夷弾《しょういだん》を投下させる。それによって生じた火災を目標に後続の十二機が東京に進入、他の三機は名古屋、大阪、神戸を攻撃、それぞれ大陸方面に避退して、翌朝、中国軍領有地の飛行場に着陸させる予定であった。

四月十八日午前六時三十分、軍令部は、本土から七百三十浬へだたった洋上に隠密裡《おんみつり》に多数配置していた監視艇の一隻である「日東丸」から、敵機動部隊発見の第一報を受信した。軍令部は、ただちに迎撃態勢をとるよう各方面に指令したが、空襲は翌十九日午前より以前には絶対にあり得ないと推定した。空母に搭載《とうさい》されている艦載機は航続距離が短く、東京空襲後母艦に帰投しなければならぬことを考えると、さらに空母を本土に接近させる必要があり、その所要時間を計測し、そのような結論に達したのである。

しかし、アメリカ空母に搭載されていたのは艦載機ではなく、航続距離の長い陸軍の双発機ノースアメリカンB25であった。軍令部にとって予想もしていなかったことであったが、アメリカ機動部隊も日本の監視艇に発見されたことは大きな誤算であった。そのためハルゼーは、やむなく作戦を変更、四月十八日午前七時二十五分、東京から六百八十八浬はなれた位置で攻撃機を一斉《いっせい》に発進させ、艦隊は急ぎ反転して東方洋上にのがれ去った。

その日の午後一時、攻撃機隊は低空で東京に進入、横須賀、名古屋、四日市、神戸の各方面を銃爆撃し、中国大陸に去った。日本側の被害は、死者四十五、重傷者百五十三、家屋全焼百六十、半焼百二十九、全潰《ぜんかい》二十一、半潰二であった。

この空襲は、各方面に大きな衝撃をあたえたが、全国の刑務所を統轄《とうかつ》する司法省行刑局にも深刻な影響をもたらした。

開戦後、敵機の来襲を予測した司法大臣岩村通世《みちよ》は、一カ月半前の三月二日、空襲に対処する訓令として「行刑非常警備規程」を各刑務所に発していた。それは、防空待避所の設置を主としたもので、刑務所の構内に素掘りの壕《ごう》を多数もうけるよう指示し、それに従って各刑務所では囚人によって壕が掘られていた。

アメリカ機の来襲によって、司法省では空襲による刑務所の建物の破壊が現実にあり得ることをあらためて感じた。もしも、それが事実になれば多数の囚人の逃走をうながし、国内の治安は大混乱におちいる。大正年間には年に平均二十名前後の逃走事故が発生していたが、関東大震災のおこった大正十二年には、刑務所の倒壊、破損によって四百二十八名が逃走している。この例からみても、空襲が大事故にむすびつくことが十分に予測された。

行刑局長正木亮は、あらためてその年の一月から四月末日までの全国刑務所の逃走人員を調査し、例年の同期間内のそれよりも増加していることに注目した。昭和十四年に七名、十五年六名、十六年九名であるのに、十七年には十一名に達している。十一名はすべて逮捕はされたが、増加の原因は、開戦以来、囚人が労働力不足をおぎなうため刑務所外での作業に動員されていることによって逃走の機会が増しているからであった。また、看守不足をおぎなうための新規採用で看守の質が低下していることも一因であった。

正木は、その傾向をうれえ、五月九日、全国の刑務所長に、

「最近各所ニ於《お》テ逃走事故ノ続発ヲ見ルハ、戦時下国内治安確保ト行刑ノ威信保持上洵《まこと》ニ遺憾ニ堪エズ。時局ニ鑑《かんが》ミ事故ノ防止ニ付万全ヲ期セラレタシ」

という内容の電報を発した。

さらに、六月三日に開戦後初めておこなわれる全国刑務所長の合同会議に先立って、所長が会議に出席した留守に事故がおこらぬよう部下を督励すべし、という異例の通《つう》牒《ちよう》も発せられた。そして、司法大臣官舎会議室でおこなわれた合同会議では、正木局長が全刑務所長に逃走事故の資料と「逃走予防対策要綱」を配布した。要綱には、事故発生をふせぐ方法、看守の心得が詳細にしるされ、事故の絶滅を強く要望した。

所長たちは、会議が終ると匆々《そうそう》に任地の刑務所にもどってゆき、秋田刑務所長藤川一義も、夜行列車で東京をはなれた。

かれは、秋田につくと、ただちに主だった者を招集して要綱をしめし、逃走事故の防止を厳命した。要綱の内容については、末端の看守まで徹底させることを指示した。

その席上、収容されている囚人の状況についてあらためて検討がおこなわれた。小菅刑務所から移送された無期、長期刑囚たちは、冬のきびしい寒気にいらだち不穏な動きをみせていたが、気温が上昇するにつれてそのような空気もうすらいでいた。反抗気味の者は多いが、一般的に無期、長期刑囚には許されぬ構内作業に従事できることに満足しているようであった。

脱獄歴をもつ佐久間清太郎については、担当者から詳細な報告がおこなわれた。佐久間は、鎮静房に収容されてから静かに時間をすごしていた。監視はかたわらの病舎に配置された看守が、昼夜の別なく三十分間隔に視察窓から房の中をのぞくことをくりかえし、看守部長が時間をきめず不意に視察窓をあけることもしていた。

入浴と運動の折には房の外に出し、その間に、看守部長と看守が房内に入って壁、扉《とびら》、寝具、掃除具などを徹底的に検査する。さらに、佐久間を裸体にして体と衣類をしらべる。毎日おこなっている居房捜検と検身に、異常は全くみられないという。

刑務所長をはじめ看守長たちは、その報告をうけて、最も注意を要すべき佐久間を鎮静房に拘禁していることに安堵《あんど》を感じた。鎮静房から外部に通じる空間といえば、扉の上部にうがたれた視察窓と下部の食器差入れ口だけで、いずれも小さい。あらゆる場合を想定しても、房から脱け出ることは不可能だった。

「監視の看守も精鋭を配置し、万全を期しております」

戒護主任の看守長の報告に、刑務所長はうなずいていた。

佐久間は、鎮静房にうつってから規則違反をすることもなくなっていた。不意に視察窓からのぞいても、規則通り薄暗い房の中で正坐していた。入浴や運動の時にも、声をかけると看守の指示にしたがってすぐに房にもどる。検身をうける折も従順であった。

看守長たちは、そうした佐久間の態度に満足していたが、担当の看守たちの間で佐久間の規則違反を黙視している傾向がきざしていることには気づかなかった。佐久間は、規則として禁じられているふとんを頭からかぶって寝ることをつづけていた。

当然、看守は、視察窓からするどい声をかけて注意するが、顔を出した佐久間は、

「これだけは子供の時からの癖で、改めようとしてもできません。大目に見てくださいな」

と、言う。

看守は、規則をまもらぬ佐久間にいらだち、深夜でも荒々しく声をかけて佐久間をおこす。癖だから勘弁してください、という佐久間に、看守は規則厳守を命じた。

佐久間は不機嫌《ふきげん》になり、斜視の眼を視察窓からのぞく看守に据《す》えると、

「そんな非人情なあつかいをしていいんですか。痛い目にあいますよ。あんたの当直日に逃げられると困るんじゃないんですか」

と、憎しみにみちた声で言う。

「このトーチカ房から逃げられると言うのか。逃げられるなら逃げてみろ」

看守は、蔑笑《べっしょう》する。

「人間のつくった房ですから、人間が破れぬはずはありませんよ。あんたの当直の日に逃げてみましょうか」

佐久間は、薄く笑う。

そのようなやりとりがかわされていたが、佐久間は、ふとんにもぐりこんで寝ることをあらためなかった。看守の中には、執拗《しつよう》に佐久間に怒声を浴びせることをつづける者もいたが、根気をうしない声をかけぬ者も多くなっていた。佐久間の言う通り、それは改められぬ癖のように思えたし、せまい鎮静房でただ一人とじこめられて日をすごすかれに、かすかな憐《あわ》れみの感情もいだいていた。

夜、佐久間は、いつも同じ場所にふとんをしき、頭部を扉と反対側の壁にむけて眠っていた。視察窓からのぞく看守は、掛けぶとんが呼吸とともにかすかに上下するのをたしかめてから窓をしめた。

すでに桜は葉桜になり、遠くの峯々《みねみね》も濃い緑の色におおわれていた。刑務所内にながれてくる空気にも花や草の匂《にお》いが感じられた。陽光は明るく、刑務所の近くにひろがる田では田植えがはじめられていた。働きざかりの男の多くは出征や入営をしたり軍需工場に徴用されたりしていて、田には女や老人、子供の働く姿がみられた。

六月十一日、新聞にミッドウェイ海戦の記事が大きく掲載された。それまでの戦況をつたえる大本営発表の内容と異って、敵空母二隻の撃沈、飛行機百二十機撃墜の戦果とともに、日本側も空母一隻喪失、空母、巡洋艦各一隻大破、未帰還飛行機三十五機という損害も発表されていた。この記事は、日本海軍がかなりの苦戦を強《し》いられたことを暗示していた。ミッドウェイ海戦は、苦戦というよりも敗北であった。日本側の戦果は空母、駆逐艦各一隻を撃沈、空母、巡洋艦各一隻を撃破していたが、日本の代表的航空母艦である「赤城」「加賀」をふくむ空母四、巡洋艦一隻を撃沈され、戦艦、巡洋艦各一隻、駆逐艦三隻が損傷をこうむっていたのである。

しかし、国内の空気は明るかった。開戦時には大国である米、英両国との戦争にはげしい不安を感じていたが、真珠湾攻撃の大戦果についで南方諸島、香港《ホンコン》、マレー半島、フィリピン、ビルマ等の占領によって戦勝気分がみなぎっていた。

秋田県内もその例にもれなかったが、殊《こと》に米作地帯は活気を呈していた。数年前まで米の相場の下落におびえていた農家の者たちは、三年前に配給統制によって米が政府で買上げられるようになってから米価の低落に不安をいだくこともなくなっていた。それに、前年の秋の収穫時から生産奨励金が加算されて、政府買上価格が石《こく》当り六円上昇し、四十九円になっていた。収穫も順調で、人手は不足していたが、収入は増していた。田に苗がひろがり、陽光をあびた緑の色が鮮やかだった。

六月十五日は、朝から雨であった。田植えを急ぐ田には菅笠《すげがさ》が点々と散り、張られた水に微風がわたっていた。

午後になると、国民学校から帰った子供たちが番傘《ばんがさ》をさして田の畦道《あぜみち》に姿をみせ、翌日の男の節句に軒にさす菖蒲《しょうぶ》やよもぎを採って歩いた。節句には餅《もち》がつかれ笹巻《ささまき》がつくられて、子供たちには楽しい行事の一つになっていた。

日が没した頃《ころ》から風が強まり、雨も勢いよく落ちてきた。それは時間がたつにつれてはげしさを増し、やがて暴風雨になった。

刑務所内の工場でおこなわれていた囚人の残業はくりあげられ、燈火《とうか》管制でわずかな灯《ひ》のもれる刑務所は、たたきつける雨に白く煙っていた。その中を拳銃《けんじゅう》を携行した看守が、雨合羽《あまガッパ》の裾《すそ》をはためかせながら外塀《そとべい》に沿って定時巡回をしていた。

午前三時頃から、幾分、雨勢はおとろえたが、風は吹きまくっていた。四時すぎに早出の看守たちがぞくぞくと風雨の中を出勤してきて、四時三十分には当直看守長の点検をうけた。その頃には雨もかなり弱まってきていたので、定時から囚人に作業をおこなわせることになり、午前五時に全舎房の囚人を起床させ、各房ごとに点検簿を手にした看守部長が囚人と照合した。降雨のため舎房は薄暗く、淡い電燈がともっていた。

五時三十分、全舎房の点検が終了、各舎房を担当する看守部長が看守長の前に整列し、

「異常なし」

と、報告した。

看守部長たちは、囚人を各工場に連れてゆくため房の鍵《かぎ》の束を受領した。そして、看守長に敬礼して舎房に散ろうとした時、夜勤の病舎担当の看守部長と看守が走りこんできて、看守長の前に立った。かれらの雨合羽からは雨水がしたたり落ち、顔に血の気がうしなわれていた。

「鎮静房の佐久間が、逃走しました」

看守部長の声は、ふるえていた。

看守長をはじめ看守部長たちははげしい動揺をしめし、病舎担当の看守部長を見つめた。

「逃走した？」

看守長が、叫んだ。

「はい」

看守部長が、うわずった声で答えた。

看守長は看守部長たちに作業中止を命じ、房の鍵を再び納管させた。さらに、上席の看守部長に刑務所長へ緊急報告することを指示し、雨合羽もまとわず獄舎を走り出た。看守部長たちも後を追ったが、その中の一人はサーベルの鞘《さや》を足にからませ転倒した。

中央の広場を横ぎり炊場《たきば》の西側を走ったかれらは、第一号鎮静房に駈《か》け寄った。逃走を発見した場合には扉を再び施錠《せじょう》して報告することになっていたが、規則通り扉はとざされていた。

看守長は、担当の看守部長に扉をひらかせた。扉に近づいたかれは、掛けぶとんがまくられ、その下に房内にそなえられた掃除道具などがおかれているのを見た。と同時に、上方から雨が落ち、ふとんをはじめ房内がひどく濡《ぬ》れているのにも気づいた。上方に視線をむけたかれは、短い叫び声をあげ立ちすくんだ。天井の明り窓がはずされ、そこから雨が落ちている。佐久間が房から脱け出たのはその空間からだが、看守長には信じられぬことであった。

房の明り窓のついた天井までの高さは三・二メートルで、そこまでのぼることなどできるはずもない。稲荷房《いなりぼう》またはトーチカ房といわれている鎮静房は、絶対に逃走不能であることを特徴としているが、そこから脱出した佐久間が無気味なものに感じられた。

看守長は、佐久間が構内にいるかも知れぬ、と思った。外塀は一丈二尺（三・六メートル強）の高さがあって、それをこえることは容易ではない。かれは、看守部長たちに構内捜索を命じ、かれらは看守たちと降雨の中を四方に散っていった。

看守長は、近くの病舎の詰所に入ると、鎮静房担当の看守に発見時までの状況をたずねた。

看守は、規則通り三十分おきに視察窓から房内をのぞくことをくりかえしていたが、佐久間は就寝していて、異常は感じなかったという。午前五時、収容者の起床時刻なので、看守が視察窓から佐久間に起床するよう声をかけた。が、返事はなく、何度声をかけても結果は同じであった。朝の気配に房内が明るくなりはじめていて、かれは佐久間の掛けぶとんの盛り上りが少し薄いのを感じた。さらに、ふとんの上に雨が落ちているのも眼にし、脱獄したらしいことに気づいた。

かれは、病舎の看守部長に急報し、二人で鎮静房にもどると扉をあけて内部に入り、掛けぶとんをひきはぎ、佐久間の姿が消えているのを知ったという。

「発見時前の巡回の時には、たしかに佐久間は寝ていたのだな」

看守長が、担当の看守にたずねた。

看守は、体をふるわせながら、はい、と答えた。

看守長は、鎮静房担当の看守部長、看守を連れて庁舎にもどり、刑務所長室に入った。かれらの制服からは、雨水が床にしたたりおちていた。庁舎は騒然とし、廊下を職員の足音があわただしく往《ゆ》き来していた。

ドアが勢いよくひらき、所長が入ってきた。

「破獄は事実か」

所長が、荒々しい声でたずねた。

「はい。現場を見てまいりました」

看守長は、姿勢を正して答えた。

「なぜ、あの房が破られたのだ」

所長の顔には、驚きの表情がうかんでいた。

看守長は、担当の看守の発見経過と、天井の明り窓から脱出したことを報告した。

所長は、呆然《ぼうぜん》と立ちつくして看守長たちの顔を見つめていた。

構内捜索は一時間にわたっておこなわれたが、佐久間の姿は発見できず、すでに外塀の外にのがれ去ったことがあきらかになった。

所長は、捜索隊を編成させ、看守二名を一組にして行動をとらせ、駅、バス停、道路に張込みをするよう命じた。看守たちは、自転車または徒歩で門を出るとあわただしく各方面に散っていった。

さらに所長は、電話で県警察部に佐久間の脱獄を報告、逮捕を要請した。

三十分後、県警察部長が刑事をともなって自動車で到着、現場検証をおこなった。警察部長たちは刑務所長たちとともに洋傘をさして鎮静房におもむいた。刑事たちが、房内に入ってふとんとその内部にさしこまれていた掃除道具等を記録し、壁を丹念に調査した。壁は分厚い栗《くり》の板で、手足をかけられるようなくぼみはなく、雨水がながれていた。かれらは、時折り高い天井にひらいた明り窓を見上げていた。

刑事の依頼でつなぎ式の梯子《はしご》が二組房内に入れられ、壁に立てかけられた。二人の刑事がそれぞれ梯子をのぼり、天井にたどりついた。かれらは雨に打たれながら入念にしらべ、はずされた窓から上半身を出して周囲を見まわしたりしていた。刑務所長と警察部長は、房内に入って刑事の動きを見上げていた。

やがて、刑事たちが梯子をおり、刑務所長、警察部長たちと庁舎にもどって所長室に入った。

刑事たちは紙に鉛筆を走らせて明り窓とその周辺の図をえがき、説明した。窓は四角い木製の枠《わく》に厚いガラスがはめこまれているが、枠が腐りかけ、その上をおおう金網とともにはずされトタン屋根の上におかれているという。ガラス窓は五寸釘《くぎ》で木枠にはめこまれていたが、釘が腐りかけていて容易にはずすことができたにちがいなかった。

刑事の説明に、所長たちは言葉もなく立っていた。なめらかな壁をどのようにして天井まで這《は》いのぼっていったのだろうか。足場になるものといえば、ふとんが考えられた。ふとんをまるめて長い筒のようにし、それを這いのぼることはできるだろうが、ふとんは床におかれていて、それを使った形跡はない。

所長たちは、どのようにして佐久間が天井に達することができたのか想像すらできなかった。しかし、佐久間が破獄したことは事実であり、それに対する処置を緊急にとる必要があった。所長は、ただちに司法省行刑局に電話で報告、また県警察部長は秋田警察署に非常線を張ることを命じ、東北地方の県警察部にも厳重警戒と逮捕に協力してくれるよう依頼した。

所長は、佐久間の逃走が県民に不安をいだかせることを憂慮した。司法省行刑局では、逃走事故が戦時下の治安混乱をまねくおそれがあるとして防止に再三警告を発している。全国刑務所長合同会議でも、正木行刑局長が特にその点について訓示したばかりで、所長としては、重大な過失を問われる立場に立たされていた。逃走事故が発生したかぎり、治安の混乱をふせぐ適切な処置をとらねばならなかった。

県警察部長は、所長の意向をいれ、対策を協議した。まず、佐久間の捜索は、刑務所員と警察署員のみにかぎり、各市町村に組織されている警防団、青年団、在郷軍人会などの協力をもとめぬことを決定した。それらの組織を動員すれば、佐久間を発見できる確率は高いが、同時に脱獄が一般に広く知れわたり、恐慌《きようこう》状態をひきおこすおそれもあった。ついで、新聞に対する処置も決定した。県内で新聞を発行している社は十一あったが、一県一紙の内務省指令によって前月末日に秋田《あきた》魁《さきがけ》新報一社のみになっていた。当然、秋田魁新報の記者は佐久間の脱獄を察知し、取材活動に入るだろうが、それについての記事は最小限度のものとするよう勧告することになった。

それらの打合せを終え、県警察部長は、捜索指揮のため刑務所を去った。

所長室では、あらためて事故原因の究明がおこなわれた。戒護主任の看守長が、鎮静房監視の任にあった看守を訊問《じんもん》した。巡回時間については、昼夜の別なく三十分間隔でおこなわれていて、その点については問題はなかった。入浴、運動時の監視状況も規則通りで、佐久間も反抗する風はなく、房内で正坐をくずさなかったこともあきらかになった。

就寝後の佐久間についての訊問がすすめられ、その時から看守に動揺がみられた。看守長は、その日、発見前の巡回の折に担当看守が異常なしと述べたことについて、

「寝顔を見たのか」

と、たずねた。

看守は、狼狽《ろうばい》した表情で、見ません、と低い声で答えた。

「見ぬのに、なぜ異常なしと思ったのだ」

看守長は、するどい声でたずねた。

「ふとんが、あたかも寝ているようにふくらんでいましたし、それがかすかに上下しているように見えましたので……」

看守は、とぎれがちの声で答えた。

「そんなことをきいているのではない。なぜ、寝顔を見ずに異常なし、と思ったかをきいているのだ」

看守長は、大きな声をあげた。

看守は口をつぐんだが、やがて、

「佐久間は、ふとんをかぶって寝るのが癖でありました。きびしく注意しましたが、癖だから直らない、と言いまして……」

「大目にみたというのか」

「そんなきびしいことを言うと、あんたの当直の日に逃げますよ、などと言うようになりました」

「それは、おどしだ。お前はおそろしくなったのか」

「いえ、逃げられるはずはない、と怒鳴りつけました」

「それなら、なぜ規則通りにさせなかったのだ」

「何度注意しても、またふとんをかぶりますので……」

「お前は気持の上で負けたのだ」

看守長は、憤《いきどお》りに顔を紅潮させた。

ついで他の看守たちを訊問したが、それらの看守たちも、佐久間がふとんをかぶって寝ることを黙認していたことがあきらかになった。

これによって、佐久間が前夜九時の就寝時以後、匆々《そうそう》に脱出したとも推定され、捜索範囲は拡大された。

風は弱まり、雨も小降りになった。正午近くには雲がきれ、陽光がさした。田植えの終った水田では植えられた苗が風がわたるたびにゆれていた。

看守や警察署員は、二人ずつ組んで水田の中の道を周囲に視線を走らせながらすすんだ。雨蛙《あまがえる》が道の左右にとぶ。かれらの姿を、農家の者たちは手の動きをとめ、腰をのばして菅笠の下からいぶかしそうに見おくっていた。

農家の納屋《なや》、神社、寺の床下がさぐられ、人家の裏手や田植えで無人になった家の中ものぞいてまわった。家々の軒には節句飾りの菖蒲とよもぎがさされていた。

奥羽本線、羽越本線、船川線の各駅には看守や警察署員が張込み、さらに列車にも手配書を手にした署員が乗りこんで便所の中もさぐった。秋田市内の署員の巡回数は増していた。

しかし、夕刻になっても佐久間の姿は発見できず、日没後には、駅をはじめとした要地に夜を徹した張込みがおこなわれた。浅黄色の囚衣である長い着物を身につけた佐久間の姿は一般人にも見とがめられるはずなのに、そのような通報がないのは、すでに佐久間が囚衣を他の衣服に着がえているからとも想像された。

県警察部では、逃走に必要な衣服をはじめ食糧その他を佐久間が必ず盗むと判断した。脱獄者は姿を消しても、そのような犯行をおかすのが常で、それによって逃走方向があきらかになる。脱獄者ののこす足跡とも言えるものであった。

田植えで人が出はらった農家が多く、佐久間がしのびこんで金品をかすめ取るのは容易だった。警察部では、県下の警察署に対してささいなことでも窃盗の届出があった折には、至急報告するよう命じた。

しかし、翌日の午後になっても報告はなく、佐久間がどの方面に逃走したのかつかむことができなかった。

その日の秋田魁新報に佐久間の脱獄が報じられたが、社会面の最下段に、

「強盗殺人犯　秋田刑務所を脱走」

という見出しのもとに十五行の記事が掲載されたにとどまった。また、翌日には、

「脱走囚、未《いま》だ逮捕されず」

として、十一行の記事がのせられただけで、以後、佐久間についての報道は絶えた。

刑務所では、佐久間が一丈二尺の煉瓦塀《れんがべい》をどのようにこすことができたかを調査した。足跡は雨のため発見できなかったが、常識的に考えて鎮静房に最も近い北側の煉瓦塀をのり越えたにちがいない、と推定された。

看守長は、その塀ぞいに調査をさせた結果、第六工場に痕跡《こんせき》を見いだした。その工場では建具、家具などを製造していたが、看守の人員不足もあって閉鎖されていた。内部には材料の木材や板が整然と積みあげられていたが、その山がくずされてタル木が散乱し、それに手をつけた者がいたことをしめしていた。

看守長は、佐久間がタル木を持ち出して、それによって塀をこえたにちがいないと

考え、北側の塀にそった地域をさぐらせた。塀の外には道をへだてて垣根《かきね》のつらなる官舎がならんでいた。看守たちは、その附近《ふきん》を捜索し、垣根ぞいに生えている雑草の中にタル木がかくされているのを発見した。その結果、鎮静房からぬけ出た佐久間が、高さ四尺（一・二一メートル強）の板塀をこえて第六工場に入り、タル木を持ち出して北側の煉瓦塀に立てかけて逃走したことがあきらかになった。

佐久間が破獄してから五日後の六月二十日、東北地方の視察をおこなっていた東条英機《ひでき》総理が秋田市をおとずれ、翌朝、市の内外を視察した。新聞はそれを大きく報道し、警察署員多数が動員された。その日を境に、警察署員の捜索は中止状態となった。開戦後、署員の出征が増したため、人員不足は深刻になっていた。その上、国家総動員法にもとづいて経済統制が強化され違犯者の摘発がおこなわれ、また防空訓練の指導もあって、捜索に署員を投入する余裕はなかったのである。

捜索は看守のみになり、かれらは、山中に入ったり隣接県の境にまでおもむいて佐久間の姿を追いもとめた。

佐久間破獄の通報をうけた隣接県の青森県では、独自の捜索活動に入っていた。それは、青森警察署長桜井均の熱意によるものであった。桜井は、県警察部刑事課長であった頃、佐久間を準強盗致死犯人として検挙し、佐久間が青森刑務所を脱獄した折の捜索も担当して逮捕に成功しただけに佐久間が秋田刑務所の鎮静房を脱走したという報告に、大きな驚きを感じた。が、同時に、佐久間ならばそれは可能だろう、とも思った。

桜井は、秋田県警察部から佐久間の行方がわからぬという連絡をうけ、佐久間が青森県下に潜入している、と判断した。むろん、佐久間は、刑務所員や警察署員の眼の光る交通機関や道路を避け、人気《ひとけ》のない山間部を歩いて県内に入っていると考えた。それは、警察署長としての勘ではあったが、かれには絶対ともいえる確信であった。

佐久間が確実に青森県内に潜入したにちがいない、と桜井が推測したのは、妻子の住む家に立寄ると考えたからであった。

佐久間を準強盗致死犯人として裏づけ調査をした時、近隣の者たちから、かれが子煩悩《こぼんのう》で、妻との仲もむつまじいという話をきいていた。その後、刑が確定し、宮城刑務所に収監された折、面会にきた妻に、

「今後、お前たちに迷惑をかけたくない」

と言って、その場で離婚の手続きをしたことも耳にしていた。それから二年半経過したが、その間、音信の絶えている妻と子供たちに佐久間は会いたいと願っているは

ずで、それが破獄の動機の一つかも知れぬ、と考えた。

桜井は、佐久間が準強盗致死の罪をおかし脱獄を二度もかさねてはいるが、素朴《そぼく》な男であることも感じていた。傷害致死も偶然によるもので、殺意はなく、そのために死刑もまぬがれている。佐久間は、危険をおかしても必ず妻子に会いにくるにちがいない、と推測した。

桜井は、敏腕な七名の刑事をえらび、佐久間の妻子の住む家を監視することを命じた。

「非凡な男なのだ。張込みがおこなわれているかどうか細心な注意をはらう奴《やつ》だ。気づかれぬよう遠くから家をかこんで、昼夜、見張れ」

桜井は、かれらに執拗《しつよう》に指示し、監視用の双眼鏡を全員にわたした。

刑事たちは、途中まで署のトラックでゆき、そこから徒歩で家をのぞむ地に散り、遠巻きに包囲した。かれらは、樹木のかげなどに身をひそませ双眼鏡で家とその周辺を見まもった。

翌早朝、佐久間の妻が家を出て畦道《あぜみち》を歩いてゆくのを眼にした。二人の刑事が遠くから尾行し、彼女が近くの農家の手伝いをしているのを知った。夕方近くになると、彼女は再び畦道をつたって家の中に入り、裏手の井戸で水を汲《く》んだりする姿もみえた。

三人の子供のうち二人は国民学校に通学し、のこされた幼女が家の外で一人遊んでいることもあった。

日が没すると、見のがすおそれがあるので、刑事たちはたがいに合図し合って家の近くにすすみ、樹木のかげや草叢《くさむら》に身をひそませて淡い灯のもれる家の周辺を見つめていた。桜井の指示で、隣村に住む警察官の妻が弁当と飲み水をひそかに刑事たちにくばって歩いた。

毎日、午前八時すぎに、刑事の一人が署長室に電話を入れる手筈《てはず》になっていた。佐久間はあらわれません、という報告がつづいたが、桜井は、

「必ず姿をあらわす。必ずだ。よく見張れ」

と言って、督励した。

刑事たちは、忍耐強く張込みをつづけた。草叢などで交替で睡眠をとったが、夜になるとおびただしい蚊になやまされた。かれらの顔には疲労の色が濃くなっていた。

張込みをはじめてから六日後、刑事から未発見の電話をうけた桜井は、自信がぐらつくのを感じた。秋田刑務所からの距離を考えると、徒歩で山ごえしても十分に家に達しているはずであった。かれが姿をあらわさぬのは、他の方向に逃げのびているからかも知れなかった。もしも、家に近づいた時に逮捕されれば、村の大きな話題にな

り妻子に迷惑をかける。それをおそれて家に近づくことを避けているようにも思えた。

刑事を七名も張込みに専念させることは、人員不足の警察署の事情からみてゆるされることではなかった。戦時経済統制の違犯者の摘発、風俗取締り、防空訓練の指導などで多忙をきわめていて、それ以上、張込みをつづけさせることは不可能であった。

「それでは、明日夕方まで張込みをして、帰署せよ。今夜あたりあらわれるかも知れぬから、神経をとぎすまして監視しろ」

桜井は刑事に指示すると、電話を切った。

翌朝の電話でも発見の報告はなく、かれは、その日の午後、トラックの助手台に乗って村はずれまでゆき、張込み現場に歩いて行った。刑事たちの顔はやつれ、顔や手に蚊に刺された痕《あと》がひろがっていた。双眼鏡を家にむけると、裏手にある畠《はたけ》で二人の子供が草むしりをしているのが見えた。すでに日がかたむきはじめていた。

桜井は、刑事たちの労をねぎらい、トラックに同乗して青森市内にもどった。

翌日、桜井は、派出所の警官を佐久間の家にゆかせた。警官は妻に型通りの訊問をしたが、意外な事実があきらかになった。妻は、前日の午後九時すぎに佐久間が家に姿をあらわし、夜明け前に出て行ったことを口にしたのである。

その報告をうけた桜井は、佐久間が張込みの刑事に気づき、引揚げるのを待ってから家に近づいたことを知った。かれは、あらためて佐久間の尋常ではない周到さに感嘆した。

佐久間が妻子のもとをおとずれたことは、秋田刑務所をはじめ東北地方の各県警察部に通報された。警察部では県下の警察署に厳重警戒を命じたが、佐久間の行方はつかめなかった。

秋田刑務所長は、司法省行刑局長に佐久間の逃走報告書を提出した。これに対して局長は、職務怠慢のかどで刑務所長に譴責《けんせき》の処置をとった。また、所長は、当日の担当看守をはじめ鎮静房の監視の任にあたっていた看守たちに百分の十、二カ月間減俸《げんぽう》の罰を科し、宿直看守長、看守部長たちにも百分の五、二カ月間減俸の処分をした。

佐久間の逃走による看守たちの処罰は、看守たちに大きな衝撃をあたえた。罰をうけることは生活上の破綻《はたん》をまねき、さらに経歴の汚点として記録され、昇進の重大な支障にもなる。佐久間の逃走をゆるした最大の原因は、ふとんをかぶって寝るのを黙認したことで、恩情をかけたことが裏切られたとも言えた。

看守たちは、この前例をくりかえさぬために収容者に対する態度を厳正にし、少しでも規則に反した者は容赦なく減食等の罰を科した。これによって囚人たちの空気が不穏になったが、看守たちはひるむことなくこれに対した。看守たちは日がたっても落着きをとりもどす気配はなく、相変らず囚人たちをきびしくあつかっていたが、その年の暮近くに一つの不祥事をひきおこした。

短期刑の囚人たちは、看守の監視のもとに刑務所所属の農場で作業に従事していたが、大根を小川であらっていた一人の囚人が監視の眼をぬすんで逃走した。それに気づいた看守たちが追い、すぐに捕えて刑務所内に引き立てた。

看守長は激怒し、看守たちに命じて囚人を裸体にさせ、麻縄《あさなわ》でかたく縛りつけ、何度も水をあびせかけて放置した。水をふくんだ縄は体に強く食いこみ、翌朝、囚人が心臓麻痺《まひ》をおこして死亡しているのが発見された。

この事故で看守長は、不当に囚人をあつかった責任を問われて検挙され、裁判にかけられて収監された。また、それに協力した看守部長は免職処分をうけ、暴行にくわわった看守たちも厳罰に処せられた。

梅雨がすぎ、暑い夏がやってきた。

戦局は、新たな段階に入っていた。ミッドウェイ海戦で劣勢を挽回《ばんかい》したアメリカ軍は戦線を整備し、反攻の態勢をかためた。その動きは、昭和十七年八月七日のガダルカナル島への上陸作戦となってあらわれ、それに対して日本軍は十八日にガダルカナル島タイボ岬《みさき》に上陸、はげしい戦闘が開始された。

司法省行刑局では、逃走防止に指導の中心をおき、夏期に事故が多発することをうれえて、

「……暑熱ノ影響ニ因《よ》リ不知不識ノ間ニ戒護職員ノ精神力ノ弛緩《しかん》ヲ生ジ、或《あるい》ハ生理的ニ睡気ヲ催ス等動《やや》モスレバ戒護上ノ間隙《かんげき》ヲ易《やす》キニ加エ、収容者ニトリテハ自然ノ現境最モ逃走ニ容易且《かつ》利便多ク、殊《こと》ニ炎熱下ニ於《お》ケル構外作業ノ労苦ニ堪エ兼ネ逃走ヲ企画スルニ至ル者亦尠《またすくな》シトセズ。要之昨今ノ季節ハ一年ヲ通ジ主観的及ビ客観的ニ逃走ノ機会茲《ここ》ニ条件頗《すこぶ》ル増大セルモノト謂《い》ウベク、従ッテ行刑検索上最モ戒心ヲ要スル時期ト思料致候《いたしそうろう》」

と、全国刑務所長に警告を発した。

また、囚人にあたえる食糧問題が、新たな課題になって浮びあがってきていた。開戦以来、軍需品の生産が優先される傾向は日を追ってたかまり、それによって日用品の生産量は激減し、配給制度がとり入れられていた。主食である米も、前年の四月一日に東京、大阪で大人一日二合三勺《じやく》の配給が実施され、それは徐々に他の都市へも波及されていた。当然、刑務所に収容されている者たちにも食糧不足は反映し、前年の十二月一日から節減の規則が実施され、作業に従事する者にあたえられていた食事の増給も廃止された。

司法省は、過去の刑務所内の暴動が食物についての不満による例が多いことを知っていた。獄房にとじこめられた収容者たちは、むろん喫煙、飲酒はゆるされず娯楽にふれる機会もなく、わずかに食物を口にすることだけが唯一《ゆいいつ》の楽しみであった。そのため食物の量、質の低下は、囚人たちをはげしく刺戟《しげき》し、暴動の発生にもつながるのである。

そうしたことをうれえた司法省では、食糧確保を第一義に考え、米四、麦六の割合で一日一人六合強の主食をあたえていた。一般社会の者の配給量の倍以上だが、それでも作業奨励のための食事の増給を全廃したことは、収容者に大きな影響をあたえることが懸念された。そのため行刑局では、各刑務所長に対し、囚人に一般の食糧事情を懇切に説明して増給廃止がやむを得ないものであることを納得させるように、と指示した。

暑熱がやわらぎ、秋の気配が感じられるようになった。東京の軍需工場では夜おそくまで残業がつづけられ、トラックや牛車、馬車が資材や製品を積んで道をあわただしく往《ゆ》きかっていた。

九月十五日、満州国建国十周年記念の式典が高松宮臨席のもとに日比谷大音楽堂で一万名列席のもとに挙行された。また、その日には、食糧不足が目立ちはじめた都内で一人あたり百匁の薩摩芋《さつまいも》の特別配給がおこなわれ、八百屋の店頭に一等品四銭五厘、二等品四銭の掲示が貼《は》り出された。

翌々日は強い低気圧が日本列島を九州方面から北上していたが、防空対策のため天気予報は廃されていたので、都民は天候の悪化を予測することはできなかった。

天候は十八日夜からくずれ、大雨になった。朝をむかえた頃《ころ》から雨勢はさらに強まり、風もくわわった。低地では各所に出水騒ぎがおこって市電は運転をとりやめ、夕刻には世田谷区玉川上野毛《かみのげ》町の堤が決潰《けっかい》し、東急電鉄大井町線の上野毛、等々力《とどろき》間の電車が不通になった。

夜半にようやく雨がやみ、翌日は青空がひろがった。

浅草を起点とする東武鉄道は高架になっていて、平常通り運転がつづけられていたが、北千住《きたせんじゅ》駅周辺の町々は床下浸水し、濁流のながれる荒川放水路の鉄橋をこえた初めての駅である小菅駅附近から五反野《ごたんの》、梅島、西新井《にしあらい》駅附近までの沿線は、濁った水が一面にひろがっていた。その附近一帯には池、沼、ドブ川が多く、大雨が降るたびに増水した水があふれ、床上浸水することもしばしばだった。そのため低地に建てられた家々の壁や柱には、浸水した折の水位をしめす線がしみついていた。

小菅地区も場所によっては腰までつかるほど濁水がひろがっていたが、刑務所の建てられている場所は高く、荒川放水路の土手に面した正門附近にわずかに水が寄せているだけであった。

戒護主任の看守長浦田進の住む家も床下浸水し、一段低い台所の床は水につかっていた。日没頃には徐々に水がひきはじめたので、浦田の妻は、ようやく木肌《きはだ》のあらわれた台所の床を何度も水をかけては拭《ふ》き清めていた。

夜十時頃、玄関のガラス戸をひそかにたたく音がした。

浦田は、玄関の電燈《でんとう》をともし、どなたですか、とたずねた。

ガラス戸の外から、

「佐久間です。佐久間清太郎です」

という声がした。

浦田は、体を硬くした。まさか、と思った。佐久間が六月十五日に秋田刑務所を破獄したという報告は、むろん小菅刑務所にもつたえられていた。全国に指名手配されていたが、かれの消息は妻のもとをおとずれてから完全に断たれている。

逃亡したかれが、自分のもとにやってくるなどとは想像もつかなかった。浦田の知っている佐久間姓の者はなく、かれとしか思えなかった。もしかすると凶器を手に殺意をいだいているのかも知れぬと考え、廊下の壁に常時立てかけてある木刀をにぎり、まだ水のひかぬ土間におりると玄関の戸の鍵《かぎ》をあけた。

戸が細目にひらき、淡い電燈の光に男の顔が浮びあがった。

浦田は、眼《め》を大きくひらいた。赤黒く日焼けし、髪も長くのび髭《ひげ》も生えていたが、佐久間であった。汚れた開襟《かいきん》シャツを着ていて、黒いズボンの裾《すそ》を膝頭《ひざがしら》の上までまくって水の中に立っている。手に下駄《げた》をさげていた。

「佐久間か」

浦田は、声をあげた。

佐久間が、無言のまま頭をさげた。

「なぜ、ここへ来た」

浦田は、背にかくした木刀をにぎりしめながらたずねた。

「主任さんに会いに来ました。それだけです」

「自首だな」

浦田が念を押すように言うと、佐久間は、はいと言ってうなずいた。

刑務所員としての思考がはたらき、自首してきた佐久間の気持を変えさせぬことが先決だ、と、思った。二度の脱獄をはたした佐久間にとって、逃げることは容易である。脱獄についての報告書から察すると、佐久間は精神的に変化のはげしい性格で、なにかの拍子で心変りするおそれがあった。

かれは、

「そんな所に立っていないで、中に入れ」

と、おだやかな口調で言い、木刀を廊下の壁に立てかけ、居間から座ぶとんを持ってくると玄関の式台においた。

佐久間が土間に入り、座ぶとんをよけて式台に腰をおろした。

浦田は、台所にいる妻に声をかけ、茶をいれるように言った。妻がいぶかしそうな表情をして茶をはこんできた。佐久間は、茶碗《ちゃわん》を両掌《りょうて》でつつむようにしてうまそうに茶を飲んだ。

浦田は玄関の柱にとりつけられた電話の受話器をとると、刑務所長の家のダイヤルをまわした。夫人についで電話口に出た所長は、浦田の報告に、佐久間が？　と言ったまま絶句した。

浦田は匆々《そうそう》に電話を切ると、妻にふかした薩摩芋を持ってこさせ、

「こんなものしかないが、食え」

と言った。

佐久間は深く頭をさげると、芋にむしゃぶりつくように食べた。

浦田は、佐久間とさりげない会話をかわした。出水のことを口にし、食糧事情が悪くなったことを話した。居間にもどって煙草《たばこ》を持ってくるとあたえ、マッチで火をつけてやった。

佐久間は頭をさげ、煙をくゆらせた。

しばらくすると、水の中をあわただしく歩いてくる足音がし、玄関の戸があけられた。三名の刑事で、佐久間を立ちあがらせると手錠をかけ、腰に捕縄《ほじよう》をつけた。

浦田は、かれらとともに家を出た。

「今日は航空日でな。東京出身の少年飛行兵が飛行機で郷土訪問に飛んでくる予定になっていたが、雨で明日に延期された。明日は、晴れる」

かれは、手錠をかけられた手に下駄をさげて水の中を歩く佐久間に声をかけ、夜空を見上げた。

空には、冴《さ》えた星が隙間《すきま》なく散っていた。

佐久間は警察署に留置後、東京地検に告発され東京拘置所に収容された。

拘置所の空気は緊張した。脱出不能とされている秋田刑務所の鎮静房を脱獄した佐久間だけに三度目の逃走も十分に予想され、そのあつかいについて真剣な討議がおこなわれた。その結果、秋田刑務所へ移送される前に収容されていた小菅刑務所がとった処置通りに、佐久間を収容した独居房の隣りの房に雑役係の模範囚たちを入れ、他の隣接房を空房とした。佐久間が少しでも脱獄の気配をみせた折には、雑役係が鈴を振り鳴らして看守に通報する手筈《てはず》がとられた。また、対面監視の処置がとられ、老練な看守が交替で、常時、房の外に立って鉄格子《てつごうし》の中にいる佐久間の一挙一動を見まもった。

出張検事の取調べが所内でおこなわれたが、その折にも看守三名がかれを取りまき、ドアの外にも看守が警戒にあたった。

まず脱獄方法について訊問《じんもん》がおこなわれた。陳述によると、秋田刑務所で推定した通り、佐久間は脱獄日のかなり以前から準備をはじめていた。かれは看守が視察窓からのぞく時間を綿密にはかり、その間にふとんを巻いて壁に立てかけ、明り窓の木製の枠《わく》が腐りかけているのを知った。さらに窓枠にはめこまれたガラス窓をとめている五寸釘《くぎ》も錆《さび》ついているのを眼にして、それを取り除くのは容易だと思ったという。逃走が発見されたのは六月十六日午前五時すぎだが、かれはすでに十五日の夜に房を脱け出していた。

最も疑問視されていた鎮静房からの脱出方法について検事がたずねると、佐久間は、

「守宮《やもり》を考えてくだされればいいですよ」

と、薄笑いしながら言っただけで口をつぐんだ。

逃走後、妻子に会いたいと考え、路《みち》を避けて山間部を星の位置で方向をさぐりながら青森県下に入った。当然、妻子の住む家に張込みがおこなわれていると察し、遠くからひそかに観察した。推測通り、草叢《くさむら》や樹林の中から双眼鏡で家を見つめている男たちの姿を見いだし、また、かれらに弁当や飲み水をくばって歩く女にも気づいた。かれは、男たちの動きを見まもり、数日後、男たちが引揚げトラックで去るのを見とどけてから家に入ったという。

かれは、久しぶりに妻の体を抱き、夜明け前に家を出ると線路づたいに東京へむかった。交通機関をたよるのは危険なので徒歩にたより、さらに行動するのは夜だけにかぎって、昼間は人目につかぬ山中や樹林のくぼみで眠った。盗みをはたらくと警察に届け出られ、それによって自分の動きが気づかれるおそれがあるので、届けが出されぬように下駄、シャツ、ズボンを別々の家から盗み、それも古びたものをえらんだ。食物も無人の家にしのびこんで少量ずつ盗んだが、畠《はたけ》に作物が成育している時期なので、それらを食べ、食物に事欠くことはなかった。そのような慎重な行動をとったので、東京まで三カ月かかったのだという。

破獄の動機について、訊問がおこなわれた。

佐久間は急に能弁になった。動機は、秋田刑務所での自分に対するあつかいがきわめて苛酷《かこく》であったからだ、とうったえた。夜、ふとんをかぶって寝ていると言っては荒々しく声をかけられ、睡眠もとれない。厳寒期に寒くてならず下着の下附を懇願したが受け入れられなかった、と、憤《いきどお》りをこめて告げた。そうしたことを抗命とされ鎮静房にとじこめられたが、それは人間を収容する空間ではなく虫籠《むしかご》よりおとる、と強調した。

看守は横暴で囚人を人間あつかいしないので、処遇の改善を司法省にうったえるため破獄し、上京したという。最も酷なあつかいをする看守を窮地におとしいれようとして、その看守の当直の夜をえらんで脱獄したのだ、とも言った。

破獄したかれがなぜ小菅刑務所の戒護主任浦田進のもとに自首して出たかについて、検事がただすと、佐久間は、

「主任さんは、私を人間あつかいしてくれましたから……」

と、眼をうるませて言った。

これらの陳述内容は、司法省行刑局にもつたえられた。

行刑局では、佐久間の陳述を分析したが、内容に矛盾があると判定した。秋田刑務

所では、小菅刑務所から移送されてきた無期、長期刑囚とともに佐久間にも構内作業を許可した。これは優遇ともいうべき措置で、殊に脱獄歴のあるかれのような囚人には異例のあつかいであった。

作業に出ることをしなくなったのは、佐久間の希望によるもので、それは一人になることによって、脱獄をくわだてていたとも推測された。ふとんをかぶって寝ることも、脱獄を有利にはたそうとした準備と解された。

行刑局では、あらためて秋田刑務所の囚人に対するあつかいについて調査した。逃走した囚人を暴行によって殺害した事件がおこる前で、調査の結果、二百名にもおよぶ無期、長期刑囚をうけいれたことで所員が神経過敏になり、粗暴な言動をとる傾向があることがみとめられた。が、規則以上に苛酷なあつかいをしている事実はなく、結局、佐久間が秋田刑務所の処遇改善を司法省にうったえるため脱獄したという陳述は、口実にすぎぬと推定された。

脱獄の動機は、妻子に会いたいという願望以外に看守に対する反感と寒気に対するおそれではないか、と考えられた。佐久間は、検事に刑務所内のたえがたい寒さについてくりかえしうったえたが、再び冬をすごさねばならぬことをおそれて脱獄をくわだて実行にうつしたのではないか、と判断された。小菅刑務所の所員のもとに自首したのは、秋田より冬をすごしよい東京で服役したいと願ったからと推測された。その証拠に、佐久間は、しきりに小菅刑務所に収監して欲しい、とくりかえし検事にうったえていた。

また、かれは、戦局が緊迫化するにつれ、健康な男子のすべてが軍需産業その他に従事している中で、放浪状態の自分が見とがめられて捕えられることを予感し、それならば小菅刑務所で仮釈放までの歳月をすごしたいと考えたのかも知れなかった。さらに、食糧不足が一層深刻さを増すことを敏感に察し、追われる身では飢えることも考えられ、三食の食物を約束してくれる刑務所に入る方が賢明と思ったとも想像された。

かれが浦田戒護主任のもとに自首したのは、温く遇してくれた者にすがろうとする性格であるためと解された。それは、幼い頃、父親と死別し親戚《しんせき》の者に育てられたという生い立ちによるもので、人の情にもろい一面をもっていることもあきらかになった。

佐久間は、検事の取調べをうけながら東京拘置所の独居房で日をすごしていた。

その頃、小菅刑務所で新たな動きがみられた。

戦闘の激化とともに、撃沈される船が増し、各造船所では船の建造、修理に専念していた。が、所員の出征、入営によって労働力不足がいちじるしくなっていた。

海軍省兵備局では、その年の八月、第四課長伴義一大佐が司法大臣岩村通世をおとずれ、造船所への囚人の出役を要望した。岩村は、それに応ずることを決意し、省議にかけた。局長や課長の中には、造船所は資材がいたる所にあって逃走に便利であり、もしも集団逃走事故でも発生すれば治安の混乱をひきおこすおそれがある、と反対する声が高かった。もしも実行するなら就業場所に機関銃をすえて事故防止をはかるべきだ、という意見もあった。

省議はくりかえされ、岩村と正木行刑局長の強い主張によって囚人を出役させることに決定し、正木が嶋田繁太郎《しまだしげたろう》海軍大臣と沢本頼雄《さわもとよりお》海軍次官に受諾を報告した。

海軍艦政本部では、全国五十余の造船所の首脳者を東京にまねき、囚人使用を提案した。しかし、囚人を使うことを危ぶむ者が多く、わずかに石川島重工業株式会社造船部長穂積《ほづみ》律之助だけがそれに応じた。

正木は、東京控訴院管内の刑務所から鋲打《びょううち》、撓鉄《どうてつ》、コーキン、鳶職《とびしょく》の経験をもつ健康な模範囚を出役させることにし、四十六名をえらんで小菅刑務所に移送させた。かれらには刑期の短縮という恩典をあたえることにし、賃金も一人一日あたり二円から二円五十銭とさだめ、第一造船奉公隊と称した。

十一月八日、正木局長、穂積石川島造船部長、海軍省兵備局堀江隆介中佐臨席のもとに編成式がもよおされ、隊員は造船所のトラック二台に分乗し造船所にむかった。その日から、隊員たちは小菅刑務所と造船所を往復して作業に従事したが、熟練者ばかりなので驚くほどの能率をあげた。

この好成績に刺戟《しげき》され、十二月には大阪刑務所で第二造船奉公隊が編成されて佐野安船渠《ドック》株式会社へ出役したのをはじめ、名古屋、横浜、函館《はこだて》、新潟、神戸、岡山、広島の各刑務所で囚人が造船所に出役し、少年刑務所でも少年造船奉公隊が結成された。

年があけ、戦局に暗いかげりがみえはじめた。ガダルカナル島をめぐる戦闘は補給路の確保が不可能になって劣勢となり、二月一日に島からの撤退が開始された。また、ヨーロッパ戦線では、同盟国ドイツのソ連領に進入した大軍がソ連軍の頑強《がんきよう》な抵抗にあい、降服した。

電力消費規制の強化、寺の鐘などの金属類の強制供出、学徒の徴兵延期制の廃止などがつぎつぎに打ち出され、戦時態勢は一層強化された。

そうした中で、佐久間清太郎は、三月三十一日、東京区裁判所で逃走罪として三年の刑の判決をうけ、無期刑に加算された。

佐久間は小菅刑務所で服役することを強く願っていたが、無視された。無期、長期刑囚はすべて秋田をはじめ網走《あばしり》、宮城の各刑務所に移監され、殊に脱獄歴二回の佐久間を空襲の予測される東京にとどめておくことはできるはずもなかった。それに、食糧不足はさらに深刻化していて、大都会にある刑務所では囚人の減少をのぞんでいた。刑務所では米麦の主食量としてさだめられた一人一日あたり平均六合強をまもることにつとめていたが、囚人と一般国民の死亡率との数字に無気味な変化があらわれはじめていた。昭和十三、十四年の囚人の死亡率は、千人について十四・五、十四・一人で、一般国民の十七・四人より低い。が、十六年になると囚人二十・〇、国民十五・五人、さらに十七年の統計では囚人二十四・四、国民十五・五人と囚人の死亡率が急に増してきていた。理由は、囚人の主食は確保されているが副食物が漬物《つけもの》、または塩のみといった場合もあって、栄養不良による死がめだつようになっていたのである。

行刑局では、各刑務所に食糧の自給自足を命じ、地方の刑務所では耕地の拡大や開墾に手をつけていた。が、小菅刑務所のような大都会の刑務所ではそれも不可能で、食糧の確保が一層困難になることが予想され、逃走のおそれのある佐久間などうけいれる余地はなかった。

佐久間の移送先は網走刑務所と決定した。秋田刑務所は逃走した刑務所であるので除外され、また宮城刑務所は設備が老朽化しているので、無事故を誇る網走刑務所にさだめられたのである。

すでに連合艦隊司令長官山本五十六《いそろく》海軍大将が四月十八日に戦死していたが、その事実は公表されていなかった。

東京拘置所では、途中、悪天候によって津軽海峡で船が欠航した折に佐久間が逃走することも予測し、気象情報を検討した末、四月二十三日夜に東京を出発させて網走へ護送したのである。

四

網走町の前面にひろがるオホーツクの海は一月下旬以来、流氷にとざされていたが、四月上旬、気温がゆるむとともに流氷が沖へ移動し、水平線からその輝きを没した。が、中旬に入ると再び沖合に姿をみせ、その後は例年のようにあらわれたり消えたりすることをくりかえして、下旬には完全に去り、海明けを待ちかねていた漁船が出漁した。

町とその周辺には根雪がのこっていたが、春の気配がきざしはじめていた。雪の中から福寿草の芽や蕗《ふき》の薹《とう》がのぞき、網走湖畔には水芭蕉《みずばしよう》が芽をのばした。

小雨がつづき、晴れた日にも濃い霧がたちこめて陽光をさえぎっていたが、刑務所の裏山に辛夷《こぶし》の白い花が点々とみえはじめると、春色が急速にひろがった。桜、梅、桃が蕾《つぼみ》をふくらませて競い合うように花弁をひろげ、それを追って躑躅《つつじ》が朱色の花をつけた。雪がとけてあらわれた地表も緑におおわれたが、相変らず気温は低く、霧が町をつつみこんでいた。

網走町では、網走刑務所が重罪囚を収容することで世に知られ、町が監獄の町というこのましくない印象をあたえるとして、昭和十三年に刑務所名を附近の地名をとって大曲《おおまがり》または三眺《さんちよう》刑務所と改称することを司法省に請願した。それは容易にいれられず、その後も運動がつづけられ、昭和十六年三月二十五日には衆議院で可決されたが、貴族院では不採択になった。

町は、刑務所の存在なしでは考えられぬ性格をもっていた。

初めて囚人五十名が看守数名にともなわれて網走村に入り網走囚徒外役所を設置したのは、明治二十三年四月であった。それらの囚人は釧路《くしろ》におかれた監獄署からおくりこまれたもので、さらに五十名がくわえられ獄舎、事務所、官舎の建設にあたり、工事のすすむにつれて釧路監獄署の囚人が移送されその数は千二百名に達した。当時、網走村はアイヌの家をふくめても百戸にみたぬ漁村であったが、多額の経費をおとす外役所の出現によって、にわかに活況を呈した。囚人、看守が大量に費消する農作物、魚類が高い価格で買いあげられ、労賃は高騰《こうとう》し、それを知った他の地の者たちが移住してきて、にぎわいを増した。

北海道庁は、網走村附近が肥沃《ひよく》であることに注目し、それらを官有地として買いあげた。そして、囚人の手でそれらの地を開墾させ食糧を自給自足できる刑務所としたいという構想を立て、翌二十四年に外役所を網走分監に昇格させた。初代分監長には二十七歳の有馬四郎助が登用され、八月二十二日に網走に着任した。

有馬には、北海道長官から一つの使命が託されていた。

政府は、囚人を駆使して北海道開拓を推しすすめる政策をとっていたが、殊に道路の開鑿《かいさく》が開拓の基本であるとして各地で工事を大々的にすすめていた。劃期《かっき》的な工事は札幌《さっぽろ》から忠別太《ちゅうべつた》（旭川《あさひかわ》）までの間に幅三間の道路を開通させたことであった。それは、原生林、泥炭地《でいたんち》などのつづく人の踏みこむことのなかった北海道の奥深く楔《くさび》を入れた道路であった。

さらに政府は、北海道中央部を東西に横断する道路の開鑿をくわだてた。それは、忠別太から大雪山系の山岳地帯を越え、遠くオホーツク海に面した網走村への道であった。それが開通すれば札幌から網走村への陸路が通じ、道沿いの沃野に多数の移植民が入りこみ、北海道開拓は大きな進展をみせる。しかし、途中には巨木の密生した原生林がひかえ、けわしい山岳と絶壁にふちどられた深い渓谷《けいこく》もつらなっていて、そこに道を通じさせることはほとんど不可能に近い難事であった。しかし、政府の指令をうけた道庁は強行開鑿を決意し、空知《そらち》監獄署の囚人多数を動員して、まず忠別太方面からの工事を開始させた。民間会社の者の手で火薬を使って岩石を爆砕し、囚人たちは大雪山系に道をひらきながらすすみ、天塩《てしお》、北見両国の境界附近まで達していた。

有馬四郎助にあたえられた命令は、網走分監の囚人を使って、その国ざかいから網走村までの間の道路を開鑿させることで、しかも年末までに開通させるというきびしい条件がつけられていた。年末までにはわずか四カ月しかなく、十月中旬には雪がきて工事がとどこおることが予想されていたので、尋常な方法ではそれを達成させることは不可能だった。

有馬は、工期内に必ず工事を完成させようとし、釧路、空知の両分監で六年間囚人に接した経験を生かし、囚人のもつ競争心を利用することを思いついた。まず、網走村から天塩、北見の国ざかいまでの予定路線を三里半ずつに区切り、十三工区にわけた。そして、一工区の両端に四人の集団を配置させて工事をすすませ、早く中心点に達した集団には食糧を増給する。一集団は二百二十人の囚人で編成させ、看守長一名、監督補助二名、看守二十四名を監視、指導にあたらせる。また、逃走事故防止のため囚人を二人ずつ連鎖にすることにした。

工事は、八月下旬から開始された。

有馬の期待は的中し、囚人たちは異様なほどの競争心を発揮し、生いしげる太い樹木を鉞《まさかり》でたおし根をおこす。また随所に露出した岩石も掘りあげ、十五間幅の空間をつくって、その中央に三間幅の道路をひらいていった。腕力のすぐれた囚人が、いつの間にか指揮者に近い立場に立って、他の囚人たちを督励するようになった。

看守たちは、樹木を早くたおさせようとして枝に囚人たちを綱でぶらさげ、その重みを利用して伐《き》り倒させる。樹木の下敷きになって死傷する者もいた。

工事は昼夜兼行になり、囚人は二交替で働いた。中心点近くになると、前方で看守たちの怒声がし樹木のかたむいてたおれるのがみえ、囚人たちの動きも一層あわただしくなって中心点をめざしてすすんだ。苛《か》酷《こく》な労働と栄養失調でたおれる囚人が続出するようになったが、死体は放置されたまま工事はすすめられた。

雪がやってきて、囚人たちは雪中で岩をくだき巨木をたおしてすすんでいった。逃走事故もおこるようになったが、雪におおわれた地には食物になるようなものはなく、山中をさ迷った後に餓死寸前の状態でもどってくるのが常であった。射殺されたり斬《ざん》殺《さつ》された逃走囚もいた。

十二月二十七日、囚人たちは雪にうもれた天塩、北見両国の境に達し、工事は終了した。囚人の犠牲は甚大《じんだい》で、出役者千百十五名中九百十四名が病者になり、百八十六名が死亡し、ほとんど全滅状態であった。

その後、網走分監は一時閉鎖されたが、廃止が決定した釧路分監の囚人を収容することによって再び開設された。

明治三十六年、監獄官制の発布によって網走監獄と改称、さらに大正十一年に官制改正によって網走刑務所となった。

網走刑務所では、分監創設の折の農耕による自給自足の計画がそのままもちこされ、農場をもつ刑務所として特異な存在になった。官有地がつぎつぎに開墾されて耕地がひろがり、専門家の指導のもとに米、麦をはじめとした穀類、野菜類を収穫し、さらに耕馬、乳牛の飼育もおこなわれていた。

刑務所の充実とともに網走村の発展もいちじるしく、分監が創設されてから十一年後の明治三十五年には早くも人口が四千名をこえ、町制が施行された。港の施設は整備され、定期航路の船が出入りし、漁業、商工業もさかんになった。道路の改修とともに鉄道の建設もすすめられ、昭和六年には釧路との間に釧網線《せんもう》が全通し、網走町とその周辺の産業は飛躍的に発展した。昭和十六年十二月八日、米英蘭三国に対する宣戦が布告された頃には、人口三万の大集落になっていた。

開戦時、網走刑務所は四万坪の敷地に獄舎、工場その他がもうけられ、網走湖畔農場、北山農場、二見ヶ岡農場、住吉農場の大農場をもち、さらに広大な牧場、山林を所有する大規模なものになっていた。緬羊《めんよう》、乳牛、馬、兎《うさぎ》が飼われ、それらから洋服地、バター、靴《くつ》などが加工され、山林から伐り出された木材は、燃料以外に家具、弾薬箱その他の製造にあてられていた。

戦時下の労働不足をおぎなうため、網走刑務所では海軍の美幌《びほろ》飛行場の整備工事に囚人が出役し、また、軍事施設の工事にも従事していた。

農場には、泊込所と称される獄舎が建てられ、見張所がもうけられていた。早朝から日没時まで作業がおこなわれ、看守部長は馬に乗って巡視し、看守は囚人たちの監視にあたった。看守部長は小型拳銃《けんじゅう》、騎馬の折には騎兵銃を、看守たちは大型拳銃をそれぞれ所持していた。

町の住民たちは、早朝、刑務所から外役にゆき、夕方、刑務所へもどる囚人の列を眼《め》にしていた。囚人たちは、刑務所の裏門から出ると、看守につきそわれて外役地へ歩いてゆく。農場へむかう一団もあれば、オホーツク海に面した海軍警備道路の拡幅工事現場に急ぐ者たちもいた。

作業は雨、雪の降る日もつづけられ、夕方、帰所すると、夕食後、九時まで構内の工場で軍から依頼された物品をつくる仕事に従事した。また網走駅には編笠《あみがさ》をかぶり手錠に腰縄《こしなわ》をつけた囚人の一団が下車することもしばしばだった。かれらは、女満別《めまんべつ》に建設中の海軍飛行場の労務に従事する者たちで、看守にともなわれて町の中を女満別へむかった。

浅黄色の獄衣をつけた囚人の群は、住民の眼になじみ、それらは町の風物に似たものにもなっていた。大正年間に刑務所附属の工場で生産された煉瓦《れんが》でつくられた表門、高さ十五尺、周囲六百間におよぶ塀《へい》は、町の性格を象徴するもので、町が刑務所とともにあることをしめしていた。

開戦後、町の空気は暗かった。それまで入営、出征する男たちをはなばなしく駅までおくっていたが、防諜上《ぼうちょうじょう》の処置で禁じられ、わずかな家族の見おくりをうけ列車で去ってゆく者の姿があるだけであった。

住民をおびやかしていたのは、食糧であった。殊《こと》に米は、北海道庁が内地または朝鮮、台湾から移入することによって消費量をおぎなっていたが、輸送が困難になり、絶えがちになっていた。道内では、農業改良政策を推しすすめることで主食の確保につとめていたが、昭和十五年に病害が発生し、十六年には冷害と水害で大凶作になった。北海道庁では、昭和十五年七月に米の配給を通帳制とし、成人一日の配給量を二合三勺とさだめた。網走町でもそれを実施したが、配給量すら確保できず、四割が麦、その他は馬鈴薯《ばれいしょ》、豆、ソバ、澱粉《でんぷん》があてられるという状態であった。漁獲量も、働きざかりの漁師が軍隊に入り、さらに船の燃料が配給制になって出漁回数が制限されたため激減し、町の者たちへの配給量はわずかであった。

食糧とともに住民を不安がらせていたのは、燃料であった。もっぱら薪《まき》が使用されていたが欠乏しはじめ、石炭にたよるようになった。それも開戦後、軍需工場への供給が優先され、一般家庭への配給量は減少し、冬の寒気にさらされるようになっていた。

北海道には繊維工場がなく、自給態勢のない繊維品は切符制がとられていたが、網走町では実質的に入手が不可能であった。さらに金属類の強制供出命令によって、町の商店の看板、橋の欄干、寺院の梵鐘《ぼんしょう》等が撤去され、供出された。また、燃料と資材の不足からバス会社の企業合同がおこなわれて主要路線の運転回数は減り、網走の町の中を走るバスの運行は停止された。

町の者たちの生活は戦争の進行とともに不安定なものになっていたが、煉瓦塀にかこまれた刑務所内では、秩序正しい生活が変りなくつづけられていた。五時起床、五時三十分点呼。洗面、食事後、外役におもむく囚人たちは、木製の弁当箱を手に看守の監視をうけて門から出ると外役所へむかう。かれらの主食は、司法省命令により麦六、米四の割合で一日六合が確保され、顔色もよかった。ただ、作業衣は繊維不足を反映して補修したものが多く、看守の制服も同様であった。

構内の工場では、囚人たちが軍需品の製造に従事していた。弾薬箱、戦闘帽、外套《がいとう》、襟章《えりしよう》、釣床《つりどこ》、軍靴《ぐんか》、軍足、帯革などがつくられ、それらは刑務所のトラックではこび出されていた。受刑成績不良の者は作業をゆるされず、獄舎の中で日をすごしていた。

瓦《かわら》ぶきの庁舎の裏に、五つの舎房が放射状に張り出した獄舎があった。中央の要《かなめ》の部分には六角形の見張所が高く突き出ていて、獄舎すべてを監視することができるようになっていた。

東京拘置所から移送された無期刑囚佐久間清太郎が収容されたのは、独居房のみがつらなる第四舎で、監視を能率的におこなう配慮から最先端にある第二十四号房があてられていた。

司法省行刑局から刑務所長に対し、特定不良囚としての佐久間に関する分厚い書類と注意書がおくられてきていた。大正十一年、官制改正によって全国の監獄が刑務所と改正され獄舎設備が完備されて以来、獄房から二度も破獄し逃走した例は皆無で、それをおかした佐久間は「容易ならざる」囚人としてあつかわれていた。

書類には、佐久間の性格、性癖、房内での生活状態、入浴、運動時の態度などが克明に書きとめられ、青森、秋田両刑務所を脱獄した経過も詳細にしるされていた。殊に脱獄不能とされていた秋田刑務所鎮静房からの逃走については、鎮静房の構造と逃走経路の図面が挿入《そうにゆう》され、小菅刑務所に自首後、検事が佐久間から聴取した脱獄方法も書かれていた。そして、佐久間を網走刑務所に移送したのは、戦時下の要請によるものであると同時に網走刑務所の監視態勢に対する絶大な信頼である、とむすばれていた。

山本銓吉所長は、佐久間を独居房に収容した翌日、看守長たちをあつめ、行刑局からおくられてきた書類の内容をつたえた。

佐久間が東京拘置所から護送されてきた時、たとえ二度の破獄歴があるとはいえ、手錠、捕縄をつけたかれに看守長をふくむ五名の看守がつきそってきたことを大袈裟《おおげさ》すぎるともらしていた者もいたが、秋田刑務所の鎮静房から逃走した経過を知ると、顔をこわばらせていた。

「この書類をみると、人間業《わざ》とは思えぬ。全国に四万五千の囚人がいるが、佐久間のような者はいない。このような前代未聞《みもん》の脱獄囚を当刑務所に移送してきた本省の信頼にこたえるために、また当刑務所の威信にかけても、逃走事故をおこさせてはならぬ」

所長は、強い口調で訓示した。

協議に入り、東京拘置所から護送してきた看守長の要請で佐久間に房内で手錠と連鎖の足錠をつけてあるが、それも決して過度なものではなく、そのまま持続することに決定した。また専属看守として、連合刑務所武道大会の柔道部門に常時出場している二人の看守をえらび、交替で監視の任にあたらせることになった。

看守長たちは、網走刑務所に勤務していることに誇りをいだいていた。看守教育は伝統的に厳正で、かれらは、囚人の動きをするどく見ぬき、逃走の気配をみせた者は厳重に警戒し、構外作業中での逃走事故も皆無に近い。まして獄房からの逃走など絶対にゆるさぬという強い自負をいだいていた。

協議が終ると、看守の藤原吉太と野本金之助が刑務所長室にまねかれた。かれらは、いずれも体重二十五貫前後のたくましい体をした三十歳代半ばの男たちで、佐久間の監視に専念するようにという所長の言葉に姿勢を正して、はい、と答えた。

かれらは、その日から第二十四号房の専任監視の任についた。

独居房は天井、壁、床がすべて楢《なら》の分厚い材でつくられ、廊下に面した部分に鉄枠《てつわく》の扉《とびら》がはめられていた。扉には視察窓と下方に食器を出し入れする小さな空間があるだけだった。

視察窓から房内をのぞくと、朱色の獄衣をつけた佐久間が、手錠、足錠をつけられて正坐《せいざ》していた。昭和十一年に、受刑成績の良好な者の処遇を緩和させるために累進《るいしん》処遇令が制定され、それまで既決囚に着せていた朱色の獄衣は廃され、浅黄色のものにあらためられていた。網走刑務所でも朱色の獄衣・足袋・褌《ふんどし》は、そのまま被服倉庫に入れられていたが、開戦以来、繊維品の欠乏によって新しい浅黄色の獄衣の入手が絶え、やむなく朱色の獄衣を倉庫から出し重罪犯に着せていた。

それを身につけさせられた時、佐久間は、

「赤い獄衣は、獄則違反だ」

と、抗議した。

「贅沢《ぜいたく》を言うな。その方が派手でいい」

看守は、荒々しい声で言った。

淡い電燈《でんとう》の光にうかび上った佐久間の眼には、不服そうな光がうかんでいた。獄房内で手錠、足錠をかけるのは暴力をふるうおそれがあるか、逃走の気配が濃厚な場合にかぎられるが、そのようなこともないのに手足の自由を拘束されていることに憤《いきどお》りをいだいているようだった。

運動時間になると、担当看守の藤原と野本が扉をあけ、足錠をはずして佐久間を廊下に出し、獄舎の外に連れて行った。佐久間は、空を見あげ、獄舎のかげからかすかにみえる濃い緑につつまれた裏山を見つめていた。前後に看守が立ち、時には声をかけることもあったが、かれは、かたく口をつぐんで返事をすることもしなかった。

霧がよどんだように立ちこめている日もあった。気温は低く、霧が冷たかった。かれの獄衣は湿って朱の色が増し、睫毛《まつげ》にこまかい水滴がやどった。かれは歩くこともせず、霧の中で立っていた。

入浴は、週二回にさだめられ、かれは一人で浴槽《よくそう》に身を沈め、体をあらった。二人の看守は、浴場のコンクリートの床に立ち、佐久間の動きを見まもった。青森刑務所では、桶《おけ》の金属製のたがをはずし浴場で臀部《でんぶ》をあらうふりをよそおって、たがを床に摩擦させ合鍵《あいかぎ》をつくった前歴があるので、看守たちは時折り不意に腕をつかんで掌《てのひら》をひらかせたりした。

かれが運動や入浴をしている間に、看守部長が老練な看守を督励して獄房の内部の総点検をおこなった。天井、壁、扉、視察窓、食物の差入れ口を入念にさぐり、寝具、便器もしらべた。さらに佐久間がもどってくると裸体にして口をあけさせ、耳、肛門《こうもん》の中までさぐった。それが終ると、再び足錠をかけ、扉をとじた。その間、佐久間は、斜視の眼を薄くあけたまま口をつぐんでいた。

夜、霧が獄舎にながれこみ、朝までよどんでいることもしばしばだった。

藤原、野本両看守は昼間勤務で、夜は、他の看守が二十分おきに視察窓をあけて内部をのぞきこんだ。房内にも霧が立ちこめてよくみえなかったが、佐久間がふとんをかぶっているのを眼にした看守たちは荒々しく怒声を浴びせかけ、佐久間が顔を出すまでやめなかった。

五月二十一日は曇天で、夕方から霧雨が降りはじめた。

庁舎の職員があつめられ、刑務所長が沈痛な表情で、

「悲報をつたえる。大本営発表があった」

と言って、手にした紙にしるされた発表文を読みあげた。

「連合艦隊司令長官海軍大将山本五十六は本年四月前線に於《お》いて全般作戦指導中敵と交戦飛行機上にて壮烈なる戦死を遂げたり

後任には海軍大将古賀峯一《みねいち》親補せられ既に連合艦隊の指揮を執りつつあり」

職員たちは体をかたくして立ち、頭をたれていた。山本司令長官は前月の十八日に戦死していたが、その事実は厳秘に付され、遺骨が内地に帰還したので午後三時に公表されたのである。

長官の死は構内外で作業をしている囚人たちにも看守からつたえられ、黙禱《もくとう》がおこなわれた。緒戦の優位は徐々にくずれてきていたが、海軍の最高指揮者の死は日本軍が苦況に追いこまれてきていることを端的にしめすもので、刑務所内の空気は重苦しかった。

翌日は終日小雨が降っていた。町の家々の軒先には黒い布をつけた国旗がかかげられ、正装した者たちが網走神社に参拝する姿がみられた。

北海道庁では燈火管制規則を公布していたが、網走刑務所でも獄舎内の十六燭《しよく》の電燈の半ばが黒布でおおわれていた。節電のため百ボルトの電圧を五十ボルトに低下させていた。

五月二十五日、刑務所長をくわえた定例の会議がおこなわれた。その席上、移送されてきてから一カ月になる佐久間についての報告が看守長からあった。監視は専任看守によっておこなわれ、運動、入浴時にも常にその動きを見まもっている。居房捜検と検身に異常はみられず、脱獄の気配はみられない。ただ、佐久間が無言の態度をとっているのが目立つが、それは赤い獄衣をつけ手錠、足錠をはめられていることに対する不満のあらわれと解された。

「当刑務所の厳重な監視と、さい果ての地の刑務所に収容されたことで気分が滅入《めい》っているのではないでしょうか」

他の看守長が言うと、それに同意する者もいた。

他の看守長からは、それぞれ外役場、構内工場での囚人たちの作業状況、生産量などの報告があり、それらはいずれも満足すべきものであった。

「町の者たちは、囚人がうまい物を食っている、と言っているそうです。主食の配給が欠配することもありますし、野草などを主食にまぜる傾向も出ています。そうしたことを考えると、食糧に関するかぎり囚人の方がめぐまれているのはたしかです」

看守長が、言った。

かすかな笑い声がおこったが、所長は、頬《ほお》をゆるめることもせず、

「主食は、あくまで一日六合を厳守する。これは行刑の基本で、一般国民の配給量をはるかに上廻《うわまわ》っていて矛盾しているように考える者もいるだろうが、決してそうではない。囚人の心情は食物によって大きく左右される。食物をへらしたり質を低下させたりすれば囚情は必ず不穏になり、事故も多発して収拾がつかなくなる。さいわい当

刑務所は早くから農場刑務所として自給自足態勢がととのい、囚人の食糧に事欠くおそれはない。他の刑務所では非常な苦労をしているようだが、それでも六合の主食は維持している。町の者がどのように言っても耳をかさぬように……」

と、訓示した。

刑務所の空気は山本連合艦隊司令長官の戦死発表によって暗いものになっていたが、それを追うように五月三十日にはアッツ島の失陥と全守備隊員の玉砕が報じられた。守備隊長山崎保《やすよ》代陸軍大佐以下二千数百名が戦死し、負傷者はすべて自決したという。その発表は、全国民に衝撃をあたえたが、殊に北海道の住民には身近なものとして影響は大きかった。

昭和十五年十二月、樺太《からふと》、千島、北海道と青森、秋田、山形、岩手の東北地方四県を管区とした北部軍の司令部が札幌におかれ、中央の訓令にもとづいて対ソ作戦の防備強化につとめた。太平洋戦争勃発《ぼっぱつ》とともに、北部軍の対ソ戦防備は対米戦闘防衛に目標がかえられた。アリューシャン列島を通じて千島、北海道方面に米軍の攻撃がおこなわれることが推定されたからであった。北部軍は、アリューシャン列島が米軍の手で軍事基地化することを確実視し、機先を制して、開戦翌年の昭和十七年六月、アッツ、キスカ両島を占領、その後、兵力を増強して守備にあたっていた。それから一年間、両島に対する米軍の航空機による攻撃と補給船への潜水艦攻撃が激化していたが、五月二日には米軍のアッツ島上陸作戦が開始され、その戦闘も日本軍守備隊の全滅によって終了したのである。

守備隊員は第七、第八師団の北海道と盛岡で編成された将兵が主で、道民に大きな衝撃をあたえた。またアッツ島を攻略した米軍が千島から北海道への進攻を目ざすことも十分に予想され、千島列島に近い網走町での危機感は強かった。

道内では、米軍機の東京初空襲後に発令された防空強化緊急措置にもとづいて、待避壕《ごう》の設置、火の拡大をふせぐための家屋の強制取りこわし、対空火器の増強などがおこなわれ、道内の重要軍需工業地域である室蘭《むろらん》市の防空のため札幌北民間飛行場に飛行戦隊が配備されたりしていた。網走町でも防空用貯水槽が増設され、各町内で防空訓練がさかんにおこなわれていた。また、網走測候所前に防空監視哨《しょう》が新設され、海岸線の防備も強化されていた。

アッツ島の玉砕が報じられた夜、町は濃い霧につつまれていた。燈火管制で道は暗く、通る人の姿は稀《まれ》であった。

翌朝も霧が立ちこめ、その中を刑務所から外役におもむく囚人の群が作業場へ散っていった。

独居房のつらなる第四舎では、サーベルを腰にした看守が規則正しく巡回をつづけていた。佐久間を監視する専任看守は、監視区域がせばめられていたので十分間隔に佐久間の房の視察窓をひらき内部をのぞいていた。佐久間は、足錠のはめられた足で房内を歩きまわることもあるのだろうが、看守が近づく気配を敏感に察するのか、いつも同じ姿勢で正坐していた。看守が足をしのばせ、不意にのぞきこんでも変りはなかった。

その日も、佐久間は顔を伏せぎみにして坐《すわ》っていた。お行儀がいいな、と、看守が声をかけても返事はせず、顔も動かさなかった。

午後になっても霧ははれず、獄舎内に霧がながれこんでいた。

看守の藤原吉太は一定の歩幅で歩き、房の視察窓をあけることをくりかえしながら佐久間の房に近づいたが、不意に足をとめた。

かれは、房の扉の下方にうがたれた食器差入れ口の外に黒ずんだものがおかれているのを眼にした。短い叫び声が、口からもれた。それは手錠で、二つの環《わ》が正しくならべられていた。扉に走りより、視察窓をあけた。薄暗い房内に顔を少し伏せた佐久間が正坐し、両手が膝《ひざ》におかれていた。

藤原は窓をしめて廊下を走ると、日直看守長のいる部屋に入った。

「佐久間が手錠をはずしています」

かれの声に看守長と看守部長が立ちあがり、藤原とともに部屋を走り出た。巡回をしていた野本も駈《か》けてきた。

房の扉をあけ、かれらは内部に入った。佐久間の腕をつかみ立ちあがらせると、獄衣をはがし褌もとった。衣類をあらため、房内をさぐった。

「合鍵はどこにある」

藤原が、するどい口調で言った。

佐久間は、口をつぐんだまま顔にかすかな笑いの表情をうかべていた。

房内にそれらしいものは見あたらず、検身がおこなわれた。腋《わき》の下がさぐられ、口をあけさせた。舌をつかんでひきあげると、その下に細い金属板がさしこまれていた。さらに、耳、鼻の孔《あな》がさぐられ、四つんばいにさせて肛門の中に手袋をはめた指がさしこまれた。内部からパラフィン紙につつまれたものが出てきて、ひらくと細い金属板があらわれた。

看守長たちの顔には、血の色がうしなわれていた。

藤原が佐久間の頰を強くたたき、金属板をどこで入手したかを甲高い声でたずねた。が、佐久間は返事をせず、口もとに薄笑いをうかべているだけだった。

新たに手錠が持ちこまれてはめられ、捕縄《ほじよう》で体をきつく縛った。看守長たちは廊下に出て、扉をとざした。廊下で野本看守が見張りに立つことになり、看守部長が、事故発生を告げに所長室に急いだ。

所長は、看守長たちを招集し、緊急会議をひらいた。第一発見者の藤原看守も同席を命じられた。

所長をはじめ看守長たちの顔は青ざめ、眼にけわしい光がうかんでいた。藤原と日直看守長が、それぞれ事故の説明をおこなった。

佐久間の行為は、刑務所に対するあきらかな挑戦《ちようせん》であった。はずした手錠を食器差入れ口から廊下に出し、しかも環を正しくならべておいたのは、手錠など無意味な戒具で、脱獄を自らほのめかしたことをしめしている。司法省行刑局からの書類には、宮城刑務所内と小菅刑務所から秋田刑務所へ護送途中の列車内で手錠をはずしたことがしるされていたが、看守長たちは、それが佐久間にとって容易であることをあらためて知った。

口中と肛門の奥にそれぞれ合鍵をひそませていたことも、佐久間の周到さをうかがわせた。かれは、口の中の合鍵が発見されれば、それで検身は終り、肛門の中はさぐられまいと思ったにちがいなかった。その点では看守の徹底した検身が功を奏したと言える。しかし、はずした手錠を廊下に出しておいたことは大胆な示威行為であった。過去二回の脱獄も、その準備段階として看守たちに逃走をほのめかし、いつの間にか看守たちを萎縮《いしゆく》させてしまうのを常としている。手錠をはずし、それを廊下に出しておいたのは、看守たちに心理的な圧迫感をいだかせる手段と判断された。

網走監獄が刑務所に改称されて以来、独居房からの逃走例はなく、それを誇りとしていた刑務所の所員としては、佐久間の行為はゆるしがたいものであった。

佐久間の処置について、さまざまな意見がかわされた。鎮静房にとじこめるという案を口にした者もいたが、秋田刑務所の例もあり、逆に危険だと反対する者が多かった。鎮静房は獄舎からはなれた場所にあって監視密度もうすく、逃亡の確率は高い。手錠をはずすという挑発行動に出たのは、佐久間が鎮静房にうつされることを期待しているからだ、とも推測され、今まで通り第四舎第二十四号房に収容することになった。また、佐久間が手錠をはずし合鍵を隠匿《いんとく》していた行為に対して、減食二分の一、七日間の処分も決定した。

合鍵は、房内におかれた便器の金属製のたがの一本をはずしてつくったことが判明した。房内捜検で見おとしていたのだが、捜検をおこなった看守部長と看守が譴責《けんせき》処分をうけた。さらに、事故の再発をふせぐため便器のたがを竹製のものにかえた。

その日から、佐久間にあたえられる食物の量は半減された。房内での軽作業もしないかれの食事は労働をする囚人の二分の一近くで、それをへらされたことは苛酷《かこく》な処置であった。食器の中には底に米と麦が薄くひろがっているだけで、かれは、食器をなめるようにして食べた。

減食二分の一の処置は五日間が限度と言われていたが、かれはそれにたえ、罰の停止を懇願するような気配もみせなかった。顔はやつれ、坐っているのも大儀そうであった。

五

六月に入ると好天がつづいたが、朝から夜まで濃い霧が立ちこめる日もあった。海の方向からは港を出入りする船の霧笛がきこえていた。獄舎の中にも霧がながれ、衣服も寝具も濡《ぬ》れた。気温は低く、囚人の中には耳や手足に霜焼けができる者もいた。

佐久間は、新しい手錠と足錠をつけて房内で正坐していた。夕方、三十分の安坐時間にあぐらをかいたり足をのばすことがゆるされるだけで、立つことも禁じられていた。

　はずした手錠を廊下に出しておいたかれの行為は、司法省行刑局に書類で報告され、それに対して局からは事故防止のため一層監視をきびしくするようにという警告があった。

　六月下旬には寒い日がつづいたが、七月に入るとようやく気温は上昇した。

　アッツ島玉砕の後、同じアリューシャン列島のキスカ島の放棄が決定し、島に駐屯《ちゆうとん》していた守備隊員五千六百余名が、第五艦隊第一水雷戦隊の巧みな撤収作戦によって濃霧のなかをわずか一時間で全員離脱に成功した。七月二十九日未明であった。

　大本営は、アッツ、キスカ両島を軍事基地化した米軍が千島列島に進攻する公算が大きいと判断し、その方面の防備の強化を積極的にすすめた。さらに千島列島を無視し直接北海道に攻撃をしかけてくることもあり得るとして、道内の守備態勢をととのえることにもつとめた。千島に近い網走《あばしり》町方面には桂朝彦陸軍少将指揮の二個大隊から成る第三十一警備隊が、西は常呂《ところ》、東は斜里《しやり》までの沿岸防備のため展開し、網走町には一個中隊が配置されていた。

　網走町附近の沿岸一帯には、前年から歩兵砲陣地、散兵壕、戦車壕の構築がすすめられ、その年の春から警備隊の要請によって網走刑務所からも囚人が出役していた。

工事場所は、網走町のはずれにある二ツ岩から北方に突き出た能取岬《のとろみさき》までのオホーツク海ぞいの海岸線であった。

その海岸には、能取岬の燈台《とうだい》に勤務している者たちが、食糧その他の日用品の引取りのため網走町との間を往復する笹原《ささはら》のなかの細い道しかなかった。が、警備隊は、その海岸線に防備陣地をもうける必要から、まずトラックが自由にすれちがうことのできる道路の建設をくわだて、その工事を刑務所に依頼した。普通の道路なら岬まで直線状につくればよいが、海岸防備の軍用道路なので、曲りくねった海岸線にそって道を通じさせる必要があった。

工事に従事する囚人は、刑期の二分の一以上服役した逃走のおそれのないと思われる健康な者六十五名がえらばれた。かれらには、看守部長内野敬太郎が看守六名とともに監視にあたり、作業中、囚人が鶴嘴《つるはし》、ショベル、丸太など凶器ともなる道具を手にするので、内野が騎兵銃と小型拳銃《けんじゅう》、看守たちは大型拳銃を所持することになった。

作業開始の日、囚人たちは午前五時に起床し、食事を終えた後、木製の弁当箱をたずさえ、土木工事用具を肩に隊列をくんで裏門を出て工事現場にむかった。内野は騎馬で先頭をゆき、看守たちは囚人の列をかこんですすんだ。

現場に到着すると、囚人たちは十間幅の広さで樹木をたおして根をおこし、掘りあげた岩石とともに除去する。側溝《そっこう》をつけ、地面をならして六間幅の道をつけた。途中に多くの沢があり、そこには木製の橋をかけた。

作業は、雨天の日も休むことなくつづけられた。囚人たちは雨に打たれ、看守たちも囚人が逃走した折に身軽であることが必要なので、雨合羽《あまガッパ》の着用は許されず、下着まで濡らしながら監視にあたった。

作業を終えるのは夕方五時で、囚人たちは、看守につきそわれて刑務所にもどる。が、かれらは疲労をいやす余裕もなく、夕食後、九時まで所内の工場で軍需品の製作にしたがった。

看守たちは、作業終了後、囚人たちを獄舎にもどして房に入れると鍵《かぎ》の点検をし、夜勤の看守たちと事務引きつぎをおこなう。また、他の工場担当の看守たちは、工場内の後片づけをし、殊《こと》に被服工場ではアイロンにいれる木炭を消し、鍛冶《かじ》工場でも火気の有無をたしかめた。かれらがそれらの仕事を終えて官舎に帰るのは、十時すぎになるのが常であった。

道路工事はすすみ、それにともない工事現場が刑務所から遠くなって往復に時間がかかり、作業時間が短くなった。

内野看守部長は、工事を促進するには囚人たちを工事現場の近くで寝泊りさせるのが効果的と考え、現場に泊込所をもうけることを所長に願い出てゆるされた。

海岸線には、軍の警備隊員が使用していた古い三角兵舎が二棟《とう》あった。内野は、その一つを囚人の泊込所、他を看守の宿泊所にあてることにし、兵舎を点検した。兵舎の西側は樹木のおいしげった丘に接していて問題はないが、東側は砂浜に面し、波が近くまで打ちよせていた。それを囚人の泊込所とした場合、逃走をくわだてた囚人が建物の中から東側の砂地を掘りおこせば、容易に砂浜にぬけ出られることはあきらかで、それをふせぐ方法をとることが必要であった。

かれは、囚人たちに直径八寸ほどの太い丸太数百本をその場にはこばせ、泊込所に予定した兵舎の東側の砂地ふかく打ちこませた。また、トタンぶきの屋根ははがされるおそれがあるので、刺《とげ》つきの太い鉄線を蜘蛛《くも》の巣のように縦横にはりめぐらし、かたく打ちつけさせた。その近くに見張所をもうけ、泊込所を監視させるようにした。

囚人を泊込所に収容した翌日から、作業は、朝五時半から開始され日没までつづけられた。囚人たちは、道路工事を終えた後におこなわれる夜の構内作業から解放されたことで、泊込所に寝泊りすることをこのましく思っているようであった。

作業は順調にすすみ、七月下旬には全長七キロの道路工事が終了した。

夏らしい日がつづき、刑務所の裏山からは蟬《せみ》の声がしきりであった。農場の作物の成育は良好で野菜類を満載した牛車の列が、毎日のように橋をわたり刑務所の門をくぐっていた。

八月に入って間もなく、独居房に食事をくばる模範囚の雑役が、佐久間の専任看守である野本のもとにやってくると、ためらいがちに思いがけぬ報告をした。かれは、いつものように食器を佐久間の房の扉《とびら》の下部にある差入れ口から入れ、それはすぐに内部に引き入れられたが、その折に異常を眼にしたという。

「食器を受けた手なのですが、手錠がかかっていないように思えたのです。もしかすると、私が見あやまったのかも知れません。そんな気がしましたので念のため御報告します」

髪の白い雑役囚は、複雑な表情をしていた。

野本は、雑役囚を炊場《たきば》にかえすと、巡視している同僚の藤原看守にそれを告げ、二人そろって詰所にいる日直の看守長に報告した。網走刑務所に移送されてきてから、すでに手錠を合鍵ではずした過去をもつ佐久間だけに、雑役の口にしたことは事実にちがいないと推測された。

かれらは、すぐに詰所を出たが、近づくのに気づいた佐久間が再びすばやく手錠をはめてしまうことも予想された。現場をおさえるには、一人が足音をしのばせて近づき、不意に視察窓をあけねばならなかった。

野本がその役割を引きうけ、靴《くつ》をぬいで廊下を静かにすすみ、佐久間の房に近寄ると視察窓を勢いよくあけた。内部を身じろぎもせず見つめていた野本が、廊下に立つ看守長たちに手をあげた。

かれらは走り寄り、鉄扉《てっぴ》の錠をあけて内部に入った。佐久間は、無表情な顔で食事をしていた。箸《はし》をつかんだ右手の手首には手錠の環《わ》がなく、左手の手錠についた鎖からたれていた。

野本が怒声をあげて佐久間の頰《ほお》をなぐり、腕をつかむと立ちあがらせた。食器が床に落ち、食物が散った。荒々しく検身がおこなわれ、腋《わき》の下から短い針金が落ちた。口、鼻、耳、肛門《こうもん》もさぐられたが、それらからはなにも発見されなかった。

佐久間は引きすえられ、新たに持ってきた手錠がはめられた。

その直後、佐久間は、力をこめて両手首をねじるようにし顔を紅潮させた。看守長たちは、一瞬、その動作の意味がわからず、いぶかしそうに見つめていたが、両手にはめられた手錠をつなぐ鉄鎖が音を立てて切れるのを眼にした。

野本たちは呆然《ぼうぜん》と立ちすくみ、うろたえたように捕縄で佐久間の体をきつく縛った。そして、再び新たに持ってきた手錠を後手にはめた。その間、佐久間の顔に表情らしいものはうかんでいなかった。

野本がなぐり、針金の入手経路を問うと、佐久間は意外にも素直に、

「運動の時」

と、答えた。

鉄扉がとざされ、看守長は刑務所長室に急いだ。

報告をうけた所長は、看守長たちを招集し緊急会議をひらいた。

日直の看守長の報告に、所長をはじめ看守長たちの顔にははげしい驚きの色がうかんでいた。かれらは、こわばった表情で言葉をかわし、事故の内容について検討した。

まず佐久間が、針金一本だけで容易に手錠の錠をはずせることが再確認された。視察窓からひんぱんに房内をのぞくことをくりかえしている藤原、野本両看守と夜勤の看守からは、異常を発見したという報告はないが、その間、手錠をはずしていることが多いのではないか、と考えられた。殊に、夜間、ふとんの中で両手を自由にして寝ている可能性が十分にあった。五月三十一日の事故の折には、はずした手錠を故意に食器差入れ口から廊下に出しておいたが、その場合と同じように手錠のない右手を雑役の眼にわざとふれさせるようにしたことはあきらかで、手錠が無意味なものであることを誇示したものと判断された。

針金の入手方法については、運動時間中しゃがむことを禁じているので、地面に落ちていた針金をひそかに草履に刺しこみ房内に持ちこんだにちがいない、と推測された。

テーブルの上に鎖の切断された手錠がおかれ、看守長たちは、それを見つめた。鎖は人力では到底ねじ切れるものではなく、それを難なくはたした佐久間が、常人には想像のつかぬ体力をそなえた男であることを知った。

「容易ならざる特定不良囚と行刑局からの書類にあったが、まさにその通りだ。当刑務所では、大正十一年に刑務所に改称されて以来、獄房内からの逃走事故は皆無であり、佐久間はそれに挑戦したと言える。聞きしにまさる不良囚だ。万が一破獄をゆるしでもした場合、当刑務所の威信は地におち、聖戦完遂につとめる銃後の治安混乱をまねく。それを防止するために徹底した方法で対処しなければならない」

所長は、強い口調で言った。

その方法について、熱っぽい意見がかわされた。結局、通常の手錠、足錠では無意味なので、特別につくった頑丈《がんじょう》なものをはめることになった。鍵穴があるものは容易にあけてしまうので、そのようなものは使わず、絶対にはずせぬように両環のつなぎ目をナットできつくしめ、しかもナットの頭を叩《たた》きつぶした手・足錠とすることにした。その製作は、鍛冶工場で最も熟練した腕をもつ初老の囚人にまかせることにきまっった。

会議は終了し、戒護課長の看守長が鍛冶工場におもむき、囚人に製作を命じた。

所長は、特に佐久間の監視にあたる藤原、野本両看守を所長室にまねいた。

「佐久間は、青森、秋田両刑務所を脱獄した前例をみない囚人だ。司法省からの書類によると、その逃走の最大原因は担当看守の監視態度にあるという」

所長の言葉に直立不動の姿勢で立つ藤原たちは、一層体をかたくした。

「佐久間は、夜、ふとんをかぶって眠る癖がある。それを注意すると、あんたの当直の日に逃走する、とおどす。看守は、まさかと思いながらも何度も同じことを言われているうちに不安になり、やがて佐久間の獄則違反をゆるすようになる。看守は心理的に負け、佐久間は優位に立ち、それが破獄を可能にさせている。いいな、決して負けてはならぬ。規則をきびしくまもらせるのだ。ただし、佐久間は反抗心が強く、恨みを執拗《しつよう》にもちつづける性格で、このような囚人は決して甘えさせてはならぬが、その反面、情の通じるようなあつかいをする必要もある。むずかしいことだが、今、話したことを十分に頭に入れて勤務にはげんでもらいたい」

所長は、熱っぽい口調で言った。

両看守は、正しく腰を折って敬礼し、部屋を出て行った。

佐久間には再び減食二分の一、七日間の罰が科せられ、運動も禁じられた。

翌日、鍛冶工場から特製の手錠、足錠が所長室にとどけられた。それは分厚い鋼《はがね》でつくられた四貫匁《かんめ》ほどの重量のあるもので、両環のつぎ目に太いナットがうめこまれる仕組みになっていた。部屋にまねかれた看守長たちは、物珍しげにそれを手にしたりしていた。

ただちに日直の看守長が、看守たちとともに手錠、足錠を手にし、鍛冶工場の囚人を連れて第二十四号房におもむいた。佐久間をうつぶせにし、足錠がはめられた。両環のつぎ目にナットがさしこまれ、その下に金台がすえられた。囚人が小型のハンマーをふりおろし、ナットの頭部をたたきつぶして平たくした。

ついで、佐久間を正坐させ、両手を後にまわさせて手錠をはめた。

佐久間は顔色を変え、

「後手錠はよせ。どのようにして飯を食うのだ」

と、うろたえたように叫んだ。

しかし、看守長は容赦なくナットをはめさせ、頭部をつぶさせた。

「こんな酷なことをして、それでも人間か。おれは逃げる。必ず逃げるぞ。その時になって泣き面《つら》をするな」

佐久間の顔は憤《いきどお》りで赤くそまり、その声には悲痛なひびきがあった。

看守長たちは房の外に出て扉をとざし、施錠《せじよう》した。

これによって佐久間に対する処置は万全なものになったとされたが、さらに燈火についての配慮もおこなわれた。獄舎内には、燈火管制で通路にともる十六燭光《しよつこう》の電球の半ば近くが黒布でおおわれていた。そのため獄舎内はうす暗く、それを利用して佐久間が脱獄することがあやぶまれた。事故を予防するには佐久間の房の附近だけでも明るくしておく必要があり、異例の処置として二百燭光の電球を購入し、とりつけた。その光が外部にもれぬよう獄舎の廊下の窓に黒い布が張られた。


その月の一日から、全国の刑務所で囚人にあたえられる主食の量に変化がみられた。一般国民の米の一日当り配給量は二合三勺《じやく》で、軍需工場で重労働に従事する者は四合であった。が、戦争の激化にともなって、朝鮮、台湾、タイ、ビルマ、仏印から移入されていた米は、海上輸送の道が断たれ、内地米だけでは配給量すら確保できない状態になっていた。それをおぎなうため米の配給量をへらし、薯《いも》、豆、雑穀が代用されていた。そうした食糧事情のなかで、各刑務所では米四、麦六の割合で一日六合をあたえていたが、五万名近い全国刑務所の囚人にその量を配給することが不可能になった。農林省は、司法省に対して一般国民の倍以上の主食を囚人にあたえるのは矛盾しているという意見を出し、司法省は囚人の感情を安定させるには今まで通りの主食の量を確保することが絶対に必要だ、と反論していた。が、食糧事情の悪化は深刻で、農林省の主張に応じざるを得なくなったのである。

新しくさだめられた主食の量は、米・麦を四合五勺にし、へらした一合五勺はそれに相応した量の大豆によっておぎなうことになった。この実施にそなえて、農林省食糧管理局は満州産の大豆十カ月分を司法省にわたした。

食糧の質の低下と量の減少は囚人に強い刺戟《しげき》をあたえるので、司法省行刑局では、全国の囚人に配布する『人』という新聞に節減しなければならぬ事情をくわしく述べ、理解をもとめる長文の文章を掲載した。一般の食糧事情がきわめて悪くなっていて主食の量も薯、豆、雑穀でおぎなっている状態で、刑務所もこれに応じて大豆を混合させねばならぬことを説明し、これにたえることが戦争を勝利にみちびく道だ、とむすばれていた。

各刑務所では、構内をはじめあらゆる空地を耕地にして農作物を得ることにつとめていた。が、大都会の刑務所では囚人数が多く、耕地にする空地も少いので食糧の入手に幹部たちは苦しんでいた。

そうした中で、大農場をもつ網走刑務所では自給自足態勢がととのっていて、司法省が指示した大豆を主食に混合させる必要もなかった。主食は、それまでと同じように麦六、米四の一日六合があたえられ、麦、豆で醤油《しょうゆ》、味噌《みそ》もつくっていた。野菜類にも事欠くことはなく、ただ魚介類の入手は絶えていた。

後手錠にされた佐久間には、食事の折に手を使うことができぬので主食を容器に入れず握り飯にしてあたえていた。かれは前かがみになって握り飯をくわえ、食器のなかに口を入れて食べる。いらだって食器のふちをかむこともしばしばだった。かれは、はげしい憎悪《ぞうお》を刑務所にいだいているらしく言葉を発することはなくなっていた。視察窓から内部をのぞく看守に視線をむけるが、その眼には刺すような光がけわしくうかんでいた。

獄舎の外での運動が禁じられた上に、週二回ゆるされていた五分間の入浴も一回にへらされていたが、それは佐久間を入浴させるのがわずらわしかったからであった。入浴場へ連れてゆく折には足錠をはずさなければならず、特製のものなのでナットの頭部をヤスリでけずりとる必要があった。足が自由になって思いがけぬ逃走事故をひきおこすことも予想され、それをふせぐため藤原、野本両看守をふくむ七人の看守が取り巻くなかで、鍛冶《かじ》工場の囚人がヤスリを使って足錠をはずす。この作業だけで一時間近くを要した。

看守たちは、佐久間を取りかこんで浴場に入れ身を湯につけさせる。手錠ははめたままなので体をあらうことはできず、わずかに顔を湯にひたすだけであった。足首にはいつの間にか赤黒い痣《あざ》ができていた。獄房へ連れかえると、再び足錠をはめ、囚人がナットをしめてその頭部をたたきつぶした。

そのようなことを入浴のたびにくりかえすので、面倒がった看守たちの中には、入浴を一切禁じた方がいい、と腹立たしげにつぶやく者もいた。

網走町の夏は、霧の立ちこめる日が多い。霧が湧《わ》くと気温は低下し、冷気を感じることすらある。それでも夏らしい日もあって、その年は例年より暑く、三十度近くになる日もあった。

八月下旬に入ると、裏山からきこえていた蟬《せみ》の声も絶え、秋風が立つようになった。

米軍の進攻が予想される千島列島方面の防備は強化され、戦力はいちじるしくたかめられていた。網走港は、千島列島方面への軍需品の輸送基地の一つになっていて、船団をくんだ小型船の出入りがしきりだった。風向きによって獄舎にも船のエンジンの音がきこえてくることもあった。また美幌《びほろ》飛行場を基地とした軍用機が、爆音をとどろかせて刑務所の上空をすぎることもひんぱんになっていた。

九月中旬、千島列島最北端の幌筵島《ほろむしろ》に米軍機が来襲したことが報道された。島には陸軍航空基地がもうけられ、十二日朝、B25、B24計二十機が基地に対して攻撃をおこなった。これに対して日本機は有効な迎撃をくわえて応戦、B24五機、B25一機を、また地上砲火によってB25四機をそれぞれ撃墜した。この攻防戦の結果は米軍側でもみとめ、翌日の外電は、米軍当局が十機の未帰還機を生じたと発表したことをつたえた。

来襲機の大半を撃墜したという華々しい戦果は、網走の町民に軍に対する信頼感を強めたが、同時に最前線が近くにせまってきているという不安もあたえた。海岸線には陣地壕《ごう》の構築がさかんで、住民も動員されて作業に従事していたが、米軍が千島列島をねらわず直接網走町附近に上陸作戦をくわだてているという噂《うわさ》もながれていた。

ヨーロッパ戦線では、日本の軍事同盟国であるドイツ、イタリア両国軍が連合国軍の総反攻をうけて圧迫され、九月八日にはイタリアがアメリカ、イギリス、ソ連に無条件降伏をし、ドイツは一層苦況におちいっていた。日本軍も、アメリカ軍のはげしい攻撃にさらされてラエ、サラモア両島を放棄し、戦線の縮小整備につとめていた。

国内の戦時態勢は日増しに強化されて人々は軍需工場に徴用され、学生の勤労動員も本格化していた。理髪師、駅の出・改札係など女子でも可能な十七におよぶ職種に男子の就業が禁じられ、また二十五歳以下の未婚女性は女子挺身隊《ていしんたい》として軍需工場に勤務することが義務づけられていた。

網走の町には、急速に秋色がひろがっていた。裏山の樹葉は紅葉し、それらは色褪《いろあ》せ、風のわたるたびに枯葉が舞いあがるようになった。

町の男たちは、海岸にもうけられた木造の標準型船を建造する造船所に徴用工としてはたらき、女子、学生たちは飛行場の整備工事に従事していた。若い男たちは入営、出征し、町には老人、女子供の姿が目立った。

刑務所では、独房に収容された者以外の囚人たちが、構内工場での作業や、農園、美幌・女満別《めまんべつ》飛行場での外役に従事していた。食糧は確保されていたが、繊維品は欠乏し、囚人の衣服がやぶれても補修布はなかった。そのため農園でとれた大豆と交換に、北陸地方の刑務所から囚人の織った布をおくってもらったりしていた。

気温が低下し、霜柱が立つようになった。遠くの峯々《みねみね》には早くも雪がおとずれ、白い輝きがひろがっていた。構外作業に出てゆく囚人の吐く息は白かった。霧の湧《わ》く日は少くなり、空は青く澄んだ。家々のストーブの煙突からは煙がながれ出るようになった。

十一月一日、司法省の機構改革がおこなわれ、行刑局と保護局が合体して刑政局となり、局長に正木亮《あきら》が任命された。正木は、軍需工場に出役している模範囚に対する恩典として早目に仮釈放することを積極的に推しすすめていた。それは一般の労働人口を増加させることを目的にしたものだが、同時に囚人数をへらすことによって食糧不足の危機をさけようとしたものでもあった。

その日、佐久間の後手錠が前手錠にあらためられた。前かがみになって犬のように食物を口にするかれの姿はあまりにも惨《みじ》めだという声が看守長の中からあがり、それを所長がうけいれたのである。

「挑戦するようなことをするから、後手錠などにされるのだ。馬鹿なことさえしなければ房内で手錠、足錠などされずにすみ、楽にすごせる。そこのところをよく考えろ」

藤原看守がさとすように言うと、佐久間はかすかに眼をうるませた。

その月の五日には初雪が舞い、翌々日にはかなりの降雪があった。気温は零下にさがった。

翌日、刑務所では、全囚人に股引《ももひき》、足袋をあたえ、寝具も掛けぶとん一枚がくわえられた。佐久間も赤い足袋、赤い股引をつけた。外役にゆく者は、藁靴《わらぐつ》をはいて刑務所の門を出て行った。

風の吹きつける日が多く、岸に寄せる波の音が町の中にとどろく。網走湖や川には氷が張りはじめた。

十一月下旬には連日のように風をまじえた雪が降り、例年よりも寒気ははげしかった。地吹雪で視界はとざされ、町も刑務所も雪と氷につつまれた。

十二月一日、規定にしたがって獄舎にストーブが持ちこまれたが、四十の獄房のならぶ獄舎の通路の中央に一個おかれただけで、しかも石炭不足で粉炭しか配給されず火力は弱かった。ストーブの近くの房はいくぶん寒さもうすらぐが、獄舎の端にある佐久間の房は、ストーブが持ちこまれた効果は全くなかった。

網走刑務所で最もおそれられていたのは、冬の寒気であった。獄房の壁は囚人の体温と呼気で濡《ぬ》れ、たちまち凍りつく。さらに霧がながれこむと氷は一層厚くなった。房内におかれた寝具も凍り、夜、寝る時は氷をもんではらい落さねばならない。囚人たちは凍傷をふせぐため絶えず手足をこすり、顔を摩擦していた。

佐久間は、寒さにたえきれずふとんを頭からかぶって寝ていたが、注意されることはなかった。獄則どおり顔をふとんの外に出して寝ると呼気でふとんの衿《えり》が凍り、顎《あご》や口のまわりが凍傷におかされる。それを避けるため冬期にかぎってふとんにもぐることが黙認されていた。

寒気の殊にきびしい日は、独居房のつらなる第四舎に、

「塩湯」

という看守の声がながれ、囚人たちは喜びの声をもらす。

看守たちが、浴槽《よくそう》に似た箱車を押してきて房の扉《とびら》をあけ、内部に入れる。槽のなかには炭火でわかした塩入りの湯がみたされていて、囚人たちは両手を漬《つ》ける。それは凍傷予防に効果があるとされ、囚人たちは手にしみいる温さに陶酔したように眼をとじる。湯から引き上げられた手は、すぐに乾いた布で拭《ふ》かれた。

塩湯の箱車は房から房へ移動し、佐久間も手錠をはめた掌を湯に漬けた。

寒気のきびしい朝には、刑務所の前をながれる網走川の水面から水蒸気が一斉《いっせい》に立ちのぼった。それらは刑務所の煉瓦塀《れんがべい》や川岸の樹木を濡らし、凍りつかせた。獄舎や工場のひさしからは太いつららがたれていた。

戦局は悪化し、タラワ、マキン両島守備隊員の玉砕が報じられ、学徒出陣についで徴兵年齢の一年引下げが公布された。

十二月末日、全国の刑務所で服役中の囚人数は四万五千六百二十七名（女子七百五

十四名）で、その一年間で千三百五名が病死していた。この数字は、司法省に深刻な衝撃をあたえた。昭和十五年までは、囚人の死亡率は一般国民のそれより低かった。刑務所内では自由が拘束されてはいたが、起床、就寝時間が一定し、飲酒、喫煙も禁じられた規則正しい生活によって囚人の健康が維持されていたのである。しかし、開戦の年から囚人と一般国民の死亡率は逆転し、前年は一・六倍、この年は二倍弱にまで急増し、さらにこの傾向は強まることが予想された。

それらの病死者には戦前にみられない特徴があった。結核で死亡する者が最も多いことに変りはなかったが、その率が大幅に低下し、ビタミン欠乏症、胃腸病などが激増してきていた。また、戦前は老齢者の死亡者が主であったのに、最も多いのは三十代、ついで四十代、五十代の順で、働きざかりの年齢の者の死者が多いことが異様であった。

米、麦を主とした主食の摂取量が一般国民の配給量の二倍以上であるのに、死亡者が逆に多いのは理解に苦しむことであった。が、病名と死亡年齢からみて、たとえ主食は多くても栄養障害がいちじるしく、それによる死であることはあきらかだった。一般国民は、主食の量が少いことで空腹に苦しみながらも野草をつんだり川魚をとったりして日をすごしている。漬物や梅干しなどの副食物しかあたえられぬ囚人たちの栄養失調症にかかる確率が、高くなっていたのである。

そうした中で、網走刑務所では収穫される野菜類、穀物類の種類が多く、それらを口にしている囚人の死亡者は少かった。全国の刑務所のなかで、食物に関しては最もめぐまれた刑務所であった。

六

昭和十九年が、あけた。

年末から例年にないきびしい寒気がつづき、気温は零下二十度まで低下した。元旦も翌日も吹雪で、町の人たちは外套《がいとう》に身をつつみ網走《あばしり》神社に初詣《はつもう》でにおもむいた。海岸には激浪が押しよせ、波にくだけ散る音が町の空気をふるわせていた。刑務所では囚人たちも正月休みで休息をとり、小さな餅《もち》の入った雑煮を口にした。

一月五日朝、町の者たちは絶えずきこえていた波の音が突然消え、町に深い静寂がひろがっているのに気づいた。かれらは或《あ》る予感をいだいて海の見える場所に急ぎ、岸から沖合まで流氷群がひろがっているのを見た。例年になく早い流氷のおとずれで、一夜のうちに海岸へ押しよせ結氷したのである。漁は休業となり、春の海明けまで漁獲は絶える。

降雪の日がつづき、流氷の上を風が吹き荒れ、町は吹雪で白く煙った。

囚人の農場での作業は中止され、樹林の中に入って伐採の仕事に従事していた。雪と寒気は、外役の囚人たちにたえがたい苦痛をあたえた。作業衣は綿入れの筒袖《つつそで》の和服で、膝《ひざ》のあたりまでしかない短いものであった。下半身は股引二枚と足袋だけで、藁靴をはいて作業をおこなう。かれらは伐《き》りたおした樹木を所内の製材工場にはこんだり、薪《まき》をつくったりする。看守は枯枝を積みかさねて火を焚《た》き、午前九時と午後三時に三十分間ずつ囚人に暖をとらせた。が、凍傷にかかる者が多く、それらの者は作業を休ませ、病舎におもむかせて治療させた。

看守たちは、囚人たちを絶えず視線内において監視にあたり、寒気に身をふるわせていた。逃走事故などが発生した場合、追跡し格闘する折のさまたげにならぬよう外套の着用はゆるされていなかった。そのため、大きめの官服の下にうすいチャンチャンコを着たり新聞紙をさしこんだりしていたが、作業で体を動かす囚人たちと異って、ほとんど静止したまま立っていなければならぬので体は冷えきっていた。凍傷にかからぬ者はほとんどなく、治療をうけながら勤務していた。頑健《がんけん》でない者は、外役囚人の監視勤務にたえきれず刑務所内の勤務を欲《ほっ》したが、看守は不足していて希望はうけいれられなかった。

獄舎内で勤務する看守たちも、寒気とたたかっていた。昼間勤務の場合は房内の囚人たちと条件は同じであったが、夜間には看守の方がきびしい寒さにさらされた。午後九時に囚人の工場での夜間作業が終り、かれらは、それぞれ房内にもどり就寝する。房内は凍りついていて体が温まるまでは時間を要するが、一時間もたつとどの房でも寝息がおこった。看守たちは、冷気に体をふるわせながら獄舎の通路を一定の歩度で往《ゆ》き来する。かれらは手や顔をこすり、ストーブのかたわらをすぎる時、手をかざすが、足をとめることは厳禁されているので、すぐにはなれなければならなかった。かれらには、ふとんにもぐって眠っている囚人たちをうらやむ気持が強かった。

勤務は二時間交替で、休憩室で二時間仮眠し、再び勤務につく。が、休憩室でふとんに入っても体は冷えきっていて眠れず、二時間後には再び部屋を出なければならない。かれらの口の周囲は呼気で濡れるため凍傷におかされ、化膿《かのう》している者もいた。

前年の秋頃《ごろ》から、看守たちの関心は囚人たちの食事の内容にあつまり、それがしばしば話題になった。

看守たちは町の者たちと同じように日に二合三勺《じゃく》の米の配給をうけていたが、それは名目だけで米のかわりに雑穀、豆、薯《いも》、澱粉《でんぷん》などがあたえられていた。米、麦などを眼にすることは稀《まれ》になっていた。刑務所の農場で収穫された作物は原則的に囚人用とさだめられ、それによって囚人たちは米、麦混合の主食を毎日口にしていた。看守たちも、時折り農場でとれすぎた作物があると刑務所から買うことができたが、わずかな量の代用食しか食べられぬことが多く、家から持ってくる弁当も薯や豆などであった。

囚人の飯をつまみ食いしたい、と、半ば冗談めいて言う看守もいたが、それをおかした場合の影響の大きさがはかり知れないものであることは十分に知っていた。看守は規則違反で厳罰に処せられるが、それよりも囚人たちの反応がおそろしかった。囚人たちは看守をさげすみ、それが巨大なエネルギーに膨脹《ぼうちょう》し、収拾のつかない混乱をひきおこす。囚人たちは看守の指示を無視し、暴動に発展するおそれもある。

看守長は、貧しい食物しか口にしていない看守たちの心情を安定させるため、

「聖戦遂行にむかって窮乏にたえ、勤務に精励するように……」

と、訓示するのが常であった。

前年の初め頃から、看守の定員不足は深刻化していた。それは全国の刑務所に共通したもので、網走刑務所でも例外ではなかった。

開戦以来、看守の出征が急増し、しかもそれらが二十歳代、三十歳代の、いわば刑務所の監視態勢の中心をなす者たちであったので打撃は大きかった。司法省では、看守の採用基準を緩和して補充につとめたが、応募してくるのは四十歳代以上の者ばかりで、採用した者の教育も短期間であったため質の低下は一層いちじるしくなっていた。さらに昭和十八年に入ると応募者が激減し、その上、退職してゆく者が増した。給与の点で、軍需工場で働けば二倍以上の収入が得られ、食糧の配給その他にも特典がある。看守の職にあるかぎり外役作業の監視や獄舎内での夜勤で寒気にさらされ、しかも事故が発生すれば身の危険もある。勤務時間は平均十四時間前後で休日も月に一回しかなく、それも定員が不足しているので出勤しなければならぬことが多い。

そのような悪条件の職場より、あらゆる点でめぐまれている軍需工場に勤める方がこのましかった。退職者の中には、その理由について、

「囚人が私たちの口にできぬ米、麦をふんだんに食べるのを見るのが辛《つら》いので……」

と、率直に述べる者もいた。

網走町近くの二ツ岩から能取岬《のとろみさき》までの囚人による軍用道路の開設を指揮した内野敬太郎看守部長は、美幌《びほろ》の海軍飛行場整備工事で働く囚人たちの監視にあたっていた。工事現場には、木格子《きごうし》をはめた房のならぶ獄舎があって、囚人たちはそこに寝泊りし

て作業に従事していた。六十名ずつの囚人を一個中隊とし、内野は第一中隊長として数名の看守とともに監視任務についていた。

年があけて間もなく、かれのもとに網走刑務所から本所にもどるようにという指示があった。飛行場の整備工事はまだ終了していないので、命令をいぶかしみながら部下に後事を託して久しぶりに本所へ行った。まねかれたのは本所勤務を命じられたためで、理由をきいた内野は呆然《ぼうぜん》とした。

被服、木工の製作にあたる第二、第三工場はかぎの手の同じ棟《むね》の建物内にあって、そこには約二百名の無期、長期刑の囚人が作業をしていた。看守は第二、第三工場の端にそれぞれ一名、両工場の接する中央部に二名、計四名が監視にあたっていたが、看守の出征、退職で定員を配置することができず、内野一人で監視して欲しいという。一人の看守が外役の囚人を監視できる数は七名前後とされ、刑務所内の工場では当然それ以上の囚人を監視する。それでも二百名の囚人が作業をする工場で看守が四名というのは負担が大きすぎたが、たとえ内野が優秀な看守部長であるとはいえ、それを一人で担当するということは常軌をいっしていた。

内野は、あらためて所内の看守の数が激減していることに驚きをおぼえた。体力にめぐまれた看守はきわめて少く、五十歳以上の者も多い。囚人たちは十分な食物を摂取していて体格がよく、看守の方がはるかに見劣りがする。万一騒擾《そうじよう》でもおこれば、たちまち看守たちは圧倒され、刑務所は囚人に占拠されてしまうことはあきらかだった。

かれは、命令にしたがい、その日から第二、第三工場内の監視任務についた。四十七歳のかれは小柄ではあったが、柔、剣道の有段者で気力も充実していた。が、さすがに二百名の囚人の中で一人すごすのは精神的に疲れ、恐怖をいだくこともあった。かれは、工場の中央に立ち胸をはって監視をつづけていたが、時折り視線をむけてくる囚人たちの眼《め》と合うと、監視されているのは自分であるような錯覚におそわれた。

二月に入ると網走地方は異例の寒気におおわれ、零下三十度近い日がつづいた。海は水平線まで流氷原になり、微動もしない。連日のように吹雪にみまわれ、雪は氷化して、その上を粉雪が渦《うず》を巻いて走った。

外役作業は、猛吹雪の日をのぞいてつづけられていた。伐採、除雪、氷割りが主な仕事で、囚人たちは体がこごえるのをふせぐため斧《おの》や鶴嘴《つるはし》を振りおろし、ショベルで雪をすくった。地表をおおう厚い氷を割ると、あらわれた土から水蒸気が立ちのぼった。看守たちは、絶えず足ぶみをし顔をこすっていたが、眉毛《まゆげ》や睫毛《まつげ》に氷が附着《ふちやく》していた。

工場内ではストーブが焚かれ、多くの者の体温と呼気で寒気もいくぶんうすらいでいたが、第四舎の独居房に収容されている者たちは、たえきれぬ冷気につつまれていた。天井も壁も床も凍りつき、かれらは体をふるわせていた。

凍傷をうったえて病舎におもむく者が増し、ゾルゲ事件で無期刑囚として服役していたユーゴスラビア人が腸疾患で衰弱して死亡し、それを追うように結核におかされていた老いた囚人も死亡した。

視察窓をあけた野本看守に、佐久間が珍しく声をかけてきた。

「この寒さは、いったいなんですかね。寒いなんていうものじゃない」

佐久間の顔は青白く、体がはげしくふるえていた。

「今年の冬は特別なのだ。昭和六年も寒かったが、それ以上だ、と町の人たちは言っている。醤油《しょうゆ》や石油さえも凍る始末だ」

「ほかの独居房に入っている連中は、この寒さの中でも生きているんですかい」

「生きている。人間、簡単に死にやしない」

野本は、視察窓をしめた。

看守たちの姿は、みじめなものになっていた。長時間勤務するかれらの制服のいたみははげしかったが、かなり前から新品の支給はなくなっていた。布地がすりきれて破れ、その部分に布をあてて補修する。金ボタンがこわれ、貝のボタンを代りにつけている者もいた。制帽のつばには例外なく亀裂《きれつ》がはしり、裂け目ができているものもあった。皮靴《かわぐつ》はいつの間にか布靴になり、それにも補修したあとがみられた。

二月上旬、クェゼリン島守備隊の玉砕につづいて、下旬には日本海軍の太平洋上の最大の泊地であるトラック島にアメリカ機動部隊の来襲が報道された。大本営は、敵艦四隻《せき》撃沈破、飛行機五十四機以上を撃墜したが日本側も軍艦五隻、輸送船十三隻、飛行機百二十機を失ったと発表し、大損害をこうむったことをほのめかしていた。

二月末日、網走刑務所内で月例の会議がひらかれた。

まず、異例の寒気で外役の囚人に凍傷におかされる者が多く、作業はほとんど進捗《しんちょく》せずに終ったことが報告された。刑務所内の工場でも、原材料の入荷が減少して生産量が低下していた。

所長は、全国的に囚人の造船所、飛行機製作所への出役が増し、それにともなって特警隊が編成されていることを口にした。それは、深刻な看守不足をおぎなうことを目的としたもので、短期刑囚でしかも服役成績の良い囚人を特警隊員とし、看守の助手として囚人の監視にあたらせるものであった。

それは、前年の四月にまず石川島造船所、東京造船所に出役していた東京造船部隊で採用されて好成績をあげ、鹿児島刑務所その他にもおよんでいた。「囚人が囚人の監視にあたるというのは矛盾した話だが、一億総力をあげての戦争遂行のためにはやむを得ない。結果は良い由《よし》だが、無期、長期刑囚のみの当刑務所での実行は不可能だ」

所長は、新たにそそがれた白湯《さゆ》を飲んだ。

佐久間清太郎のあつかいについて、温厚な看守長から意見が出された。

佐久間の服役態度を観察してきたが、特製の足錠をはめ後手錠にした時は、はげしい憤《いきどお》りと恨みをいだいていたようだったが、同時に刑務所側の徹底した態度に驚きと諦《あきら》めを感じたらしいと言った。専任看守の報告によると、時にはあつかいをゆるめて欲しいと哀願するような眼をむけることもあるという。

十一月一日、後手錠を前手錠にかえた時、佐久間の眼がかすかにうるむのがみとめられた。後手錠では食物を口にする時、獣類と同じ姿勢をとらなければならず、就寝してからも仰臥《ぎようが》はできず寝返りも容易ではない。かなりの苦痛をあたえていたはずで、それから解放された喜びは大きいにちがいなかった。その後の佐久間は表情もおだやかになり、従順に看守の指示にしたがう。別人のような変化だという。

「昨年四月に入所以来、佐久間は、当刑務所の伝統的な規則違反をゆるさぬ徹底した監視態勢に傲慢《ごうまん》な態度をあらためたと考えられます」

看守長は、佐久間の服役態度の変化を要領よく述べ、一つの提案をした。

一週間に一回の入浴時には、そのたびに足錠をヤスリで切ってはずす。冷気につつまれた房で一時間近くもついやされるその作業は、鍛冶《かじ》工場の囚人にとって苦痛で、佐久間の入浴日には極端に不機嫌《ふきげん》になる。立ち合う看守たちも、その日がくるのをいとう傾向がある。足錠をはめた両足首は血行がさまたげられていて黒ずみ、重症の凍傷をおこすおそれもあった。一応、懲戒の目的もはたせたと考えられるので、足錠をはずしてもよいのではないか、と提言した。

看守長の意見に、一人の厳正なあつかいをすることで知られる看守長が反対したが、他の看守長たちは黙っていた。手錠だけでも特製のものなので佐久間がはずすことは不可能であり、しかも獄房は堅牢《けんろう》で脱出などできるはずもない。手錠ははめておくべきだが、足錠は初めから懲らしめの意味しかなく、入浴前後のわずらわしい作業を廃するためにも、はずすことが穏当だと考えられた。

意見がかわされた結果、所長は看守長の提案をいれ、会議は閉会になった。

翌日の午後、鍛冶工場の囚人が、看守たちと佐久間の獄房に入った。囚人は、ヤスリを使って足錠をはずし、道具を手に工場へもどっていった。

「お前がおとなしく従順になったので、所長が足錠をはずすことを許可したのだ。今後も規則をまもるようにしろよ」

藤原看守は、足首をこすっている佐久間に言い、他の看守とともに鉄扉《てっぴ》の外に出た。

戦局は一層悪化し、マーシャル群島に米軍が上陸、クェゼリン、ルオット両島の守備隊が玉砕した。国内では決戦態勢が強化され、重要地区に疎開《そかい》命令が発せられた。

昭和十九年三月に入っても網走町一帯は、零下二十度近い寒気にさらされていた。晴れた日があっても午後には必ず雪になり、吹雪《ふぶ》かぬ日は稀であった。独居房の囚人の運動は、ほとんどおこなわれなくなっていた。獄舎の外は寒く、獄房の中にいる方がましであった。それに看守の数が少く、気温がゆるんだ好天の日も囚人を外に連れ出すことをはぶく傾向があった。

運動を禁じられていた佐久間は、一日一回、衣服すべてをぬがされて検身をうけた。寒気にさらされたかれの体は鳥肌《とりはだ》立ち、紫色に変った。が、看守たちは容赦なく時間をかけて徹底的にしらべ、その間に他の看守たちは居房捜検をおこなった。

三月三日におこなわれた検身で、佐久間の獄衣の袖《そで》の中に一本の針金がかくされているのが発見された。便器は再び金属製のたがのはまったものが使用されるようになっていて、その一本がはずされていた。

看守長が、佐久間をするどく追及した。

佐久間が素直に詫《わ》び、

「手錠をはめられたままなので手首が化膿し、そこがかゆくてならず、針金を口にくわえて掻《か》きました」

と、弁解した。

看守長がしらべてみると、たしかに両手首が化膿していた。それは、なおりかけていて、かゆくてならぬ、という佐久間の言葉は事実だと判定された。手錠には鍵穴《かぎあな》がなく、針金を逃走のために使用できるとは考えられなかった。

看守長は、所長に報告し、脱獄を目的とした行為ではない、と説明した。所長は諒《りよう》解《かい》したが、金属類をかくし持っていた罰として佐久間に減食二分の一、三日間の処分をし、さらに便器を竹製のたがにかえさせた。

その出来事は、佐久間に対するあつかいをゆるめる結果になった。佐久間の特製手錠は、十一月一日から四ヵ月余も手首に食いこんだままで入浴時にもはずされることがない。化膿するのも当然で、その傷口が凍傷におかされ重症になれば、両腕を手術で切断しなければならぬことも予想される。そのようなことをふせぐためには、週一回の入浴時に手錠をはずしてやり、手で自由に体をあらわせてやるべきであった。手錠をはずすにはヤスリで開錠しなければならないが、その労をはぶくためにナットを強く締めつけるだけで、頭部をたたきつぶすことをやめる必要があった。

このような意見が出され、所長は、佐久間の態度がきわめて従順なので、それを許可した。

翌日は入浴日で、手錠をはずされた佐久間は浴場にゆくと手を使って体をあらった。かれは、上機嫌で、低い声で郷里の民謡を歌っていた。

房にもどった後、傷口に薬が塗られ、手錠がはめられた。鍛冶工場の囚人が、頑丈《がんじよう》な二つの環《わ》のつなぎ目にナットをさしこみ、力をこめてきつく締めた。

「なにもおれたちは、鬼ではない。お前が愚しいことさえ考えなければ、温情をもってあつかうのだ。若い男たちは、戦場で生死もわからぬ苦しみをあじわっている。それを考え、おとなしく日をすごすようにするのだ」

野本専任看守が、扉をとざしながら言った。

佐久間は、頭を深くさげた。

三月中旬になっても、零下十度前後の日がつづき、時には二十度近くまで低下することもあった。獄房の中は、さながら氷室《ひむろ》で視察窓も凍りつき、いつも細目にあけておいて勢いよく引かなければひらかなかった。流氷は、例年、三月中旬には去るが、沖合まで厚い流氷原がひろがったままで下旬になっても動く気配はなかった。

獄舎と所内の工場の暖房は、三月末日までに廃止されることが規則でさだめられていたので撤去され、一層はげしい冷気にさらされた。足袋、股引《ももひき》の着用も停止されることになっていたが、異常な寒気であるため特例として着用することがゆるされた。

四月一日も朝から雪が降っていたが、午後、独居房のみのある第四舎の囚人たちに空襲を想定した待避訓練がおこなわれた。

すでに前年の七月三十一日に、司法省行刑局長からの「防空待避所整備」についての通牒《つうちょう》にしたがって、網走刑務所の構内には少人数ずつ待避する壕《ごう》が数多くつくられていた。さらに昭和十九年一月には、戦局が重大化し本土への空襲も必至になったので、刑政局長名で「刑務所防空要綱」が全国の刑務所に通達された。それは防空組織、防空警報伝達、燈火《とうか》管制、警備、防火消防、防毒、待避および避難、救護、防空訓練などにわたる詳細な内容をふくんだ指示で、その日、独居房の囚人の「待避及び避難」の実地訓練がおこなわれたのである。

要綱には、

一、（空襲による）爆破、火災、被毒其《そ》ノ他危険切迫シ、収容者ヲ舎房外ニ避難セシムルノ必要ヲ認メタルトキハ左ノ方法ニ依《よ》ルコト
1　局部開扉……災害危険ノ最モ急迫シタル舎房ヨリ順次開扉シ、収容者ヲ構内ノ予定地ニ誘導避難セシメ、戒護ヲ厳ニスルコト
2　全部開扉……災害全舎房ニ及ブベキ情勢切迫シ、収容者ノ安全ヲ期シ難《がた》キトキハ全舎房ヲ開扉シ、構内ノ予定セル場所ニ避難セシメ、事態ニ応ジ戒具（手錠、捕縄《ほじよう》）ヲ施スコト

とあり「全部開扉」の場合の避難方法が実施されることになった。また「事態ニ応ジ戒具ヲ施スコト」を採用し、訓練に参加する全囚人に手錠をかけることにした。

看守長からメガホンで囚人たちに訓練の実施方法の説明があり、呼笛の吹鳴を空襲警報とし、訓練が開始された。

両端の獄房から鉄扉がつぎつぎにひらかれ、通路に出された囚人に手錠がかけられ、かれらは看守に見まもられながら一列に整列した。最後尾には佐久間がならび、藤原、野本両看守が後方に、両側に一名ずつの看守がついた。

看守長の「待避」というするどい声に、囚人たちは駈《か》け足で獄舎を出て、降雪の中を待避壕にむかってすすんだ。凍った雪に足をすべらせてたおれる者も多く、そのた

びに看守が腕をつかんで立ちあがらせた。

待避壕の雪は除去されていて、囚人たちは看守の指示にしたがって数名ずつ壕の中に入り、しゃがんだ。煉瓦塀《れんがべい》は近かったが、塀にそって実弾をこめた拳銃《けんじゆう》を手にした立哨《りつしよう》看守が配置されていた。看守長が訓示をし、囚人たちは雪を浴びながら寒気に身をふるわせていた。

再び看守長の号令で、囚人たちは壕を出ると整列し、雪の上を獄舎にむかって走った。囚人と看守の衣服は雪で白くおおわれ、そのまま獄舎の中へ入っていった。

看守長は、囚人たちが凍傷にかかることをおそれ、かれらを房に収容した後、「塩湯」の箱車をまわさせた。

四月中旬になると、ようやく降雪はみられなくなったが相変らず気温は低く、流氷は厚く海面をおおっていた。積った雪はかたく凍りつき、福寿草、蕗《ふき》の薹《とう》、水芭蕉《みずばしよう》の芽などが雪の下からのぞく頃《ころ》であったが、その気配もみられなかった。

町の者たちは、呆《あき》れたように海に眼をむけていた。例年なら流氷は一カ月も前に沖へ去るが、亀裂すら生じていない。海明けをまつ漁師たちの表情は暗かった。

鉄道は、兵員、軍需物資の輸送が優先されていて客車便数が大幅にへらされ、特別急行、寝台、食堂車は全線にわたって廃止されていた。また、私事の列車旅行は禁じられ、やむを得ぬ場合は、旅行証明書の交付を願い出て、それを提示しなければ乗車券を購入できぬようになっていた。

四月下旬、突然のように流氷が岸をはなれ、水平線からも白い輝きが没した。が、五月一日には海岸の近くまで押しよせ、三日後に再び遠ざかり、それを最後に去った。しかし、気温はゆるむことはなく、五月九日には霙《みぞれ》が降り、翌日には雪にかわった。町の者たちはストーブに火を焚《た》くことをやめなかった。

春の気配がきざしたのは、六月に入ってからであった。異常気象で、まず桜が開花し、ついで梅、桃、躑躅《つつじ》が一斉《いっせい》に花弁をひろげた。町には波の寄せる音がひろがっていた。

独居房の囚人たちは、日に三十分間の運動がゆるされるようになったが、入浴日には獄舎の外に出されることはなかった。看守不足のため、運動と入浴で日に二度も房から囚人を出すことはできなかったのである。

六月十一日、佐久間の房に当直看守長があわただしく看守とともに入った。かれは藤原看守の殴打《おうだ》をうけ、鼻と口から血をながした。その日の居房捜検で、老練な看守部長が楢《なら》の厚い床板に幅三寸、長さ六寸の長方形の浅い傷があるのを発見した。くぼみの部分には飯粒がうめこまれ、その上に塵《ちり》がかけられていて肉眼で見えぬようにしてあったが、看守部長がそれを見やぶったのである。検身の結果、褌の縫い目から古釘《くぎ》二本が発見され、それは床板からぬき取ったものと判明した。

「どうだ。床板は硬いだろう。極上の楢材でつくられているのだ。釘で切断できるような代物《しろもの》ではない。それに、たとえ床板を切っても、すぐ下はコンクリートでかためられている。この獄舎から逃走した者はいない。愚しいことを考えるのはやめろ」

藤原は怒声をあげ、再び拳《こぶし》を佐久間の頰《ほお》にたたきつけた。

裸身の佐久間の体はよろめき、獄房の壁にはげしくあたった。

「こんなことをすると、また足錠をはめ、後手錠にもするぞ。犬のように飯を食いたいのか」

看守長は、けわしい眼を佐久間にむけて言った。

佐久間は、獄則をおかしたかどで減食二分の一、七日間の懲罰をうけた。再び足錠をはめナットの頭部をたたきつぶすことも考えられたが、入浴時に開錠するのに時間がかかることがわずらわしく、それまで通り前手錠をはめておくだけにした。床板の傷は浅く、佐久間があらためて獄舎の堅牢《けんろう》さを身にしみて知ったにちがいない、と推測された。

減食の罰はかなりの苦痛をあたえたらしく、通常食にもどった日、佐久間は、

「もう、あんな馬鹿なことは二度と考えませんよ」

と、殊勝な表情で藤原に言った。

「あたり前だ。お前は無駄《むだ》なことをし、罰をうけて苦しむ。賢い人間のすることではない」

藤原がたしなめるように言うと、佐久間は、何度もうなずいていた。

翌日、佐久間は視察窓をあけた野本看守に思いがけぬ申出をした。週に一回ゆるされている入浴をしたくないという。理由をたずねると、冬のすさまじい寒気で膝《ひざ》に神経痛がおこり、入浴した後、たえがたい痛みにおそわれるからだ、という。

入浴は夏期に週二回、それ以外の季節は一回とさだめられていて、それを囚人にさせぬと刑務所側の獄則違反になる。野本はとまどい、看守長に佐久間の申出をつたえた。

看守長は、思案した末、申出をうけいれてやるよう野本に指示した。病気であることが理由であり、本人からの希望でもあるので、獄則違反にはならない。それに佐久間を入浴させるには、鍛冶工場の囚人に手錠のナットをはずさせ、入浴後には再び締めさせなければならない。その上、入浴時には四人の看守を浴場につきそわせなければならず、そのたびに看守のやりくりに苦労しているので、佐久間が入浴を辞退したことは好都合でもあった。常識的に新しい申出は破獄の準備行為として十分に警戒しなければならないが、入浴のため房外に出さないですむようになれば、それだけ逃走の機会が少くなる。看守長は、その申出にうたがわしい要素は全くないと判断し、希望をいれることにしたのである。

野本が、看守長の許可を得たことをつたえると、佐久間は頭を深くさげて礼を言った。

十日ほどたった頃、佐久間の房で時折り物音がするようになった。

野本が視察窓をあけてのぞくと、正坐《せいざ》した佐久間が上半身を上下左右にはげしく動かしている。物音は、体を前に曲げた時に手錠をかけられた両手が床板にあたる音であった。

「なにをしている」

野本が、いぶかしそうに声をかけた。

「運動です。冬の寒さにはまいりました。神経痛だけですんだのは幸運で、寒さで死ぬかと思いましたよ。これからこの刑務所で何度も冬をすごさねばならぬことを考えるとおそろしく、冬にそなえて体を鍛錬しておきたいのです」

佐久間は、答えながらも上半身を曲げることをつづけていた。

野本は、運動もゆるされぬ佐久間だけに、それも無理はない、と思った。

戦局は急速に悪化し、中旬にはアメリカ軍がサイパン島に上陸し、マリアナ沖海戦で日本の海上兵力に大打撃をあたえた。ヨーロッパ戦線でも日本の同盟国であるドイツの陸上兵力が敗退をかさね、連合国軍はローマを占領し、さらにノルマンディーに大部隊を上陸させて進撃を開始していた。

六月下旬、看守長をはじめ看守たちの一部に新しい衣服を身につける者がいた。それまで着用していた詰襟《つめえり》の官服は補修に補修をかさね、制帽もみじめなものになっていた。それは全国の刑務所に共通したもので、司法省刑政局では入手不能になった官服の金ボタンのかわりにガラス製のものを支給したりしていたが、新しい服と帽子の入手には打つ手がなく陸軍の戦闘帽、防暑衣、ゲートル、軍靴《ぐんか》を配布して着用することをゆるしたのである。

その年の異常気象は夏をむかえてもあらたまらず、平均気温より十度近く低い日がつづき、防暑衣だけの看守は、その下に下着をかさねなければならなかった。霧の立ちこめる日も多く、農場での作物の成育は悪く凶作が予想された。

七月十七日、サイパン島守備隊員の全員戦死が発表され、刑務所では所員と囚人の黙禱《もくとう》がおこなわれた。サイパン島の失陥は、その島の飛行場からアメリカの大型爆撃機が日本本土に来襲することが可能で、重大な意味をもっていた。翌日、開戦以来、戦争の推進指導にあたっていた東条英機《ひでき》内閣が総辞職し、小磯国昭《こいそくにあき》内閣が成立した。刑務所を統轄《とうかつ》する司法大臣には松阪広政《まつざかひろまさ》が就任した。

佐久間の検身は連日おこなわれていたが、看守たちは、手錠のはめられた手首に傷ができているのを眼にしていた。それは浅いものであったが日増しに深くなり、或《あ》る日、その部分に蛆《うじ》が湧《わ》いているのを見いだした。

看守長は、その傷にうたがいをいだいた。手錠をはめたままであるならそのような深い傷などつかぬが、佐久間が力をこめてそれをはずそうとこころみているため皮膚が破れたのだろう、と推測した。

「はずそうとしてもはずれぬ手錠だ。傷をうけて苦しむのはお前だ。無駄なことをするな」

看守長は、たしなめた。

「そんなことでできた傷ではありません。この頃、正坐していて急に立つと目まいがするのです。用をたそうと思って立った時、たおれて壁に手をぶつけてできた傷で、それがなおらず深くなったのです。はずれるような手錠でないことは十分に知っています」

佐久間は、殊勝な表情で言った。

看守が赤チンキを持ってきて、手錠をはめたままの佐久間の手首にながしこんだ。佐久間は、顔をしかめていた。

傷口に肉がもりあがり、やがて癒《い》えたが、傷痕《きずあと》はそのままのこった。

八月に入ると、好天の日がつづき気温も上昇した。夏らしい陽光が田畠《たはた》にそそぎ、作物も勢いをとりもどした。海では昆布《こんぶ》とりがおこなわれるようになったが、櫓《ろ》をこぐのは老いた漁師たちだけであった。海岸には天日乾燥をされる昆布が一面にひろげられていた。

看守の家族たちは、棟《むね》つづきの官舎のせまい空地に南瓜《かぼちや》、玉蜀黍《とうもろこし》、豆などの種をまき、肥料をあたえていた。かれらは、衣類などを手に農家へおもむいて雑穀などと交換し持ち帰ったが、途中で警察官に没収されることも多かった。夫の職業を問われても役人である夫の身にわざわいがふりかかることをおそれ、刑務所に勤務していることは口にしなかった。家族たちは、連れ立って磯《いそ》に貝、海草などを拾いに行ったりしていた。

八月二十二日には、看守の採用難を打開するため、それまで二十歳以上と規定されていた採用年齢を徴兵年齢の十八歳以上にあらためる通牒が、刑政局長名でつたえられた。が、体格の貧弱な者すら徴兵されていることから考えても、看守の激務にたえられるような若い男が応募してくるはずはなかった。

八月二十六日も町には夏らしい陽光がふりそそいでいた。波の音がかすかにきこえるだけで、深い静寂がひろがっていた。

七

西の空が茜色《あかねいろ》にそまり、浅黄色の作業衣を着た囚人たちが列をつくって外役からもどってきた。かれらは鏡橋をわたり、刑務所の内部に入っていった。

夕食をすませると、かれらは残業のため構内の各工場へ散った。

日が没し、空に冴《さ》えた星の光がひろがった。獄舎も工場も窓に遮蔽布《しやへいぬの》が張られ、構内は暗かった。立哨所には、実弾を装塡《そうてん》した拳銃を腰にした看守が立っていた。

独居房のみのつらなる第四舎では、通路に黒布でおおわれた十六燭光《しよつこう》の電球が所々にともり、佐久間の収容されている房の前だけには二百燭光の電球がともされ、その下だけがまばゆいほど明るかった。

夕食後、佐久間の専任看守である藤原、野本両看守は、工場で残業をする囚人の監視勤務につくため午後七時に夜勤の看守と交替し、工場に去った。

七時半、第四舎に就寝の号令がかけられ、囚人たちのふとんをしく物音がおこった。看守たちは一定の歩度で通路を歩き、視察窓をあけては囚人たちがふとんに身を横えているのをたしかめた。八月下旬でも夜は気温が低下するので、ふとんをはいで寝ている囚人はいなかった。佐久間がふとんを頭からかぶって寝る癖はやまなかったが、夏季に入ってからは、ふとんをかぶることはしていなかった。

工場では材料不足が目立ち、八時には終業になって、囚人たちは雑居房のある獄舎へもどるようになっていた。看守は、かれらを点呼して房に入れ、扉《とびら》に施錠《せじよう》した。一部の看守は工場にのこって火気などの点検をし、消燈《しようとう》して庁舎にもどった。

第四舎では、午後九時に看守が交替して仮眠をとるため休憩室に入り、新たに看守が獄舎の通路を巡回しはじめた。獄舎の外では、蟋蟀《こおろぎ》の鳴く声がきこえていた。五つの獄舎が見張所を中心に放射線状にのび、看守は、視察窓をのぞきながら見張所の近くの房までゆき、引返すことをくりかえしていた。寝息がおこっている房が多かった。

九時十七分頃、第四舎の巡視にあたっていた看守が見張所の近くまできた時、突然、後方で異様な音響がおこったのに気づき、通路を振りかえった。かれは、獄舎の最先端の上部にある天窓に人影がみえ、それがまたたく間に窓の外へ消えるのを眼にした。かれが耳にした物音は、天窓が破壊された音にちがいなかった。

かれは、一瞬、思考力をうしなって立ちつくした。通路の両側につらなる独居房は堅牢で、そこから囚人が脱け出すことは不可能であり、その人影が脱獄者とは想像もつかなかった。錯覚か、と思った。が、異様な音響を耳にし、天窓から人影が消えるのを眼にしたことは事実で、かれはようやく収容されている囚人の一人が逃走したらしいことに気づいた。

かれは、狼狽《ろうばい》して通路を走り、当直看守長のつめている部屋のドアを荒々しくあけると、

「逃走、逃走」

と、叫んだ。

看守長と看守部長が、顔色を変えて立ちあがった。看守が走り、看守長たちは後を追った。通路の端で足をとめた看守が眼を大きくひらき、上方を指さした。燈火管制で電光が遮蔽されているため、その部分は暗かったが、一尺四方の金網入りの天窓のガラスが破れていて、星の光がみえていた。

看守はうわずった声で、天窓を破る音を耳にし、振りかえった時、人影が天窓の外

に消えるのを眼にしたことを口にした。看守部長が走って引返し、詰所の外にもうけられた非常ベルのボタンを押した。大正十一年に網走刑務所と改称されて以来、獄舎内ではじめて鳴った非常ベルの音であった。

看守部長は、看守長の指示をうけて詰所の柱にとりつけられた電話機にとりつき、所内の要所要所に逃走事故の発生を告げ、緊急配置につくことを命じた。非常ベルの音で庁舎をはじめ他の獄舎から看守が第四舎に駈《か》けつけ、看守長の命令で獄舎から走り出ると構内に散っていった。

その間、第四舎の看守たちは、あわただしく独居房の視察窓を一つ一つ荒々しくあけて内部をのぞくことをくりかえしていた。薄暗い房内では、ベルの音にとびおきた囚人が驚いたような表情で立っていた。

看守部長は、第二十四号房に走った。特製手錠をつけた佐久間が、獄房をぬけ出し天窓まで這《は》いのぼり、それを破壊することなど不可能だと思ったが、想像を絶した破獄を過去に二回もはたした佐久間が逃走したのではないかという考えが頭にひらめいたのだ。

房の外で足をとめ、視察窓の扉をあけようとしたかれは、叫び声をあげた。視察窓が枠《わく》ごとうしなわれ、内部をのぞくと、ふとんがたたまれていて佐久間の姿はなかった。

かれは看守長にむかって走りながら、

「佐久間、逃走」

と、くりかえし叫んだ。

所内は騒然となり、看守たちはカンテラを手に構内の捜索に走りまわった。

破壊された天窓の外は獄舎の屋根になっていて、そこから地上に飛びおりたと推定された。天窓が破られてから一分もたたぬうちに非常ベルが鳴らされているので、佐久間が構内にひそんでいることは確実だ、と判断された。それに刑務所の周囲には、高さ十五尺（四・五メートル強）の煉瓦塀《れんがべい》があって、それをのりこえることは不可能だった。秋田刑務所の鎮静房を脱出した時は、三・二メートルの高さの明り窓まではいあがったというが、それより一メートル以上も高い塀を乗りこえられるとは思えなかった。

構内にはカンテラの光があわただしく往《ゆ》きかい、工場、倉庫の内部もさぐられた。

捜索が開始されてから十分近くたった頃、呼笛が鳴りカンテラが振られるのが見えた。それは構内の北部で、塀のかたわらであった。

看守長たちは、その場に走った。カンテラの灯《ひ》があつまり、塀の内側が明るく照らし出された。そこには、丸太が二本塀に立てかけられていて、佐久間が丸太をはいあがって塀を乗りこえたことをしめしていた。

看守長は追跡を命じ、看守たちは門を走り出ると塀ぞいにすすみ、丸太の立てかけられていた個所から四方に散った。そこは刑務所の裏手にある三眺山《さんちょうざん》に面していて、看守たちは星明りをたよりに山の傾斜を駈けのぼっていった。その中には、佐久間の専任看守であった藤原吉太と野本金之助の姿もあった。

庁舎には、幹部が緊急電話をうけて駈けつけた。かれらの顔には血の気がうしなわれ、驚きの表情がうかんでいた。

所長は、札幌《さっぽろ》でもよおされている北海道内の刑務所の所長協議会に出席していて留守で、所長の代行をしていた戒護課長の看守長が、網走警察署に電話をし、官舎に帰っていた署長に無期刑囚佐久間清太郎の破獄逃走を告げた。署長は、構外で作業中の囚人が逃走したのではなく日本屈指の厳正で名高い監視態勢をしいている刑務所の独居房からの破獄であることに、大きな驚きをしめした。

戒護課長が逮捕に協力をもとめると、すべての巡査部長派出所、巡査駐在所に緊急指令を出し、発見につとめることを約束してくれた。刑務所では、ただちに職員が佐久間の写真、身体の特徴をしるした書類を自転車に乗って警察署にとどけた。

戒護課長は、看守長たちと第四舎第二十四号房におもむいた。房内は、意外にも整然としていた。敷、掛それぞれ一枚ずつのふとんはたたまれてかさねられ、その上に枕《まくら》がおかれていた。そのかたわらに朱色の筒袖《つつそで》の獄衣がたたまれていて、佐久間が褌《ふんどし》だけの裸体で逃走したことをしめしていた。

床には、特製手錠が獄衣とならんでおかれていた。厳重に締めつけられていたはずの手錠のナットがはずされ、環《わ》がひらかれていた。視察窓の枠は太いネジで上下左右に扉にとりつけられていたが、枠ごとはずされ、扉の下におかれていた。視察窓は横長の長方形で、幅は頭部が入るぐらいであったが、その空間を巧みにすりぬけて出たことはあきらかだった。

佐久間は、巡回する看守が通路を遠ざかるのを待って視察窓からぬけ出し通路を走り、壁を這いあがって天窓のガラス板を破り、屋根に出た。その音に看守が気づき、看守長に逃走を報告したことがあきらかになった。

特製手錠がなぜはずされたのか、また視察窓をどのような方法で破ったのかをしらべねばならなかったが、燈火管制下で、獄舎内を明るくすることはできず、朝をむかえてから慎重に調査することになった。

第二十四号房は現場保存のため扉をとざして施錠し、戒護課長たちは庁舎にもどった。

かれらの顔には沈痛な表情がうかんでいた。可能なかぎり厳重な監視をしていたのに、佐久間が破獄したとは到底信じられぬことであった。房内にふとんや獄衣が丁寧にたたまれていたことは、刑務所の監視態勢を嘲弄《ちょうろう》する行為にも思えた。看守長たちは、腹立たしげに舌打ちし、深い息をついた。かれらは腕をくみ、口をつぐんでいた。

午前二時をすぎた頃《ころ》から、山の傾斜に入った看守たちが、疲れきった表情でもどってくるようになった。かれらは、カンテラの光が自分たちの存在をしめすことになるので灯を消し、山中をたどった。が、樹林の中は漆黒《しっこく》の闇《やみ》で、歩くことさえ困難であった。それでも傾斜をかなりのぼったが、捜索は不可能であることを知り、引返してきたという。かれらの顔や手には、蚊に刺されたおびただしい痕《あと》と、樹木の枝でこすられた傷がつけられていた。

小雨が降ってきたが、専任看守の藤原吉太と野本金之助の二人だけはもどってこなかった。かれらが庁舎に入ってきたのは夜あけ近くで、戦闘帽と防暑衣から雨水がしたたり、靴《くつ》もゲートルも泥《どろ》によごれていた。

朝をむかえ、戒護課長は、囚人たちの構内の工場での作業と出役を一切中止し、所員全員で佐久間の発見逮捕に全力をかたむけるよう指示した。また、札幌刑務所に長距離電話を入れ、佐久間の逃走を札幌に出張している網走刑務所長につたえて欲しいと依頼した。

その頃、構内を巡視していた看守が、第一工場の暖房用煙突がたおされ、土管がこわれて散っていると報告してきた。看守長たちがおもむくと、報告通り煙突がたおれていた。煙突は二本の丸太を支柱にして立っていたが、佐久間が丸太を引きぬき、それをかついで煉瓦塀に立てかけたことがあきらかになった。丸太は、煙突をささえるため土中深く突き入れられ周囲を石塊でかためてあったが、それを煙突とともに引きぬくのは人力では成し得ぬことであった。看守長たちは、あらためて佐久間の体力の異常な強さを知った。

雨は本格的な降りになって、その中を雨合羽《あまガッパ》を着た網走警察署長が、捜査課の刑事二人をともなって庁舎にやってきた。

戒護課長は、警察署長と捜査方法について協議した。その結果、佐久間が三眺山内に逃げたことは確実で、刑務所側は所員を総動員して探査にあたり、また警察署でも署員をその方面にむけ、近くの美幌、斜里、北見、紋別、遠軽《えんがる》の各警察署にも手配書をおくって厳重な捜査陣をしくことになった。

刑務所には馬三十頭が飼われていて、それに看守が乗って捜査にあたれば捜査範囲はひろがる。が、蹄《ひづめ》の音で佐久間が逃げるおそれがあるので、看守たちは自転車または徒歩で、二人一組になって行動することになった。さらに、捜査効果をあげるため警察署長の指揮下にある警防団にも協力をもとめ、三眺山を中心に捜査網をしくことも決定した。署長は、ただちに警察署に電話で指令した。

庁舎前には降雨の中で看守たちが整列し、戒護課長は、戦時下の治安維持と当刑務所の威信にかけて必ず佐久間を発見、逮捕するよう命じた。かれらには、全員に拳《けん》銃《じゅう》が支給された。雨合羽は行動が不自由になるので着用はゆるされず、かれらは、列をつくって雨に打たれながら駈け足で刑務所の門を出て行った。

署長と捜査課刑事によって、現場検証がおこなわれた。

房内に入ったかれらの第一の疑問は、佐久間が獄衣をのこしていったことであった。朱色の獄衣は目立ち発見される確率も高いので脱いだとも考えられたが、夜間では人の眼にふれることはない。結局、せまい視察窓からぬけ出すのに獄衣を着たままではむずかしく、そのため裸体になった、と推定された。

最大の問題は、手錠と視察窓の枠がはずされたことであった。

署長も刑事も、眼にしたこともない頑丈《がんじょう》な手錠に驚きの色をみせていた。鋼鉄製で、重さは四貫匁《かんめ》近くもある。戒護課長が、過去に二度も破獄歴のある特異な囚人なので鍛冶《かじ》工場でつくらせた特製手錠である、と説明した。

かたくしめつけられたナットが、どのような方法ではずされたのか、刑事は入念にしらべた。ナットは深くうちこまれていたが、床におかれたナットをしらべてみると、意外にも腐蝕《ふしょく》していた。その腐蝕の度合は、長い歳月を経なければそのような状態にはならぬはずであった。刑事は、ナットを見つめ、指先でふれ、表面に湧《わ》いている錆《さび》をなめた。

獄房の中がさぐられ、刑事は、湯呑《ゆの》み茶碗《ちゃわん》に眼をとめた。底にわずかではあったが、茶色い液がのこっていた。それを嗅《か》ぎ、指にふれてなめた刑事は、

「味噌汁《みそしる》だ」

と、つぶやくように言った。

看守長たちは、刑事の顔を見つめた。味噌汁が、はずされたナットとどのような関係があるのか理解することができなかった。

刑事は再びナットの錆をなめ、腐蝕の原因を断定的な口調で説明した。佐久間は、毎日の食事の折に味噌汁を少し飲みのこしては湯呑み茶碗に入れ、それを看守の眼をぬすんでは手錠のナットにたらすことをくりかえした。味噌汁にふくまれた塩分がナ

ットを酸化させ、やがて腐蝕してゆるみ、ひきぬくことができたのだ、と言った。

ついで、視察窓の調査にとりかかった。視察窓には鉄枠がはめられ、それが上下左右に計十本のネジで扉にかたくとりつけられていた。房内にはネジとともにはずされた鉄枠がおかれていたが、ネジにも腐蝕がみられた。

刑事は、ネジの錆をなめ、

「これも味噌汁だ」

と、言った。

看守長たちは、呆然《ぼうぜん》として立ちつくしていた。刑事のするどい推理に驚きを感じるとともに、佐久間が根気よくナットとネジの腐蝕につとめ、特製手錠を開錠し、視察窓から脱出したことに空恐しさを感じていた。

「それにしても、よくこんなせまい窓からぬけ出られたものだ」

署長が、呆《あき》れたように視察窓のはまっていた部分に手をふれながら言った。

「頭さえ出せれば、体は必ず出るときいたことがあります」

看守長の一人が言うと、初老の刑事は、同意するようにうなずいていた。

逃走経路の検証がおこなわれた。佐久間は、視察窓から裸体でぬけ出すと通路を走り、天窓まで這いのぼっている。すぐに梯子《はしご》がはこばれ、刑事がのぼると天窓をしらべた。窓の採光ガラスは厚さ三分で、二十番鉄線が亀甲型《きっこう》にはめこまれていて、それが約一尺四方にわたって破られていた。刑事は、窓の破れ目に短い頭髪を発見し、佐久間が頭部を突きあてて破壊したものである、と断定した。天窓の外は獄舎の瓦屋根《かわらやね》で、その上に出た刑事は屋根づたいに第四舎の右端まですすみ、そこにある支柱をつたわって地上に飛びおりた。

看守長や署長たちは、雨合羽を身につけて獄舎の外に出た。看守が、刑事に番傘《ばんがさ》をわたした。

佐久間は第一工場の暖房用煙突の支柱を引きぬいているが、獄舎と工場の間には高さ十一尺（三・三メートル強）の塀がある。刑事は、塀ぞいに歩いて仔細《しさい》にしらべたが、柱などを立てかけた痕跡《こんせき》はなく、跳躍力を利して塀の上端をつかみ、乗りこえたものと推定された。

看守長たちは、刑事とともに錠を開けて塀の門をくぐり、第一工場に近づいた。暖房用煙突は、力をこめてゆさぶったらしく地面に大きなくぼみができていた。支柱をうしなった土管はくずれ落ち、散乱していた。

「おそろしいほどの力だ」

刑事は、驚きの声をあげた。

丸太が立てかけられた煉瓦塀の個所まで歩き、一行は、庁舎にもどった。茶が出され、煙草《たばこ》をくわえる者もいた。

二人の刑事が、口々に佐久間の外への逃走経路が最短距離をえらんでいる、と述べた。屋根から飛びおり、獄舎と工場間の塀を乗りこえて一直線に第一工場の煙突にむかって走った。さらに、丸太をかつぎ、北側の煉瓦塀に走って塀に立てかけ構外に出たが、それは、きわめて短時間であったのではないか、と言った。

それに、北側の煉瓦塀から逃走したことは周到な計画を立てていた証拠だ、と述べた。刑務所の西には平坦地《へいたんち》があり、東には刑務所員の官舎がつらなっていて、いずれの方向にむかっても発見されるおそれがある。また南は、煉瓦塀ぞいに網走川がながれ、それをわたらなければならない。結局、逃走に有利なのは裏山がせまっている北方だけで、その部分の塀を乗りこえたことは十分に計算されつくした行為だという。

「刑務所の構内の工場の配置、煙突をささえていた丸太の所在、また構外の地勢などもよく知っていたとしか思えない」

刑事が、結論をくだすように言った。

看守長たちは、口をつぐんでいた。

佐久間は初めの頃、運動させるため獄舎の外に出したが、その部分は放射線状に建てられた獄舎と獄舎の間の部分で、裏山の一部がわずかに見える程度で工場をはじめ構内の建物など眼にはできない。その運動も、通常の手錠をはずす事故をおこしてから禁じられていた。

看守長たちは、ただ一度、佐久間が構内の建物その他の配置を眼にする機会があったことを思いおこしていた。それは、四月一日、「刑務所防空要綱」にもとづいて独居房に収容されていた囚人に空襲を想定した退避訓練をさせた時で、佐久間も四人の看守に監視されながら防空壕《ごう》へ走った。その折、かれは、すばやく構内の配置を頭にきざみつけ、煙突をささえている丸太にも眼をとめ、北側の煉瓦塀を乗りこえることを考えたとしか思えなかった。

看守長たちは、司法省行刑局からの佐久間についての書類にしるされていた「容易ならざる特定不良囚」という表現を、あらためて反芻《はんすう》していた。

やがて、警察署長は、捜索の指揮をとるため刑事とともに署へもどっていった。

雨の中を看守たちは山中に入り、警察署では署員を総動員して網走町を中心に包囲網をしいた。また警察署長の要請をうけた網走警防団も、全団員に非常招集を命じた。

警防団の指揮下には網走町中心部、東藻琴《ひがしもこと》、卯原内《うばらない》、北浜、呼人《よびと》、大曲《おおまがり》、浦士別《うらしべつ》、藻琴、鱒浦《ますうら》の九つの分団があって、防空、消防の業務についていたが、これらの団員たちが一斉《いっせい》に巡回と警戒に入った。

住民たちは、警防団員たちの口から準強盗致死罪の無期刑囚が、脱獄不能といわれる網走刑務所から逃走したということをきき、その話はたちまち附近一帯の町村にひろがった。警察署からは、逃走囚が民家に押入り衣類、食物をうばうおそれがあるので、厳重に警戒するようにという警告が発せられていた。そのため住民たちは、家の戸をかたくとざし、路上にも田畠《たはた》にも人の姿はみられなかった。

その日、夕方まで捜索がつづけられたが佐久間を発見できず、看守たちは刑務所にもどってきた。警察署からも手がかりなし、という連絡が寄せられた。

札幌に出張していた刑務所長から戒護課長に電話が入り、課長は逃走経過と捜索状況を説明した。所長は、司法省刑政局長に電報で佐久間の逃走を報告した。

夜になって雨はやみ、翌日は好天になった。夜行列車で所長が網走町にもどり、戒護課長からさらに詳細な報告をうけた。所長は、その日も囚人の作業を中止させ、看守たちに全力をかたむけて発見、逮捕に努力するよう指示した。

その頃から、情報がひんぱんに入るようになった。赤い褌だけの男が刑務所北方の能取岬《のとろみさき》附近を足ばやに歩いているのを目撃したとか、南西にある網走湖畔の草叢《くさむら》のなかで農夫の衣類を着こんでいた不審な男を眼にしたという話などが、警察署や刑務所に通報された。

そのたびに署員や看守が急行したが、いずれも人ちがいか、不確実な情報であった。

夕方、看守たちは、疲れきった表情でもどってきた。樹木や笹《ささ》の生いしげった中を歩きまわったかれらの顔や手には傷がつき、上衣《うわぎ》やズボンが裂けている者もいた。所長は、特例として米を炊《た》かせて握り飯にし、かれらに二個ずつあたえた。長い間、米など口にしないかれらは、一粒一粒惜しそうに食べていた。

その夜、有力な報告が入って、刑務所の庁舎に緊張した空気がひろがった。

刑務所を中心とした広い地域にあるすべての橋には、看守が昼夜の別なく張りこんでいたが、報告があったのは網走駅の北方にある網走川にかけられた新橋をかためていた看守からであった。そこには四名の看守が張りこんでいたが、北の方向からひそかに足音が近づくのに気づいた。燈火管制であたりは闇で、人影もみえない。

足音がとまったので、看守の一人が、

「だれか」

と、声をかけた。

その瞬間、走り去る足音がし、看守たちは追いかけ、雪印乳業の工場附近まで行ったが、その附近で足音は絶えたという。工場の裏手は山林になっていて、そこに逃げこんだことはあきらかだった。刑務所では、ただちに警察署に連絡し、署員もその方面にむかったが、夜のことで手がかりは得られなかった。

新橋から逃げたのは佐久間と断定され、翌朝から看守、警察署員、警防団員が動員され、佐久間が逃げこんだと推定される山中に入った。その山林地帯は能取岬へ通じる方向で、大包囲網がしかれた。しかし、佐久間の姿を発見することはできず、夕方になるとかれらは疲れきった表情で山をくだった。

捜索は、連日つづけられた。夏の暑さはうすらぎ、山間部には山萩《やまはぎ》の紅紫色の花弁がひらきはじめた。好天の日が多かったが、雷鳴がとどろき稲光が走って驟雨《しゅうう》が町を白く煙らせる日もあった。

佐久間についての情報は相変らず入ってきていたが、いずれも不確定なもので、かれの消息は絶えた。民家から衣類、食糧がぬすまれているはずだったが、届出は全くなく、足取りはつかめなかった。

九月一日夜、刑務所の庁舎内で、所長と警察署長を中心にした捜査会議がひらかれた。

テーブルには網走刑務所を中心とした地図がひろげられ、刑務所側と警察署側から、それぞれ捜索経過の報告があった。それを基礎に佐久間の潜伏区域の検討が慎重におこなわれた。まず、網走町の北方には、オホーツク海と能取湖でかこまれた小半島があるが、この地域は、警察署員、警防団員によって徹底的に捜索され、佐久間はいないと断定された。佐久間としても、行きどまりになっているその半島の方面に逃げれば発見される確率は高く、危険だと察して避けたはずであった。刑務所の裏山一帯は、主として看守が捜索にあたり、また網走町の南方地域にも厳重な非常線が張られていて、その方面にむかった形跡もなかった。

残された地域は、網走町西方の能取湖と網走湖にはさまれたせまい地域から西北方のオホーツク海沿岸の常呂《ところ》へ通じる山間部だけであった。常呂には巡査部長派出所がもうけられていて、警察官が警防団と連絡をとり合いながら非常線を張っている。常呂方面からの情報はなく、佐久間がひそんでいるのは常呂へ通じる山林地帯以外にないと考えられた。

しかし、その方面を捜索するには人員が不足であった。警防団員は三百名ほど動員できるが、入営、出征で屈強な男子はいない。佐久間は腕力が殊《こと》のほかすぐれているので、看守や警察署員のように二名一組で行動させることは危険で、少くとも数名ずつの集団をくませなければならず、それだけ行動範囲もせまくなる。大規模な包囲網をしくには、強力な組織の協力が必要だった。

警察署長は、網走町に駐屯《ちゆうとん》する北部第五二四二部隊にぞくする中隊の協力をあおぐことを提案した。無期刑囚の破獄逃走は、国内治安の混乱をまねき、それを鎮静するために軍隊の出動を要請することは理にかなっている、と強調した。刑務所長は賛成し、所長が司法省刑政局から、警察署長は北海道庁警察部からそれぞれ北部軍司令部に出動命令を懇請することになった。

散会後、ただちに電報で申請手続きがとられ、翌日の午後には、中隊から三個小隊が刑務所前にトラックで到着、捜索隊と秩序正しく移動をして日没時にはそれぞれの配置についた。

翌日は雨であったが、早朝から行動が開始された。かれらは、一定の間隔をたもって山の傾斜をたどり、笹原をわけ、樹林の中をすすんだ。樹木の上に視線をむけ、くぼみも入念にさぐった。雨は降りやまず、霧もながれていた。

散開した軍隊の動きは速く、午後二時頃には予定線に達し、そのまますすんで、看守、署員、警防団員たちと出遭った。その間、佐久間の姿を眼にした者はなく、降雨の中を道にくだった。

発見の報を待っていた所長や署長たちは、発見せずの連絡をうけて失望した。網走町周辺の地勢は、海、湖にさえぎられていて逃亡する地域もかぎられ、その発見逮捕は比較的容易であると考えられていた。が、多くの人数を動員し、さらに軍隊の出動まで得たのに痕跡《こんせき》すら見いだせなかったのは、すでに佐久間が遠い地域にのがれ去っていることをしめしているように思えた。

翌日から六日間、雨は降りやむこともなく、気温も低下した。

刑務所の所員たちの表情は、暗かった。常呂へ通じる山間部の山狩りをした翌日から、事実上、捜索は打切られていた。警察署では、刑務所と同じように署員の入営、出征がつづき、定員不足に苦しんでいた。統制経済違犯者の摘発、風俗取締り、防空訓練、防諜《ぼうちょう》思想の徹底など過重な仕事が課せられ、突発的に発生した逃走囚の捜索にこれ以上署員を投入することはできなかった。

刑務所にしても、看守を総動員することは囚人の構内作業、外役を中止させることになり、全囚人を獄舎内にとじこめておくのはこのましくなかった。囚人はすすんで作業をするのをのぞむ傾向が強く、運動、入浴を楽しみにしていて、それらをすべて停止すれば囚情は不安定になり、不測の事故が発生するおそれがあった。

所長は、所内の秩序を旧に復すことを命じ、捜索行動を中止した。

警察署長は、北海道庁警察部に佐久間の逃走経過と略歴、写真、身体の特徴等をおくった。警察部は、道内はもとより東北六県の県警察部にもれなく手配書を配布した。

刑務所長は、司法省刑政局長に提出する逃走事故報告書を作成する必要から、佐久間の監視に関係した看守長、看守部長と専任看守藤原吉太、野本金之助をまねき、佐久間が逃走するまでの経過をあらためて振りかえった。

昨年四月下旬、東京拘置所から移送されてきた佐久間に通常の手錠、足錠をかけたが、五月末には、早くも手錠をはずす事故をおこしている。その後も、同じことをくりかえし、しかも手錠の鎖をねじ切ったので鍵穴《かぎあな》のない特製の手錠、足錠をつけ、しかも後手錠にした。この処置は佐久間にはげしい苦痛をあたえ、かれが従順な態度をとるようになったので、十一月には後手錠をやめ、前手錠にした。さらに、週一回の入浴のたびに一時間もかかって足錠をはずす労をはぶくため、今年の三月には足錠をはずした。ついで、入浴時に手で自由に体をあらわせるために、その時だけ特製手錠をはずし、しかも手錠のナットの頭部をつぶさぬようにした。つまり、佐久間に対するあつかいは段階的に緩和されていった。

その頃から、佐久間は逃走をくわだて、手錠のナットと視察窓の鉄枠《てつわく》のネジに味噌汁をたらし腐蝕《ふしょく》させることをはじめていたと推定された。

席上、看守長たちは、六月中旬、佐久間が膝《ひざ》に神経痛がおこっていることを理由に入浴免除をこい、ゆるされた事実にあらためて注目した。入浴は、囚人にとって大きな喜びであり、たとえ入浴後、膝の痛みが増すとは言え、その後二カ月以上も入浴をことわりつづけたことは異常と言える。

入浴時には手錠のナットをはずすが、もしもそれがゆるんでいたら、たちまち発見され、新しいナットにかえられ、強くしめつけられる。佐久間が入浴免除を願ったのは、その頃、すでにナットが腐蝕し、ゆるみはじめていたのではないか、と推測された。野本看守も日直看守長も、特製手錠に対する信頼を持ちすぎていたためナットがゆるんでいたことなど想像せず、佐久間の神経痛という言葉をそのまま信用し、入浴免除の許可をあたえたのである。

その頃から藤原、野本両看守は、佐久間が正坐《せいざ》したまま屈伸運動をしているのをしばしば眼にし、物のあたる音も耳にしていた。佐久間は、冬の寒気にそなえて体をきたえていると述べ、藤原たちをはじめその報告をうけた看守長たちもそれに疑念をいだかなかった。

それについて、藤原が一つの証言をした。不意に視察窓をあけた時、佐久間が硬い房の床に手錠をはめた手を打ちつけているのを見たという。藤原はそれも屈伸運動の動きの一つと考えたが、佐久間が手錠のナットをゆるめるため床にたたきつけていたことはあきらかだった。

佐久間の手首が化膿《かのう》し蛆《うじ》が湧《わ》いたことも、冷静に考えてみれば異常であった。佐久間は、目まいがしてたおれた時にうけた傷だと述べたが、傷は深く、そのようなことでできたとは思えない。手錠を床にたたきつけ、または尋常ではない力で手錠をひらこうとしたことで負った傷と考えられた。

看守長の一人が、

「もしかすると……」

と、つぶやいた。

六月十一日、居房捜検で佐久間が獄房の床板に古釘《ふるくぎ》で長方形の傷をつけたが、それも脱獄のための準備の一つではないか、と言った。つまり、佐久間は、床下から脱出することが不可能であるのを十分承知しながら床板を傷つけたが、それは看守たちの注意を獄房の下方にむけるための工作と考えられる。その上で、視察窓から脱け出すという思いがけぬ方法をとったのではないか、という。

その推測に反対する者はいなかった。古釘で楢材《ならざい》の厚い板を切りぬくことなどできるはずはなく、しかもその傷を故意に発見させた節もあり、脱獄のための偽装であった確率は高かった。

かれらは、あらためて佐久間が看守たちの心理を見ぬくするどい頭脳に空恐しさを感じた。

監視態勢についての反省もおこなわれた。藤原、野本両看守は日勤で、夜は他の看守が二時間交替で監視にあたり、それらの看守たちについては、すでに戒護課長の看守長が事情聴取をすませていた。かれらには、共通して佐久間に対し恐れに似た感情をいだいていたことがあきらかにされていた。佐久間は、春から夏にかけてふとんをかぶって寝ることをやめなかったので、声をかけて注意する。佐久間は、半身をおこして視察窓からのぞく看守の顔を見つめるが、斜視の眼の光は殺意がふくまれているようにするどく、思わず視線をそらしたという。

さらに看守長が夜勤の看守たちを追及すると、一人の看守をのぞいて、他の看守たちは佐久間がふとんをかぶって寝ているのを傍観していたことがあきらかになった。佐久間が逃走したのは、注意することをやめなかった看守が勤務についた直後で、その看守に報復する意図をいだいていたことも疑いの余地がなかった。

このことから、佐久間は、すでに手錠と視察窓を自由にはずせる状態にしておき、その看守が夜勤につくのを待って実行に踏みきったものと断定された。

逃走の理由については、さまざまな意見がかわされた。

特定不良囚としてきびしい処置をうけていることに辟易《へきえき》し、それに対する憎悪からではないか、という意見もあった。が、足錠ははずされ、手錠のナットの頭部もつぶすことをやめるなど、処置は徐々に緩和されていたので、その意見は否定された。食事も、全国の刑務所のなかで最もめぐまれ、看守の日常口にするものよりもはるかに上質で量も多いことを知っていた佐久間が、待遇に不満をいだくはずはなかった。

結局、逃走理由は、獄房の冬の寒気に恐怖を感じたからだ、という意見が大勢を占めた。秋田刑務所から脱獄して小菅《こすげ》刑務所に自首したのは、秋田で冬をすごすことをきらったためで、執拗《しつよう》に小菅刑務所で服役することを検事にうったえている。それはゆるされず網走刑務所にうつされたが、例年にないきびしい寒気におびえ、再び冬をむかえることからのがれるため逃走したにちがいなかった。

逃走までの経過をたどった所長たちは、あらためて佐久間が周到に計画をねり、いつの間にか自分たちがその術中にはまりこんでいたことを知った。

所長は、これらの事実を事故報告書にまとめて正木亮刑政局長に郵送した。刑政局では、全国の刑務所長宛《あて》に事故内容をしるした書類と事故防止に全力をかたむけるようにという警告書をおくった。

網走刑務所長は、司法大臣名で譴責《けんせき》処分をうけた。さらに所長は、規則にしたがって藤原、野本両専任看守、逃走事故のおこった折に勤務についていた看守、その夜の当直看守長の四名に、百分の十減俸《げんぽう》一カ月、他の夜勤看守に百分の五減俸一カ月の処置をとった。

九月下旬、秋色がふかまり、刑務所の裏山の樹葉は紅葉しはじめた。

八

北海道内の新聞は、昭和十七年十一月、戦時下の要請によって最も古い社歴をもつ北海タイムスを中心に十一社が統合し、札幌《さっぽろ》市に北海道新聞社が創立されていた。網走町には、統合前の網走新報社がそのまま北海道新聞社支局として設置されていた。支局員は、むろん佐久間清太郎の脱獄とその経過を知っていたが、事件の報道が道内の人心を動揺させるおそれがあるとされ、記事にすることは禁じられた。新聞には戦況と軍需品や食糧などの増産にはげむ道民の姿などが紹介されているだけで、犯罪の記事はみられなかった。

脱獄事件について知っているのは網走町とその周辺の町村の住民のみで、山々の紅葉の色がさめ落葉がしきりになった頃にも、人々の大きな話題になっていた。例年ならば女や子供たちが山の傾斜をのぼって山葡萄《やまぶどう》や茸類《きのこ》をとる姿がみられるのだが、山中にひそんでいると想像される佐久間と出遭うおそれがあるので、足をむける者はいなかった。

警察署では、裸体で逃走した佐久間が必ず衣類を入手するため民家にしのびこむと推定し、各町村の警防団を通じて家々に、盗難にあった場合はただちに最寄りの警察機関に通報するよう指示した。が、届け出は全くなく手がかりをつかむことはできなかった。

好天の日がつづき、気温が低下した。遠くの峯々《みねみね》には、雪の輝きがみられるようになった。

戦況の悪化につれて網走町の空気は、日増しに重苦しいものになっていた。

大本営陸軍部では、アッツ、キスカ両島を基地化した米軍の次の攻撃目標が千島方面にむけられることは確実と判断し、札幌市におかれた北方軍司令部を第五方面軍司令部とあらため、その統率下に千島方面作戦に専念する第二十七軍司令部を編成した。それによって千島列島におびただしい兵員、武器、弾薬、軍需品が投入され、戦力は短期間のうちにいちじるしく強化された。その兵力輸送は、潜水艦攻撃による被害を最小限におさえるため小型の機帆船、漁船を利用した。網走港はその基地の一つとなっていて、船の出入りがひんぱんだったが、それらの船の一部が出港後、潜水艦の雷撃をうけて沈められたという話が町にもひそかにつたわってきていた。

千島列島方面の戦備強化についで、北海道東部の兵力の増強も活発になった。大本営は、その方面への敵の来襲も十分に予想されるとして、北見、釧路《くしろ》、大楽毛《おたのしけ》、池田、帯広、根室に大兵力を移動させた。敵の上陸地点は、根室附近、十勝海岸、釧路附近、網走海岸が予想され、それにそなえて海岸線一帯に防備陣地の構築がいそがれた。

網走方面では、兵が住民の協力のもとに海岸線にコンクリート製のトーチカや洞窟《どうくつ》陣地の構築をすすめた。軍の要請をうけた網走刑務所でも多数の囚人を工事作業に従事させ、また米軍が上陸してきた折に使用する武器として鍛冶《かじ》工場で日本刀や槍《やり》が大量につくられていた。

十一月上旬、初雪が舞い、刑務所では囚人に股引《ももひき》、足袋の着用を許可し、起床時刻も三十分おそい午前六時にあらためられた。人家の煙突からは暖房に焚《た》かれる煙がながれ出るようになり、人の吐く息も白かった。

十一月二十四日、町の人たちは、ラジオや新聞で東京都に敵の爆撃機七十機が来襲したことを知った。大本営は、「我方の損害は軽微」と発表したが、それにともなう解説で、飛来した機はＢ29型という長距離飛行の可能な大型爆撃機であると述べていた。またサイパン島失陥によってその方面に滑走路の長い飛行場が完成し、Ｂ29も多数配備されていることが確認されているので、今後、しばしば来襲するだろう、と警告していた。その予想通り、十一月二十八日にはＢ29四十機が関東、東海、近畿南部地方に、十二月一日には二十機が東京、静岡に、四日には七十機が東京に来襲、空襲は本格的になった。

その頃、司法省刑政局には、沖縄《おきなわ》刑務所が戦況の悪化の影響をうけて重大な危機にさらされていることがつたえられていた。それは主食の欠乏で、二百五十名の囚人への食糧供給をまかなっていた九州、台湾からの米の海上輸送が絶え、その年の二月には一粒の米、麦もなくなり、かろうじて政府保管の外米八十俵を確保することができただけであった。

大本営は、各種の情報から米軍が沖縄に上陸作戦をおこない、それによって沖縄が戦場化することは必至と判断し、沖縄県庁に対して非戦闘員である老幼婦女子の内地または台湾への疎開《そかい》命令を発した。それにもとづいて、県庁では疎開業務をすすめていたが、仲里達雄刑務所長は、食糧不足にあえぐ囚人たちを内地へ移送させるべきだと考え、司法省に申請して許可を得た。所長は、ただちにそれを実施にうつそうとして県庁に申し出たが、県庁では、囚人を一般人とともに乗船させることは不祥事のおこるおそれがあるとして強く反対し、仲里は、執拗に要請をくりかえして、ようやく六十名の囚人を乗船させることに成功した。船は那覇《なは》港を出港して九月三日に鹿児島に入り、囚人たちは鹿児島刑務所に収容された。

十月十日、沖縄は、敵機動部隊から発進した多数の艦載機による大空襲をうけ、那覇市の九十パーセントが焦土と化した。刑務所も爆風で外塀《そとべい》が倒壊し、少年囚を収容していた獄舎と武道場が全壊した。

仲里所長は、再び囚人の内地疎開をくわだて、女十名をふくむ百二十名の囚人を移送することを決意した。この疎開も県庁で危険視され容易にゆるされなかったが、仲里は、十一月七日に強引にかれらを乗船させた。しかし、これを知った船長は、かれらの受けいれを強く拒否して下船を命じ、仲里は船長と激論をかわし、囚人たちを船《せん》艙内《そうない》にふみとどまらせた。その折衝の間に、囚人の一人が逃走をこころみて海中に飛びこみ溺死《できし》するという事故もおこった。船長は、仲里の頑強《がんきょう》な態度に屈し、船は、囚人たちを乗せて十一月十八日に出港、途中、敵潜水艦の接近もあって退避するなどして二十四日に鹿児島に入港した。

仲里は、これらの囚人の護送で船に同乗していった看守十名を九州の刑務所に勤務させようとして指令電報を打ったが、希望者はなく、米軍の上陸が予想される沖縄に全員がもどった。

その年の末に、全国の刑務所から司法省に報告された食糧の供給状況は、囚人にあたえる食糧の欠乏が、沖縄刑務所だけではなく全国の刑務所に共通した最も重要な問題になっていることをしめしていた。

一般の食糧事情はさらに悪化し、米一人一日二合三勺《じやく》という主食の配給量は名目だけのものになっていて、昭和十九年後半に入ると、米の代用食糧として配給されていた穀類、薯《いも》類すら姿を消し、どんぐりの実をひいた粉や肥料用に使われる豆かすなどが主食として配給されるのが常になっていた。

このような食糧事情を反映して、刑務所の囚人にあたえる食物も質、量ともに低下していた。司法省では、雑穀、薯類をまぜることはあっても、あくまで一人一日の主食は六合とする基本方針をくずさず、各刑務所でも、あらゆる空地を開墾して耕地とし、また関係機関に陳情をくりかえしてその確保につとめていた。その点、主食に関するかぎり、一般家庭の者よりもはるかにめぐまれた食物があたえられていた。

しかし、その年の末に集計された全国の刑務所に収容されている囚人の死亡率は、おそるべき数字をしめしていた。開戦前は、常に囚人の死亡率が一般国民のそれより低く、たとえ自由を拘束されてはいても規則正しい生活が、そのようなこのましい結果を生んでいた。が、開戦の年の昭和十六年から囚人と一般国民の死亡率は逆転し、十九年には、全国の囚人五万七千名のうち実に三千四百四十八名が死亡し、それは一般国民の死亡率の三・四倍にもおよぶ高率であった。百名以上の死者が出たのは大阪、高松、宇都宮、神戸、広島、三重、福岡、東京豊多摩《とよたま》、滋賀の各刑務所で、殊《こと》に大阪では三百六十二名、高松で二百四十七名が死亡していた。

死者の激増は栄養障害によるもので、主食はかろうじて確保されていたが、囚人にあたえられる副食物は副食物などとはいえぬみじめなものになっていた。味噌汁《みそしる》といってても味噌はほとんど入らぬ塩汁で、実はない。野菜も枯れた葉や茎が稀《まれ》にあたえられるだけで、塩のみの場合も多かった。一般国民の栄養障害もいちじるしくなっていたが、かぼちゃの種、薯のつる、野草などを口にし、海や川で貝、小魚、海草などを採って栄養をおぎなっていたので、主食の不足で空腹に苦しみながらも囚人より栄養失調障害をおこす率が低かったのである。

その年の囚人の死亡率は十七名弱に一人で、食糧の入手が困難な大都会にその傾向がいちじるしく、司法省に強い衝撃をあたえた。

そうした中で網走刑務所では、収容されている八百余名のうち死亡したのは十七名で、死亡率が全国の刑務所の中で最も低かった。冬期にはきびしい寒気にさらされ、環境としては最悪だが、広大な農場で収穫された豊富な作物が囚人たちの栄養の均衡をたもたせていた。

網走町一帯は連日のように雪に見まわれ、年があけると、沖合に流氷の群があらわれた。前年とはちがって流氷は岸に押し寄せることはなく、近づくかとみると再び沖にはなれることをくりかえしていた。

刑務所は雪にうもれ、外役の囚人たちは、降雪の中を伐採作業に従事していた。看守長たちは、時折りにがりきった表情で脱獄した佐久間のことを話題にした。かれらの関心は佐久間がどこに逃亡したか、ということであった。

佐久間は昭和十一年に青森刑務所を、十七年に秋田刑務所をそれぞれ破獄しているが、今回の逃走は、過去二回のそれと社会情勢が全く変っている点で、かれをとまどわせているはずであった。北海道の食糧事情はきわめて悪く、配給の量は少く質も低い。住民たちは、それらの配給食糧でかろうじて空腹にたえているが、配給通帳もない佐久間にはそれを手にすることすらできない。耕地の作物をひそかにぬすみ、山菜などを採って飢えをしのぐことはできるが、雪のおとずれとともにそれらは地上から消える。刑務所では少くとも食事に事欠くことはないが、そこからのがれ出たことは、食物の全くない不毛の地に投げ出されたのに等しかった。

かれが、捕われることをおそれて人家からはなれた山中に入ったことは十分に想像されたが、雪と氷におおわれた山間部で生きることは不可能だった。褌《ふんどし》をつけただけで逃走したかれは、むろんなにかの方法で衣類を手に入れてはいるだろうが、火の気のない場所ではたちまち凍死する。

たぶん生きてはいないよ、という言葉が、看守たちの口癖になっていた。

昭和二十年一月下旬、流氷が接岸し、海は流氷原におおわれた。例年よりも降雪の日が多く、二月に入ると豪雪にみまわれ、人家は雪にうもれた。その年も寒く、零下三十度近くまで低下する日もあった。

戦況は一層緊迫化し、大本営は、本土決戦にそなえて作戦計画を急速にすすめていた。敵軍が上陸した折に民間人も戦闘に従事できるように、女性もふくめて木銃等をつかった軍事訓練がさかんにおこなわれていた。また、国民学校生徒をのぞく学生、生徒の授業が一年間停止され、三万名にのぼる道内の学生、生徒の軍事教練が強化され、軍需工場その他の労働にも従事していた。

三月九日夜半から十日にかけて、東京都に約百三十機のＢ29が来襲し、広大な市街地が焼きはらわれた。この空襲によって司法省の建物が全焼し、東京造船所の獄舎も焼けおちた。

東京造船所は、昭和十八年二月、正木行刑局長が海軍省の要請をうけて、囚人の労働力で船を建造する目的でもうけた造船所であった。所在地は東京市城東区南砂町四丁目で、敷地は五万三千坪であった。選抜されたのは前橋刑務所の囚人を中心とした刑期三年以下の健康な者たちで、東京造船部隊と称し、石川島造船所に分隊をおいていた。部隊長は前橋刑務所長根田兼治であった。作業成果はきわめて良好で、昭和十八年五月から戦火にあうまでの一年九カ月の間に約九百トンの輸送船百八隻《せき》を建造、進水させていた。隊員は二千名に達し、法政大学経済学部、法学部の数百名の学生や錦城《きんじょう》中学校の生徒も労働に従事していた。

空襲で造船所はすべて灰になり、十五名の囚人が焼死した。これらの死亡者は、海軍軍属の資格で公務死あつかいにされた。東京造船部隊の隊員は巣鴨《すがも》の東京拘置所へ、石川島分隊の隊員が豊多摩刑務所に収容されることになり、それぞれ隊列をくんで焼死体のころがる地をすすみ、獄舎に入った。その間、逃走事故は一件も発生しなかった。

正木行刑局長は、午後七時に東京拘置所の講堂に東京造船部隊の隊員をあつめ、

「本日の空襲は、前代未聞《みもん》のものである。しかし、二千名もの隊員中、一人の落伍者《らくごしゃ》

も逃走者もなく全員無事に引揚げが出来得たことは、諸君が時局を認識し、自己の重大使命を完遂したからである。これは、世界の刑政史上、特筆大書すべきものである。大手町で、自分も自動車の中から、諸君の整然たる行進ぶりを眼《め》にして涙が出た。諸君たちは船をつくったと同時に、自らの人格をもつくった。本日は、造船部隊の卒業式である。今回の諸君の努力に対し、絶大なる敬意を表し、一人一人に心をこめて表彰状を贈り、その労をねぎらいたいと思う」

と、眼に涙をうかべて訓示した。

正木は、拘置所から司法省にもどる途中、焼死体の処理を囚人によっておこないたいと考えた。囚人に船や兵器をつくらせるよりも、死体をあつかわせる方が、囚人たちに人間の生命の尊さを認識させ、更生に役立つと思ったのである。

かれは、本省にもどると、東京都防衛本部に死体処理の現状について問い合わせた。防衛本部では前年の五月につくられた「罹災《りさい》死体処理要綱」にもとづいて、空襲によって総数一万名が死亡すると推定し、一万個の柩《ひつぎ》をつくり、二カ所の火葬場と十五カ所の仮埋葬場を指定していた。しかし、三月九日夜半からの空襲は大規模で、十日夕方までの報告を集計すると死者は七万名に達し、さらにその数は増すことが予想された。そのため柩を使うことを断念し、また身元や所持品の調査もはぶいて公園などに死体をあつめ、二百体から三百体を入れることのできる穴をほり、仮埋葬することになった。その作業に手をつけていたのは軍隊、警察官、警防団員だが、人手が不足していて、ぜひ協力して欲しいという回答を得た。

正木は、東京造船部隊の根田部隊長に囚人を出役させるよう指示した。これに対して、翌日、根田から、囚人たちが自発的に死体の取りかたづけをしたいという申出があったことがつたえられた。

根田は、百四十一名の囚人をえらんで刑政憤激挺身隊《ていしんたい》を組織し、白い布に隊名を書いた隊旗をあたえた。正木は、三月十三日朝、作業に出るかれらを東京拘置所の屋上にあつめ、

「諸君は、今から罹災市民の死体埋葬の仕事に出発する。これだけはお願いしておく。決して死体を事務的にあつかわないで欲しい。気の毒な人たちなのだ。どうか自分の親が、子が、妻が、兄弟が災害をうけたと思い、顔をそむけることなく丁重にあつかってくれ。これは人間としての最高の仕事なのだ」

と訓示した。

囚人たちは、隊旗を手に看守たちにつきそわれて拘置所を出て行った。

かれらは、錦糸公園におもむき、都の係員の指示にしたがって遺体を入れる大きな

穴を掘った。そして、軍隊がトラックではこびこんできた死体を穴の中に落した。

かれらは、拘置所を早朝に出発し、夕刻もどることをくりかえしながら、猿江《さるえ》公園、隅田《すみだ》公園で死体埋葬の仕事に従事した。穴の周囲には香煙がたちこめ、僧の読経《どきよう》がつづいていた。

夜間空襲は激化し、それにともなって刑務所、拘置所の被害も増した。三月十二日には名古屋、翌日には大阪、十七日に神戸の各刑務所と拘置所が罹災した。

三月下旬、網走町の前面の海をとざしていた流氷は沖に去り、わずかに水平線に氷の輝きがみえるだけになり、やがて消えた。寒気はゆるんだが、積った雪は根雪となって町をおおっていた。

四月に入ると、東京拘置所、豊多摩、府中の各刑務所、支所が全半焼したが、その頃、沖縄刑務所では、上陸した米軍の攻撃にさらされながら看守、職員、家族が囚人たちと戦場を移動していた。

仲里所長は、その年の二月、宮崎刑務所長が死亡したため宮崎刑務所長兼務となり、三月一日駆潜艇で沖縄をはなれ、途中、敵潜水艦の攻撃をうけたが、かろうじて六日後に鹿児島港にたどりついた。それが日本内地と沖縄間の最後の便船になり、仲里は再び沖縄へもどることはなかった。所長には山内哲夫看守長が代理として就任した。収容されていた囚人は、戦時下の即決裁判で収容された者をくわえ約百名であった。激しさを増した空襲で刑務所が危険になり、囚人たちを近くの壕《ごう》にうつした。が、三月二十日夜に敵艦隊接近の報を得て、山内所長代理は囚人たちに食糧などを背負わせ、かれらを監視しながら、翌朝、首里《しゅり》の壕に入った。壕内には検事局や裁判所の職員たちが避難していて、山内は、米軍の上陸が予想されるので囚人を全員釈放すべきだと考え、検事正に要請した。が、勝利を信じる幹部のはげしい反対でそれはゆるされず、軽い罪で収容されていた者十名を釈放したにとどまった。

やがて敵艦隊が来襲し、昼夜をわかたぬ艦砲射撃と空襲にさらされるようになり、山内は、看守とともに囚人を監視しながら首里北方の西森にある大きな壕に移動した。早くも看守や囚人に死傷者が続出した。

四月一日、米軍は、艦砲射撃と艦載機の銃爆撃の支援をうけて沖縄本島の中部西海岸に上陸、日本軍守備隊との間に激しい攻防戦を開始した。守備隊の戦意は旺盛《おうせい》で、頑強な抵抗をつづけ、両軍は一進一退をくりかえした。が、一カ月後には圧倒的に優勢な火力をもつ米軍が徐々に進出して守備隊は後退し、それにともなって民間人も南部へ避難をはじめた。昼間は艦載機が飛びかって銃爆撃をくりかえし、夜間は島を包囲した艦艇からの艦砲射撃が絶え間なくつづけられた。民間人は、夜、南へ南へと避難したが多くの者が死傷した。

山内たちは、危険のせまった西森の壕をはなれ、民間人とともに砲弾の落下する中を南部方面へむかった。囚人たちを自然洞窟《どうくつ》や墓の中にひそませながら移動をつづけたが、死傷者は増し、食物も少くなった。六月初旬、仲座附近にたどりついた山内は、囚人の解放を決意し、全員をあつめてその旨《むね》をつたえた。囚人たちは散り、数名の囚人が山内と同行した。

六月下旬、沖縄の戦闘が終了した。刑務所関係者で生存が確認されたのは、山内をはじめ職員二十一名と同行した囚人二、または三名で、他の者たちの消息は不明であった。

内地では、大都会がすべて焦土と化し、米軍機の攻撃の目標が地方都市にうつったため、刑務所の焼失も増した。五月には宮崎、熊本、名古屋、豊多摩各刑務所、高知刑務所中村支所、六月に入ると大阪拘置所、高知、大阪、福岡、静岡、神戸、三重、岡山各刑務所、四日市、浜松、豊橋、延岡《のべおか》、佐世保各支所が被災した。これらの空襲によって囚人三名が死亡、看守、職員と家族七名が即死、三名が重傷をおった。全焼した岡山刑務所では囚人を避難させる途中、三十七名が逃走するという事故もおこった。その後、既決囚一名、未決囚六名が避難先にもどったが、他の三十名は行方知れずになった。また、全焼した佐世保支所では危険がせまったので囚人十六名を解放したが、帰ってきたのは十名だけであった。

刑務所や拘置所の被災によって、それらを統轄《とうかつ》する司法省との間の連絡も困難になった。

開戦後、司法省では、軽い罪で服役し、しかも成績のよい囚人に対しては積極的に仮釈放の処置をとっていた。それは民間の労働人口をふやすためで、召集令状をうけた囚人も優先的に仮釈放の対象にした。仮釈放者の続出で事務量が極度に増したため事務の簡素化がはかられ、刑務所長または支所長から直接司法大臣に仮釈放願いが上申されると、即日許可、即日釈放という処置がとられた。各刑務所では、上申書を職員が司法省まで持参していたが、空襲の激化にともなって列車に乗ってゆくことも不可能な状態になった。そのため電報または電話で上申するだけで、囚人を即日仮釈放できる緊急措置がとられた。

刑務所の被災はつづき、七月には熊本、高知、高松、徳島、千葉、甲府、岐阜、大阪、宇都宮、水戸、三重、松山、鹿児島の各刑務所、呉《くれ》、鷹見《たかみ》町、堺《さかい》、仙台、沼津、福井、岡崎、平《たいら》、徳山、柳町、田辺、宇治山田の各支所、姫路、函館《はこだて》少年刑務所が全焼その他の大被害をうけた。これによって囚人四十八名、看守、職員八名が死亡、囚人八十三名が避難中に行方不明になった。また、鷹見町支所で二十六名、福井支所で二十名をはじめ十三の刑務所、支所で計八十三名の逃走事故があった。

被災した刑務所、支所の囚人たちは外役場におかれた獄舎に移送されたが、むろん収容できず、焼けのこった公共の建物などを獄舎にあてたりした。官舎から焼け出された看守、職員、家族が、それらの建物に仮住いする傾向もみられた。

刑務所の機能は麻痺《まひ》し、食糧不足は一層深刻なものになった。すでに囚人の主食一日一人六合の基準はまもられず、刑務所職員は、囚人を飢えからまもるため奔走しなければならなかった。囚人たちは軍需工場その他に出役して、そこからあたえられる食物でかろうじて空腹をいやしていた。工場では獄舎もない所がほとんどで、逃走しようとすることは容易であったが、逃走事故が少かったのは、逃走しても食糧を手にすることが不可能であることを知っていたからであった。

各地の刑務所の秩序はくずれ去っていたが、網走刑務所では規則正しい日々がすぎていた。独居房に収容された者以外の囚人たちは、起床後、房を出て洗面、食事をすませ、列をくんで構内の工場や外役場におもむき作業をする。日没時には、外役に出た囚人たちが看守とともに帰所することをくりかえしていた。主食は、さすがに大豆を混合させていたが規定量が囚人たちにあたえられ、副食物も不自由はなかった。各地の刑務所の窮状とくらべると、網走刑務所は別世界であった。

しかし、町の人々は、戦況の悪化にともなう生活の窮迫に大きな不安を感じていた。大本営は、沖縄失陥後、米軍の上陸地点が南九州か関東地方であると予想し、千島列島、または北海道への進攻は全くない、と判断した。そのため、千島列島方面の兵力をさいて九州、関東地方へ移動させた。しかし、日ソ中立条約の有効期限の延長を拒否したソ連が、宣戦布告をして北海道を攻撃することも予想され、宗谷《そうや》海峡方面の兵力を強化していた。網走町にはソ連軍が上陸するという噂《うわさ》がひそかにながれ、不安な空気がひろがっていた。アメリカ潜水艦の行動も活発になっていて、六月十六日には網走町北方の能取岬燈台《のとろみさきとうだい》におかれた監視哨《しょう》で潜水艦が海面に浮上したのを発見したという報もあった。

北海道では、民間人による防衛計画がすすめられ、国民義勇隊が組織されて、十五歳から六十歳までの男子と十七歳から四十歳までの女子を必要に応じ義勇兵として召集することがさだめられていた。第一線で戦闘に参加できる民間人は十万から十五万名、後方要員として三十万から五十万名の動員が可能であると推測され、また在郷軍人による特設警備隊も編成され、約一万三千名の隊員が各地に配置された。網走町にもそれらの組織がもうけられ、緊張はいちじるしくたかまっていた。

町の人々を不安がらせていたのは、その年の農作物の作柄《さくがら》であった。四月初旬から気温が急激に低下し、五月中旬には珍しく降雪にみまわれた。殊に七月には冷気におおわれ、濃霧の立ちこめる日が多く、冬の衣服を再び出して着なければならぬ日がつづいた。穂の出る時期ではあったが、それはおくれて大凶作が予想された。刑務所の農場でも作物の成育が悪く、野菜類の収穫も少かった。が、米、麦の貯蔵量は確保され、主食に関するかぎり不安はなかった。

所内で、新たに採用された看守が囚人にあたえる主食を口にするという事故がおこった。看守は、家族とともに一般の民間人と同じ食糧の配給をうけていて、それよりもめぐまれた食物をあたえられている囚人がうらやましく、無意識に手を出したのである。

刑務所長は、その不祥事が囚人たちに看守をさげすむ傾向をあたえることをおそれ、ただちにその看守を懲戒免職処分にした。そして、看守、職員に再びそのような事故をおこさぬよう厳重に注意した。

七月十四日、根室に艦載機が来襲したが、濃霧が立ちこめていて退去したという連絡が網走町につたえられた。北海道沖に敵の機動部隊が行動中で、空襲が予想されるので厳重に警戒するようにという指令があった。

翌十五日は晴天で、午前十時ごろ監視哨の警備隊員が、グラマン戦闘機が東方海上から町に接近中であると警備隊本部に急報した。本部では、空襲警報を発令し、警防団は緊急配置についた。刑務所では、構内の工場での囚人の作業を中止させ、独居房に収容されていた者を獄舎から出した。そして、避難訓練通り七百名を構内に整列させ、裏山にうがたれた横穴式防空壕に走らせ、全員を退避させた。看守は、実弾をこめた拳銃《けんじゆう》、騎兵銃を携行し、監視にあたった。

敵機は、漁船、監視哨を攻撃、さらに町の上空に進入して小学校などに銃爆撃をくわえ、一時間後に東方海上へ去った。監視哨員ら数名が死傷したが、建物の被害はほとんどなかった。

敵機は、道内の他の地域にも来襲して大きな損害をあたえた。まず十五日午前五時、根室に延べ二百五十機の艦載機が飛来、午後四時半まで銃爆撃をくりかえした。これによって市街地の七十パーセントが焼失または全壊し、三百六十九名の死者を出した。また釧路市も午後二時四十分から空襲にさらされ、二千百三十六戸が全焼、五百四十五戸が全、半壊するという大被害をうけ、死者は百六十八名に達した。

米軍の最大の攻撃目標は、道内の軍需工場地帯である室蘭《むろらん》市と、本州との連絡地である函館市であった。室蘭市は、十四、十五の両日にわたってB29爆撃機の先導をうけたグラマン戦闘機群の波状攻撃をうけ、さらに艦砲射撃も浴びて工場群は壊滅した。民家も約千百四十三戸が全、半壊し、死者は四百八十六名におよんだ。港内にあった海防艦二隻《せき》、船舶十四隻も沈没、炎上した。函館市への空襲は、津軽海峡の交通を遮《しゃ》断《だん》することを目的としたもので、攻撃は青函連絡船に集中した。この結果、十二隻の連絡船のうち津軽丸をはじめ八隻が撃沈され、松前丸、第六青函丸が坐礁《ざしょう》炎上し、他の二隻も大破して、青函連絡航路は完全に断たれた。これらの連絡船に乗っていた乗員、旅客など四百十二名が死亡、七十二名が負傷し、市街の人家約四百戸も焼失した。

この空襲に対して、北海道防衛指揮の任にあった第五方面軍司令官樋口《ひぐち》季一郎中将は、昼間、敵機動部隊に反撃をくわえれば味方機の損害が大きいと考え、道内の各地に配置された戦闘機隊に出撃命令を発することはせず、ひたすら高射砲隊による反撃だけにとどめた。その地上砲火の命中度は高く、八十機以上を撃墜した。

樋口司令官が戦闘機を出撃させなかったことは、大本営陸軍部を憤《いきどお》らせ、電話で厳重な警告があたえられた。また、道民も迎撃機を全く眼にできなかったことに、軍に対する強い不信感をいだいた。

網走町の人たちも、近くの美幌《びほろ》航空部隊に少しの動きもみられなかったことに失望した。かれらは勤労動員されて飛行場建設につとめてきたのに、空襲をうけても航空隊の飛行機がすべて壕の中にかくされ、一機も迎撃のため飛びたたなかったことに強い不満を感じたのである。刑務所でも八年間にわたって飛行場建設に出役していただけに、囚人や看守の不満が大きかった。

八月に入ると、各地の刑務所の空襲による被害はつづき、水戸、前橋刑務所では囚人三十九名が死亡、約百名が重軽傷を負い、二名が逃走した。

八月七日午後、網走刑務所長は、ラジオで広島市に空襲による大被害が生じたことを知った。大本営発表では、
一、昨八月六日広島市は敵B29少数機の攻撃により相当の被害を生じたり
二、敵は右攻撃に新型爆弾を使用せるものの如《ごと》きも詳細目下調査中なり
とあった。

相当の被害という表現は、大本営発表では初めてのことで甚大《じんだい》なものであることが想像された。広島には千百五十名の囚人が収容されている刑務所があり、その安否が気づかわれた。

広島刑務所は、原子爆弾投下とともに全壊したが、囚人の大半は爆心地からはなれた光海軍工廠《こうしょう》その他に出役していたので、刑務所で即死したのは看守、職員五名、囚

人十二名だけであった。その後、光海軍工廠などから囚人たちが看守とともに引揚げてきたが、獄舎が消失していたので構内の空地にあつめ、周囲に縄《なわ》をはって夜をすごした。その間、重傷者がつぎつぎと死亡し、遺体に重油をそそいで焼いた。

八月九日、長崎市にも原子爆弾が投下され、爆心地にあった長崎刑務所浦上支所は全壊し、支所にいた副島《そえじま》支所長をはじめ看守、職員十八名、囚人八十一名、職員家族三十五名すべてが即死した。また支所に近い構外作業場も全壊、全焼し、看守、職員五名、囚人四十七名が死亡し、その後、重傷者の死がつづいた。三菱重工業長崎造船所で働いていて難をまぬがれた囚人約百名は、長崎市衛生課の要請をうけて、五日間にわたって市民の死体収容作業に従事した。

八月十五日、網走町の空は青く、暑かった。正午に天皇のポツダム宣言受諾をつげる放送があった。その日、正木亮の後をついで刑政局長の任についていた佐藤祥樹が、高松控訴《こうそ》院《いん》検事長に転出し、福岡地裁検事正清原邦一が局長に就任した。

網走刑務所では、看守から囚人たちに敗戦が告げられ、独居房のある獄舎ではマイクロホンでそれをつたえた。美幌飛行場の整備工事に出ていた囚人の作業も中止され、もっぱら農場での作業に従事するようになった。看守や囚人たちの顔には、うつろな表情がうかんでいた。

刑務所長をはじめ幹部の者たちは、やがて上陸してくるだろう連合軍に対して強い不安をいだいていた。それは、刑務所に三名の外国人が収容されていたからで、二名は撃墜されたB29からパラシュートで降下したアメリカの飛行士であり、他はスパイ行為をはたらいて捕えられたイギリス人であった。

外国人の刑務所でのあつかいは、開戦直後に司法省から通達された「戦時収容ニ係ル外国人ノ処遇ニ関スル準則」にしたがっていた。その基本は、「外国人ガ敵国人タルト否《いな》トヲ問ワズ、之《これ》ガ処遇ニ当リテハ刑務官吏ハ須《すべか》ラク大国民タルノ襟度《きんど》ノ下ニ厳正且《かつ》公平ヲ旨トスルコト」を原則に、敵国人として敵意をいだき苛酷《かこく》なあつかいをするようなことは決してしてはならぬ、といましめていた。一般の囚人とはちがって外国人としての生活習慣を十分に考慮することが指示された。衣類については背広、ワイシャツ、パジャマの着用をゆるし、ネクタイ、マフラーなどは縊死《いし》に使用されるおそれがあるので、自殺防止のため禁じられた。食物は、希望にしたがってパン、スープなどをあたえ、体の大きい者には特製のふとん、毛布を用意し、ベッド、テーブル、椅子《いす》も獄房にそなえつけた。収容場所は、かれらを安静にすごさせるため独居房とし、洋書を読むことも許可していた。網走刑務所でも、その準則にしたがって外国人をあつかっていたが、前年の冬にゾルゲ事件で無期刑の刑をうけて服役していたユーゴスラビア人が病死したこともあって、連合国軍がどのような態度で出てくるか不安だったのである。

全国の刑務所では、敗戦にともなう際立《きわだ》った混乱はみられなかったが、樺太《からふと》は例外であった。

八月九日、ソ連は日本に対して宣戦布告をして戦闘行動をおこし、十五日に日本が無条件降伏をした後も攻撃をやめなかった。

豊原におかれた樺太刑務所には六百五十名の囚人が収容されていたが、国境線からソ連軍南下の報をうけた所長は、ソ連軍の進出前に思想犯の白系ロシア人、スパイ関係者、死刑囚、重罪犯を北海道に移送することが急務と判断した。かれは司法省の同意を得て、第一回送還者として五十名の囚人をえらんだ。そして朝倉見介副看守長以下十名の看守がつきそい、かれらをトラックに乗せて刑務所を出発、避難民であふれる道をすすみ大泊《おおどまり》についた。八月十八日午後二時頃であった。

港は避難民で大混乱を呈していたが、朝倉副看守長が奔走した末、ようやく五十トンの機帆船をチャーターし、十九日早朝に出港した。しかし、暴風雨で海は荒れ、途中、海岸に船を寄せたりしてかろうじて宗谷海峡をわたり、二十日午後二時頃《ごろ》に稚内《わつかない》港に入った。さらにその地で列車の車輛《しやりよう》一輛を借りきって出発し、旭川《あさひかわ》に到着後、かれらを旭川刑務所に収容した。この後、八月二十三日にも第二回目の囚人の一団が刑務所を出発し、これも無事に宗谷海峡をわたることができた。

第二回目の囚人たちが出発した翌二十四日、ソ連軍の戦闘行動は中止され、豊原が占領された。

二十六日、ソ連軍の少佐ら四名が刑務所に姿をみせ、所長たちに威圧的な態度をしめし所内を巡視した。その夜、所内は大混乱におちいった。ソ連軍が男の囚人をすべて射殺し、女の囚人を暴行するという噂がながれたからであった。事実、樺太各地でソ連兵による強姦《ごうかん》事故がしきりにおこっていて、五名の女子職員と女看守は髪を切って男装した。

所内の混乱はつづき統制をとることが困難になっていたが、九月十六日、ソ連軍からの指令で女の囚人全員が釈放された。さらに九月二十三日には、ソ連軍将校宿舎の建設をする建築の仕事に巧みな者など三十名の囚人をのこし、他の囚人すべての釈放命令も出された。また、のこされた囚人の監視をするため十二名の看守が刑務所で勤務することを命じられ、他の所長以下二十四名が捕虜として豊原中学校に抑留された。が、抑留者のうち所長と会計課長は本土へ事態を報告すると称して脱走し、北海道へひそかにわたった。その懲罰として、のこった抑留者はきびしい処置をうけ、その後、シベリヤのポートワニにおくられ、多くの者が死亡した。

刑務所にのこった十二名の看守は、三十名の囚人とソ連軍にとらえられて入所してきた元憲兵、特務機関員、裁判所関係者たちの監視にあたっていた。

そのうちに、一人の囚人がソ連軍に巧みにとりいり、権力をもつようになった。その囚人は、カムチャツカで生活していたこともあってロシア語に精通し、頭の回転も速かった。

かれは、気にいらぬ看守をソ連軍将校にあしざまに告げ、その度に看守は処罰された。看守たちはおびえ、いつの間にかかれの指示にしたがうようになった。刑務所はかれの支配下におかれ、かれは刑務所長と名乗るまでになり、釈放される囚人の証明書にも刑務所長として署名したりした。

所内の秩序は全くうしなわれ、囚人たちは獄舎を自由に出入りし、思いのままに行動するようになった。刑務所の食糧や工場でつくられた製品などをはこび出して、馬車で町へ売りにゆき、酒などと交換する。夜は、酒を飲んでさわぎ喧嘩《けんか》も絶えずおこったが、看守たちは傍観しているだけであった。

それらの看守は、やがて任を解かれたが、日本に帰ることができたのは、かなりたってからであった。

九

終戦から七カ月たった昭和二十一年三月下旬の早朝、亀岡《かめおか》梅太郎は、中学二年生の三男をともなって網走《あばしり》刑務所の官舎を出ると、駅に通じる道を歩いていった。小雪が降り、海面をおおう流氷は沖合までひろがっていて動く気配もみせない。町は凍りついた雪にうもれていた。

かれは、昭和十五年八月、任官して網走刑務所に看守長として勤務し庶務課長の任にあったが、十日ほど前に札幌《さっぽろ》刑務所戒護課長を命じられ、札幌刑務所におもむくことになったのである。妻は病気で医院に通っていたので、他の子供とともに官舎にのこした。

かれの着ている官服は裏がえしにして縫いなおしたもので、色はあせ、つぎはぎだらけであった。手に古びた鞄《かばん》と手まわりの物を入れた風呂敷《ふろしき》づつみをさげていた。

列車に乗る者がホームにあふれ、かれは、ようやく息子とともにデッキから内部に身を入れることができた。窓ガラスはほとんど割れ、代りに板が打ちつけられているので車内は暗い。列車が走り出すと、破れた窓から雪が寒風とともに吹きこみ、煤煙《ばいえん》も入りこんできた。

かれは、乗客に体を押しつけられながら、終戦後の目まぐるしい網走刑務所内の動きを反芻《はんすう》していた。

終戦直後、政府部内の混乱ははげしく、刑務所が敗戦をむかえてどのような態度をとるべきか、司法省からの指示らしいものはなかった。所長をはじめ亀岡たち幹部は、不安といらだちの中で日をすごした。ようやく八月三十一日になって、初めての連絡書類が郵送されてきた。それは、空襲による全国の刑務所の被害状況に関するものであった。それによると、百十五の刑務所、支所のうち全焼全壊二十六、半焼半壊十三に達しているという。当然、それらの被害をうけた刑務所と支所の囚人は他の刑務所に収容され、それらの刑務所は定員をはるかにこえた囚人でふくれあがった。その過剰拘禁は囚人たちに不満をいだかせ、作業中逃走する事故が増していた。そのため、司法省刑政局長から逃走事故の防止に全力をかたむけるようにという指令電報があった。

日本を占領する米軍の先発隊は、八月二十八日に神奈川県厚木飛行場に到着し、さらに三十日には連合国軍最高司令官マッカーサー元帥《げんすい》が軍用機からおりて、九月八日に約八千の将兵とともに東京に進駐した。

亀岡たち刑務所の幹部は、これからはじまる連合国軍の占領政策に強い不安をいだき、殊に刑務所に収容していたアメリカの空軍兵が一カ月ほど前に病死し、それについてどのような処置がとられるか恐怖に近いものを感じていた。「戦時収容ニ係ル外国人ノ処遇ニ関スル準則」にしたがって、かれらを敵国人としてあつかうことはせず、希望に応じてパン、スープ、バターなどをあたえ、ベッド、椅子も使用させて、発病後、治療も十分におこなった。が、占領軍が、思いもかけぬ理由によって刑務所の幹部を処罰する態度に出ることも予想された。

連合国軍総司令部の占領政策は驚くほどの速さで推しすすめられ、東条英機元総理大臣ら三十九名を戦争犯罪人と指定して逮捕、その中には岩村通世《みちよ》元司法大臣もまじっていた。

これと並行して、戦時中に日本側が連合国軍の捕虜をどのようにあつかったかについての追及もはじめられ、北海道へも本格的な進駐に先立って米軍調査官が飛行機で札幌に入った。

かれらは、網走刑務所に収容されていたアメリカ空軍兵の死を重大視し、虐待《ぎやくたい》による死であると判断し、所長を呼びつけてきびしい訊問《じんもん》をおこなった。所長は、司法省命令にしたがって外国人であることを配慮したあつかいをしたと弁明したが、かれらは納得せず、所長以下関係者を戦争犯罪人として東京におくる意向をかためた。刑務所では終戦と同時に軍関係の書類をすべて焼却していたので、虐待死という容疑に対して反証するものがなかったのである。

しかし、庶務課長の亀岡梅太郎の書類箱の中に、アメリカ空軍兵の身分帖《ちょう》だけが偶然にも焼却されず保管されていることが判明した。そこには、入所時から死亡するまでの処遇、殊に発病後、食事、医療、投薬などについて十分な配慮をしたことが、視察表、診療簿にくわしく記載されていた。刑務所では、ただちにこれらの書類を米軍調査官に提出し、ようやく空軍兵の死が虐待死であるという疑惑をとくことができた。

また、遺骨の処理についても、敵国兵に対する憎悪《ぞうお》から海にでも捨ててしまえ、という意見があったが、亀岡は、函館俘虜《ふりょ》収容所長と打合せの上、収容所に遺品とともに引きわたしていた。この処置も調査官の心証をよくし、アメリカ空軍兵の死についての調査は終了した。

司法省では、全国の刑務所長に対して、占領軍兵士との摩擦をふせぐための指示を発した。刑務所の正門、自動車、腕章にはPRISONという文字をしるし、占領軍兵士が来所しても、各刑務所には英会話の堪能《たんのう》な者が少いので、誤解をまねくことを避けるためあまり言葉を発しないようにせよ、とも命じていた。

十月四日には、連合国軍総司令部から日本政府に対して戦時行政組織の解体命令が出され、司法省は連合国軍の指揮下におかれた。これにともなって刑務所の所員は、占領軍の将兵、車に対して敬礼することが義務づけられた。

その日、米軍将兵約六千名が、軍艦の護衛をうけた輸送船団で函館に入港し、北海道への本格的進駐が開始された。翌日にはアメリカ軍最高指揮官ライダー少将が、八千名の将兵をひきいて小樽《おたる》港に到着した。その動きは敵前上陸に似たものものしさで、自動小銃をかざした米兵が、戦車、水陸両用装甲車、ジープ、トラックとともに多数の上陸用舟艇に分乗して上陸した。米軍は、戦車、装甲車をつらねて札幌に進駐し、主要な建物すべてを接収、札幌逓信《ていしん》局に第九軍団司令部を設置した。

その後、北海道にぞくぞくと米軍が進駐し、二万二千名近い将兵が札幌をはじめ函館、小樽、旭川、室蘭、稚内、美幌、帯広に駐屯《ちゆうとん》した。

進駐をひかえて、道内は恐慌《きようこう》状態におちいっていた。各市町村ではその対策につとめ、網走町でも米軍に対する心得として、

一、外国の軍隊に対し、個人接触をさけること
一、婦女子は、外人にスキをみせてはならない

一、みだらな服装をしないこと。人前で腕をあらわにしたりすることは絶対禁物である
一、外国人が日本語の片言で呼びかけても、婦女子は決して相手にならぬこと
一、婦女子は、夜間はもちろん昼間でも人通りの少い場所では一人歩きしないこと
と言った注意書が、回覧板でまわされたりした。

米軍は、網走町の南方約二十キロの旧美幌航空隊兵舎に三百名が駐屯し、ジープに乗った将兵が町の中にも入ってくるようになった。昼間であるのにジープはライトをともし、兵は自動小銃を手にしていた。女は家の中に身をひそめ、男たちは道路の端におびえたように身を避けた。

刑務所では、米軍が所内に入ってくることを予想していた。かれらがどのような粗暴な行為をとっても抵抗するどころか阻止もできない。警察署はすでに無力化し、たとえ所員が射殺されるような事故があっても傍観する以外にない、という諦《あきら》めの色が濃かった。

秋もふかまった頃、正門で立哨していた看守から報告があった。一台のジープが鏡橋をわたり、正門の前で停《とま》ったので、看守は体をかたくして敬礼した。ジープには、将校らしい男が兵とともに乗っていて、門を見つめていたが、そのまま去ったという。

所長は、いつかは米軍が所内に入ってくるにちがいないと推測していたが、ジープは町の中を走りまわっているだけで、その後は門に近づくこともなかった。

しかし、看守の中には、不快な思いを味わされた者が多かった。或《あ》る看守部長は馬ですすんでいる途中、ジープが近づいてくるのを眼にして、馬を道の端に寄せてとめた。米兵は、故意にジープを馬の体すれすれに近づけて走り去り、馬が暴走した。また、自転車をとめて敬礼した看守の頬《ほお》に拳《こぶし》をたたきつけ、笑声をあげながら去ったジープの兵もいた。

紅葉の色がさめかけた頃、網走湖畔の農場で働いていた囚人が、米兵の発射した弾丸で重傷をおう事件が発生した。網走湖には鴨《かも》がわたってきていて、それを知った米兵が猟をし、流れ弾が囚人にあたったのである。監視の任にあたっていた看守たちは、すぐに囚人の作業を中止させ、刑務所にもどった。傷ついた囚人は治療をうけ、幸い命はとりとめた。報告をうけた所長は、警察署長に連絡をとったが、なんの反応もなかった。警察署長は、美幌に駐屯する米軍に抗議しても逆に手ひどい仕打ちをうけることをおそれ、連絡することもしなかったのである。

その事件後、所長は、湖畔農場への出役を中止させた。

十月四日、連合国軍総司令部は、政府に対し治安維持法の廃止と政治犯の即時釈放を命じた。それにしたがって、司法省では、翌日、大臣名で身柄釈放を全国の刑務所に電報で通達した。

網走刑務所には、治安維持法違反の宮本顕治ほか一名が服役していた。宮本は、巣《す》鴨《がも》の東京拘置所から六月十八日に網走刑務所に移送され、四カ月近くをすごしていた。かれは、十月九日夕刻に出所、釈放者を保護する網走慈恵院の会員によって引きとられ、他の一名も釈放された。

占領政策は敏速にすすめられ、民主化政策がつぎつぎにうち出されて、宗教の信仰についての国家保護を廃することも指令された。これによって、清原邦一刑政局長は、十二月二十六日、刑務所内の遥拝所《ようはいじょ》、教誨堂《きょうかいどう》にある神棚《かみだな》、仏壇をすべて撤去するようにという通達を発し、網走刑務所でも、ただちに神棚、仏壇を空室にうつした。

十二月末に集計された全国刑務所の囚人の死亡率は、異様な数字をしめしていた。全国的な飢餓状態で、一般国民の病気による死亡率は前年の一・七倍強にまで激増していたが、囚人の死亡率は、国民のそれの四・六倍にも達していた。全国の刑務所に収容されていた囚人数は、年末に五万三千六百六十六名であったが、過去一年間で七千四百八十一名の病死が報告されていた。死因は栄養失調によるものが千九百八十六名で最も多く、結核千四十一名、胃腸病八百三十七名、肺炎四百四十八名がそれにつづいていた。全国刑務所で最も多くの病死者を出したのは大阪刑務所で、八百二十六名にも達していた。

網走刑務所の十二月末の囚人数は六百二十四名で、病死者は二十七名にすぎず、死亡率は全国で最も低かった。


亀岡は、車窓から雪原のつづく沿線に眼をむけながら、少くとも網走町での食生活はめぐまれていたと言っていいのだろう、と思った。

米、麦は囚人しか口にできなかったが、刑務所の農場で多くとれた馬鈴薯《ばれいしょ》、南瓜《かぼちゃ》、玉蜀黍《とうもろこし》や野菜を時折り買うことができ、ともかく空腹になやまされることはなかった。また、出勤時刻前の午前三時、四時に釣竿《つりざお》をかついで海や川にゆき、魚やエビを釣った。カレイを四十枚近くあげて妻に喜ばれたこともあった。

そうした網走町の生活にくらべて札幌市での食生活が不安であった。その年の米作は、冷害によって大凶作にみまわれていた。米ばかりでなく雑穀、馬鈴薯なども極端な収穫減で、しかも農家は供出をこばむ傾向が強かった。その上、復員者や引揚者が増加する一方で、食糧不足は戦時中よりもさらに深刻になり、飢餓がせまっていた。

大都会である札幌での食生活はみじめなものにちがいなく、その地に赴任してゆくのが気がかりであった。

網走刑務所での六年近い勤務を大過なく終えたことに安堵《あんど》の気持はあったが、前月に自分の手で看守二十数名を解雇したことに胸が痛んでいた。政府は連合国軍総司令部の命令で行政改革を実施し、司法省でも二月八日、看守の定員七千四百二十九名を千名削減することに着手した。復員してくる看守を受けいれる必要があったので、五十歳以上の看守が整理の対象になった。

亀岡は、庶務課長としてその任を引きうけ、該当する看守を一人ずつまねいてそれをつたえた。戦時中、共に苦労してきたかれらに解雇を告げるのは辛《つら》かったが、かれらは、不満らしいことも口にせず、全員が納得し刑務所を去った。復員してきた看守が再び復職していたが、その数はわずかであった。物価は急上昇していて看守の給与で生活することは苦しく、他に職をもとめる者が多かったからである。

看守不足になやんでいた網走刑務所では、定員の削減で一層囚人の監視が困難になった。その打開策として、各地の刑務所ですでにおこなわれている特警隊員制度を採用することになった。その制度は、看守不足をおぎなうため特定の囚人を看守の補助員に任命し、囚人の監視にあたらせるもので、昭和十九年八月に制定されていた。特警隊員にえらばれる囚人は、原則として初犯である服役態度の良好な者にかぎられ、主として軍刑法によって服役中の陸海軍将校、下士官や学識教養のある者が指名されていた。

かれらは、看守補助員としての教育をうけて配属され、いちじるしい効果をあげた。特殊な例としては、豊多摩刑務所で陸軍の技師であった特警隊員が防空壕《ごう》その他の企画設計にあたり、広島刑務所の検事出身の囚人は指紋係に、宇都宮刑務所では、軍医大佐であった医学博士の囚人が囚人の診療にあたるなど、監視以外の面にも協力した。

この成果に満足した各刑務所では、囚人に一層規律をまもらせるために、獄則を熟知し、しかも囚人たちに説得力をもつ長期刑囚も特警隊員として採用すべきだという意見がたかまり、刑政局もこれを許可した。

網走刑務所では、旧陸海軍将校、下士官の中から特警隊員をえらび、看守補助員として配置した。かれらはたくましい体格をしていて号令の声も大きく、囚人たちを秩序正しく行動させた。囚人の規則違反にもきびしい態度でのぞみ、看守の指示に忠実だった。

亀岡は、網走刑務所での生活を思いおこしながら、佐久間清太郎はおそらく死んでしまっているのだろう、と思った。

看守たちの間には、佐久間が羆《ひぐま》に食い殺されたのではないかという説がながれていた。夏季の異常低温で山中の樹木は実をむすばず、餌《えさ》をもとめる羆が人里近くに出没しているという話がしきりだった。山間部に身をひそませたにちがいない佐久間が、羆と出遭うことは十分に予想された。羆の行動する秋を無事にこえたとしても、冬の山中で凍死をまぬがれることは不可能だった。

亀岡は、車窓から雪におおわれた遠くの峯々《みねみね》をながめながら、山中に佐久間の白骨死体が横たわっている情景を思いえがいた。

その夜おそく、かれは息子とともに雪のちらつく札幌駅につき、苗穂町にある刑務所附属の官舎に入った。

札幌刑務所の前身である札幌監獄本署は、明治十三年十二月、四十七万三千余坪の苗穂村の官有地に建設され、大正十一年、官制の改正で札幌刑務所と改称された。大通には、五千四百坪の敷地に大通刑務支所がもうけられた。

亀岡梅太郎は、戒護課長の看守長として着任し、囚人監視の最高責任者になった。かれは、所内を巡視し、庁舎、獄舎、倉庫などが老朽化しているのを知った。殊に屋根は朽ちていて、その改修工事がはじめられていた。

札幌市の食糧状態は、予想をはるかにこえた深刻なものであった。大凶作によって北海道の米の収穫高は前年の三十五パーセント、大麦七十五パーセント、小麦八十三パーセント、玉ねぎ三十二パーセント、馬鈴薯七十七パーセントで、復員者、引揚者による人口の急増している札幌市は、すさまじい食糧危機にさらされていた。食糧難は全国一で、主食の遅配がつづき、主食といっても米、麦はほとんどなく、雑穀、馬鈴薯が配給され、さらに玉ねぎの粉、どんぐり、澱粉《でんぷん》かすなども代用されていた。

刑務所には泥炭地《でいたんち》を開墾した七十町歩の耕地をもつ角山《かくやま》農場があり、大豆、南瓜、そばなどを収穫し、囚人には米、麦、大豆をまぜた主食が一日六合平均であたえられていた。それにくらべて看守たちは、時折り農場の作物を少量買うことができるだけで、一般市民と同じような食生活を強《し》いられていた。看守が囚人の食物をうらやみ、炊場《たきば》で囚人用の飯をつかんで食べたという事故もおこっていた。

亀岡は、看守の勤務状態がきびしさを欠いているのが気がかりであった。敗戦による衝撃がそのままのこされ、物憂《ものう》げな眼をしている者が多い。また、民主主義時代になったのだから上司に敬礼する必要はない、などと公言する者もいた。かれは、敗戦によって権威というものがうしなわれ、それが刑務所員にもあらわれているのを感じた。それに低給与と食生活の不安から、勤務に対する情熱がうすれていることにも気づいていた。

かれは、他の刑務所で看守の上司に対する反抗事故がおこっていることを耳にしていた。

前年の十一月中旬には、熊本刑務所で看守四十一名が、所長に戒護課長の看守長を非難する書面をわたし、課長その他三名の技官、看守部長の即時退職、待遇改善を要求してストライキに入った。所長は、事務職員らを臨時に獄房の監視にあたらせるとともに、戒護課長を庶務課長に転任させることを条件に三日間にわたって看守たちを説得し、ようやく四日後に解決をみた。かれらが再び態度を硬化させることをおそれてストライキにくわわった看守全員に対し処分することはしなかった。今年に入ってからも宮城刑務所で、同じような事故がおこり、それも戒護課長らの配置がえで解決した。

亀岡は、熊本、宮城両刑務所と同じような事故が札幌刑務所でもおこる可能性があることを予測したが、そのような前例におそれをなしてはならぬ、と自らに言いきかせた。

空襲によって全国の刑務所の三分の一が消滅し、さらに巣鴨《すがも》の東京拘置所が戦争犯罪容疑者の収容施設として連合国軍に接収され、それらに収容されていた囚人たちも他の刑務所に分散しおくりこまれていた。札幌刑務所にも、内地から多くの囚人が移あった。

送されてきていて、獄舎は定員をはるかにこえた囚人を収容していた。看守の定員はへらされ、特警隊員がそれをおぎなっていたが、増加しつづける囚人の監視は困難で

亀岡は、このような時にこそ看守の質の向上をはかるべきだと考え、規律を厳にし、勤務にはげむよう強い口調で訓示するのが常であった。

増加した囚人の数をへらすため、刑務所では、作業場に囚人の一部を分散させた。千歳《ちとせ》には刑務所で消費する木炭を焼く作業場があり、そこに獄舎をもうけて囚人をうつし、角山農場の獄舎にも囚人を収容した。また、その年、三月中旬から五月中旬までのニシン漁の漁期に、漁の根拠地である増毛《ましけ》町へ百二十名の囚人をおくりこんだ。

六月中旬、亀岡は、札幌警察署内で警察官による職員組合結成の動きがあったことを知った。戦後、北海道内では労働組合がぞくぞくと組織され、それは千百余にも達していたが、札幌警察署の署員の半数にあたる百数十名の巡査部長、巡査が、会議室にあつまって組合創設を宣言した。そして、待遇、署内機構改善の要求を署長に提出、全北海道の警察官に組合結成を呼びかけることも決議した。北海道庁警察部では、前年に連合国軍総司令部の指示で制定された「労働組合法」によって警察官の組合結成、加入が禁じられていたので、警務課長を派遣して説得させ、ようやく組合結成の実現

を阻止した。

刑務所の幹部の中には、看守たちの間にも同じような動きがおこることをおそれる者もいたが、亀岡は、札幌警察署でその動きが封じられたことによって、看守たちはそのような行動に出るはずはない、と思った。

その頃《ころ》、亀岡たちを最も憂慮させていたのは、米軍の動きであった。

北海道を占領した米軍を統率する第七十七師団司令部は、札幌市の中心街である大通に面した北海道拓殖銀行本店の建物内にもうけられていた。市内で最も高いビルの札幌グランドホテルが将校宿舎にあてられたのをはじめ、主要な建物はすべて接収され、藻岩《もいわ》のスキー場、円山公園、競馬場も日本人の立入禁止区域となっていた。

北海道庁警察部では、占領軍兵士の一般女子に対する暴行をふせぐため特殊慰安所をもうけ、米軍専用の料理屋、ビヤホール、ダンスホールも開設した。一般の女性は占領軍の将兵をおそれていたが、次第になれて近づき、街娼《がいしょう》が増した。また、占領軍兵士の日本人に対する不法行為が目立ち、その年の四月までに殺人五件、強盗八十九件、強姦《ごうかん》十六件などが発生した。が、これらの犯罪事件についても日本の警察機関には捜査権すらあたえられていず、事件はすべて追及されることなく終っていた。

札幌刑務所には米軍の師団司令部の将校がしばしばおとずれ、所員の名簿、囚人数をしるした書類等の提出をもとめ、獄舎その他も視察していた。所長や亀岡たちは、占領軍が各地の刑務所で強圧的な態度をとっていることをひそかに耳にしていた。その一例として、福岡刑務所では、米軍の中尉を長とする一隊が教誨堂を宿舎として刑務所の運営をおこない、反抗的な態度をとったという理由で所長を獄房にとじこめ、看守たちはおびえながら勤務についていた。亀岡たちは、米軍が札幌刑務所にもそのような動きをするのではないか、と不安を感じていた。

六月下旬、米軍本部から数名の兵がジープでやってくると、通訳が一人の看守の氏名を口にし、所長に呼ぶことを命じた。看守が所長室にくると、米兵はジープに乗せて走り去った。

看守が刑務所にもどってきたのは翌日で、顔が赤黒くはれ、片眼が充血していた。はげしい殴打《おうだ》をうけたことはあきらかだった。

亀岡は、なぜそのようなあつかいをうけたのかとたずねたが、看守は、

「訊問《じんもん》された内容については絶対に口外してはならぬ、と言われましたので、お話はできません」

と言い、くりかえしたずねても、おびえきった眼をして首をふるだけであった。

翌日、二名の看守が、さらに三日後に一名、その次の日に二名が米軍本部に連行さ

れた。かれらは例外なく殴打され、唇《くちびる》が切れたり、眼がふさがったりしていた。かれらは訊問内容についてかたく口をつぐんでいたが、同僚にもらした言葉のはしばしから、連行された看守が戦時中に囚人を虐待していたという密告があり、それを追及されたことがあきらかになった。戦争犯罪人の裁判にかけるぞ、と威嚇《いかく》されたともいう。

看守が連行され暴行をうけたことは、他の看守たちに動揺をあたえた。規則違反をおかした囚人にはきびしい態度でのぞみ、殴打したこともあるので、自分も連行されるのではないか、とおそれていた。

所長は米軍本部の動きが、五月末日に刑政局長から通達された「収容者の処遇につき注意の件」と関連があることに気づいていた。その注意事項は十一項目にわたっていたが、その第一は、「収容者ノ過失ニ対スル肉体的制裁（殴打）」であった。禁止ではなく注意で、それは連合国軍総司令部からの指令によることは疑いの余地がなかった。北海道の米軍本部は、その通達が発せられたことを知って札幌刑務所からの出所者をさがし出し、殴打したことのある看守の名を知り、連行したにちがいなかった。

また、六月一日に刑政局を行刑局に改称したのも、連合国軍総司令部の司法省に対する機構改革の指令と関係があることもあきらかだった。

七月に入って間もなく、刑務所の角山農場の看守からライトをともした米軍の幌《ほろ》つきトラックとジープが農場にやってきて、場長の看守長と十名の囚人を連れ去ったという電話連絡があった。刑務所の庁舎は騒然としたが、その直後、刑務所にジープがやってきて、米兵と通訳が庁舎に入った。通訳が亀岡の名を口にし、ジープに乗れ、と命じた。

亀岡がそれにしたがうと、ジープは走り出し、軍政部のおかれた建物の前でとまった。米兵に連れられて一室に入ると、若い中尉が大きな机の前に坐り、かたわらに通訳が立っていた。

亀岡が通訳の質問に応じて職名と氏名を告げると、中尉はするどい視線をむけ、日本は好戦国だ、日本人は残虐な野蛮人だ、と甲高い声で言った。

亀岡は、立ったまま黙っていた。

中尉が米兵になにか命じ、米兵が出て行った。やがて、ドアがひらくと、角山農場で働いていた十名の囚人が、つらなって部屋に入ってきた。かれらは、なにをされるのか不安でならぬらしく顔に血の色はうせていた。

中尉の言葉をうけた通訳が、囚人たちに、

「ズボンをぬげ」

と、命じた。

囚人たちの眼におびえの光がうかび、かれらはためらいがちに作業ズボンをぬいだ。中尉が亀岡に眼をむけ、囚人たちのあらわになった足を指さすと、するどい声をあげた。

「この瘦《や》せおとろえた足を、なんと見るか」

通訳が、妙な訛《なま》りのある声で言った。

亀岡は、「収容者の処遇につき注意の件」の第二項に「給食量ノ不足並ビニ其《そ》ノ品質ノ粗悪」という注意事項があったことを思い出し、中尉が囚人たちに十分な食物をあたえていないことを追及しようとしているのに気づいた。また、ならんだ囚人たちが瘦せた者だけをえらんでいることも知った。

「たしかに瘦せております」

亀岡は、囚人たちの足に視線をむけて言った。

「瘦せている、ですむと思うか」

中尉の顔が、紅潮した。

亀岡は、言うべきことは言わねばならぬ、と思った。

「日本は、貴国と戦争をし破れました。食糧が不足し、飢餓状態にあります。しかし、刑務所では、収容者に米、麦、大豆混合の主食を十分にあたえております。私たち看守は米、麦など到底口にできず、食物とも言えぬものを食べております。それは、おしらべいただければわかります」

「嘘《うそ》をつくな。ほとんど食物もあたえぬから、囚人がこのように痩せているのだ。場長をクビにせよ」

中尉が、机を拳《こぶし》でたたいた。

「収容者には、私たちよりもはるかに良い食物をあたえています。私の足もみてください」

亀岡は、すり切れたズボンをぬぎ、再び姿勢を正した。

中尉の視線が、亀岡の足にむけられた。亀岡は妻の顔を思いうかべた。妻には見せられぬ姿だ、と思った。中尉が、煙草《たばこ》に火をつけた。沈黙がつづいた。

やがて中尉が米兵にいらだった声でなにか命じると、通訳がズボンをはけ、と言った。亀岡が囚人たちとズボンをはくと、米兵が、親指をつき出して部屋の外へ出ろという仕種《しぐさ》をした。

亀岡は、囚人たちとドアの外に出て、米兵の後から廊下をすすみ、階段をくだった。米兵は建物の外に出ると、囚人たちにトラックへ乗るよう命じ、亀岡には、立ち去れと言うように手をふった。トラックが走り出し、亀岡は刑務所へ通じる道を歩いていった。

刑務所にもどると、亀岡は、連行された経過を所長に報告し、

「日本人は残虐だと頭から信じこんでいるので困りました」

と、言った。

「ともかく殴られずにすんでよかった」

所長は、かすかに頬《ほお》をゆるめた。

米軍の圧力は、刑務所員を萎縮《いしゆく》させていたが、所長をはじめ幹部は、刑務所そのものの機能が弱体化しているのにはげしい不安を感じていた。内地から移送されてくる囚人の数が増加し、その傾向は日を追うてたかまっていた。それに、戦時中減少していた犯罪が終戦後、急激に増加し、しかも集団強盗など悪質なものが多く、それらの者も入所してくる。また、米軍の裁判で刑が確定し服役している者もいた。

米軍は、独自に軍法会議で日本人容疑者に判決をくだしていたが、その中にはMP（憲兵）殺しと称された事件の犯人の裁判もあった。その事件は前年の十二月十九日夜におこったもので、三人の少年が米軍の高射砲隊倉庫に盗みに入り、巡回中のMPを刺殺し逃走した。犯人は、五日後に札幌警察署員に逮捕されて米軍に引きわたされ、軍法会議で一人が絞首刑、他の二名が重労働三十年の刑をうけた。日本人の米軍に対

一

昭和十八年四月十日、東京市と近郊の桜は満開になった。花は、例年よりつきがよく風に散ることもなかったが、上野、愛宕山《あたごやま》をはじめ桜の名所に人の訪れはなく、自転車を走らせたり徒歩で往《ゆ》きかう者たちが眼《め》をむけてすぎるだけであった。

開戦後、連戦連勝を告げていた新聞記事やラジオのニュースは戦局の膠着化《こうちゃくか》をつたえ、それについでガダルカナル島からの撤退によってアメリカ軍が反攻に転じた気配を報じていた。また、軍事同盟を締結していたドイツの連合国軍に対する優位にもかげりがさしはじめ、ソ連領内に進攻したドイツ軍機甲部隊が、スターリングラードで敗北したこともつたえていた。

戦局の推移にともなって、食糧をはじめ日用必需品は配給制になっていたが、配給のとどこおる物が多く、経済統制は強化されていた。商店はほとんど店をとじ、人々は、軍需工場に通《かよ》って夜おそくまで働いていた。そうした中で花見をする者などなく、桜の花は人の知らぬ間に散った。

中旬以降、気象状況は不安定で急に気温が低下し、十八日の朝には珍しく霜がおり、手押しポンプの井戸の水が凍るという騒ぎがあった。が、天候は回復し、二十一日には強い高気圧が張り出し、全国的に快晴になった。

二十三日の夕方、巣鴨《すがも》の東京拘置所の正門の鉄扉《てっぴ》がひらかれ、護送車が走り出た。車は、護国寺前をへて不忍《しのばず》通りをすすんでゆく。人通りは少く、時折り自転車がすぎるだけであった。

春日《かすが》通りをすすみ、湯島の坂をくだって広小路に出ると、車は人気《ひとけ》のない上野駅の前でとまった。すでに夕闇《ゆうやみ》が濃くひろがっていた。

護送車から看守の制服、制帽にサーベルをつけた五名の男が出てくると、浅黄色の囚衣をつけた小柄《こがら》な男を石畳の上におろした。駅前には、拘置所から連絡をうけていた上野署の私服の署員が数名待っていて、看守たちとともに囚人を警察官詰所の奥にみちびき入れた。かれらは囚衣をつけた男を取りまき、無言で立っていた。

上野署員たちは、囚人が十分な警戒を必要とする者だと連絡をうけていたが、あまりの物々しい護送方法に驚いていた。通常、囚人一人の護送には看守二人がつくのが常で、上野駅まで電車できて、車が使用されることはほとんどない。さらに、看守の中に看守長の肩章をつけた者がまじっているのも異例のことであった。

やがて、署員の一人が列車の発車時刻がせまったことを告げ、看守たちは、草履をはいた囚人を取りかこんで詰所を出た。旅客たちは、看守や私服の署員たちにかこまれて歩いてゆく囚衣の男に、おびえと好奇の視線をむけていた。

二カ月前、戦時輸送措置として貨車による軍需物資、客車による兵員の輸送力を増強するため、一般旅客の客車の大幅削減がおこなわれていた。そのため客車はいずれも超満員で、乗れぬ者も多かった。特に長距離列車にその傾向が強く、青森行き急行も日に五本にへらされていたので、その一つである午後七時発の列車もデッキにまで人の体があふれていた。

制服の警察官がデッキのかたわらに立っていて、看守にかこまれた男を車内にみちびき入れた。洗面所裏の座席四つと便所裏の通路ぎわの二席が警察官によって確保され、男は洗面所裏の奥の席に坐《すわ》らされ、看守たちはかれをかこむようにして腰をおろした。通路にひしめくように立っている旅客たちは、口をつぐんで囚人をひそかにうかがっていた。

発車ベルが鳴り、列車はホームをはなれた。囚人の坐った側の窓の幕は、おろされていた。囚人は三十五、六歳の青白い角ばった顔をした男で、電燈《でんとう》をまぶしそうに見上げ、眼をしばたたいた。体つきに比較して、肩幅が異様なほど広かった。男は、物憂《ものう》げに眼をとじた。

列車は常磐《じようばん》線経由で、冴《さ》えた星の散る夜空の下をすすんだ。看守たちは二人ずつ交替で仮眠し、他の者は、窓ぎわに頭をもたせて眼をとじている男を見まもっていた。

夜があけた頃《ころ》から下車する客が多く、通路で立っている者も少くなった。朝の陽光はまぶしく、空は晴れていた。

護送日の決定について、天候のことが留意された。悪天候の場合、護送途中で不慮の事故がおこることが懸念され、中央気象台に問い合わせた。その結果、二十一日から少くとも二十六日夜までは、殊《こと》に関東地方から東北、北海道地方にかけて好天という回答を得た。そのため二十三日夜に出発したのだが、空に一片の雲もなく、気象台の予報通りであった。

午前七時四十六分、列車は青森駅に到着した。プラットホームには青森刑務所の看守長が看守二名と待っていて、港湾警察官詰所の宿直室に案内した。そこで、刑務所側で用意した朝食の弁当と茶が供された。

休憩後、男は、看守と警察官にかこまれて連絡船に乗った。船室の一郭が確保されていて、男をとりかこんで五名の看守たちが車座になって坐った。

ドラが鳴り、船は岸壁をはなれた。海上はおだやかで船の揺れもほとんどなく、四する犯罪は主として窃盗で、軍法会議で重労働刑の判決をうけた者たちが、札幌刑務所にも入ってきていた。

刑務所は増加する囚人で収容能力をうしない、独居房にも二名を入れ、五名定員の雑居房には十名内外の囚人を押しこんでいた。そのため、囚人たちはふとんをかさね合わせてしくような状態で、かれらの顔には不服そうな表情が濃くなっていた。

かれらを監視する看守の質は低下し、欠員をおぎなうため看守を採用しようとしても、低い給与では有能な人材はあつまらない。しかも、制服の給与が停止状態であったので、かれらは古い兵隊服や作業服に戦闘帽をかぶり、囚人よりみすぼらしい服装をしている者が多かった。そのため、看守であることをしめすため腕章を巻かせていた。

亀岡は、このような看守たちをかかえた状態で囚人を監視できるか不安であったが、刑務所の秩序を確実にまもってゆきたい、と念願していた。

全国の刑務所での囚人の逃走事故は、開戦後、構外作業が多くなったため昭和十七年三十名（逮捕十七名）、十八年六十二名（逮捕四十一名）、十九年百四名（逮捕四十三名）と増加し、二十年には空襲による獄舎の全焼、全壊、移送中の混乱、収容施設の不備などで五百四十一名（逮捕百三十一名）にも達し、大正十二年の関東大震災時の四百二十八名をこえた数字をしめしていた。亀岡は、刑務所にとって明治以来最悪の時代に直面していることを感じていた。

かれは、行刑局からの連絡で、七月七日、神戸拘置所で四十九名の未決囚が集団脱走し、二十九名が逮捕されたことを知った。その事故の原因は、囚人がすしづめになったことに憤《いきどお》りを感じたためであったという。つづいて翌々日には、長野刑務所で食糧事情に不満をいだいた七名が逃走、四名がとらえられた事故もあった。

亀岡は、相つぐ事故の要因が札幌刑務所にも内在していて、集団逃走のおこる条件がそろっているのを感じた。

七月十六日、行刑局長名で、主食の減量とともに動物性蛋白質《たんぱくしつ》を少くとも一人一日十グラムをあたえるように、という通達が発せられた。主食の減量は食糧事情が危機的状態にあって現状を維持することが困難になったためで、蛋白源の点については栄養失調症による囚人の死を食いとめる処置であった。が、動物性蛋白質の確保などは到底不可能で、その通達は、主食の減量を指示するものにほかならなかった。

食糧の減量は囚人に強い刺戟《しげき》をあたえ、七月二十五日には、早くも岐阜刑務所で暴動が発生した。

岐阜刑務所では、数日前から夜になると大声をあげる者などがいて不穏な状態がつづいていた。刑務所長は急死して後任がきまらず、さらに戒護課長の看守長も出張していて不在で、名古屋行刑管区の三角主事が視察のため滞在中であった。

午後七時四十分頃、はげしい雷雨になり、刑務所の近くに落雷して停電し、獄舎は闇《やみ》になった。その直後、二、三名の者が刑務所の待遇、殊《こと》に主食の減量に抗議し、囚人たちはこれに応じて喚声をあげ、それはたちまち全獄舎にひろがった。洗面器や食器をたたき、これを制止する看守をののしる声が交叉《こうさ》し、三角主事は非常事態と判断、非番の看守の緊急招集を命じた。

午後十一時四十分頃、電燈《でんとう》がつくと、一部の囚人が、厚さ八分の木製飯盒《はんごう》で獄房の扉《とびら》の下部をたたきやぶり、房の外に出て喚声をあげた。他の房でもこれにならって囚人が扉をやぶり、外部から全獄房の錠をたたいて破壊し、収容者千百六十三名のうち約八百名が通路に出た。かれらは、電球をたたきこわしながらすすみ、獄舎の外に出た。

三角主事は、県警察部に電話で応援をもとめ、サイレンを断続的に鳴らして附近の民家に暴動発生をつたえた。そして、看守を要所に配置して、拳銃《けんじゆう》十挺《ちよう》、騎銃八挺によって計四十七発の威嚇射撃をおこなわせた。午前一時すぎ、武装警官約二十名が到着、さらに米軍憲兵二名もやってきて、ようやく騒ぎはおさまり、三角主事はかれらをそれぞれの獄房に押しもどした。

この騒動で八名の囚人が木材を外塀《そとべい》に立てかけて逃走し、一名が自首、四名が逮捕された。

三日後には豊橋刑務支所で十三名が集団破獄逃走し、二名が逮捕される事故があった。それは、刑務所が空襲で全焼したため、獄舎としては不適な旧軍部演習場の車庫に囚人を収容していたことによっておこったものであった。

さらに八月十一日には、未決の囚人のみを収容していた大阪拘置所で大暴動が発生した。

定員は六百四十六名であったが、犯罪の激増で千五百十七名（うち女二十二名）の未決囚が収容されていた。そのため独居房に四名、定員五名の雑居房に十五名を押しこみ、ふとんもしけぬ窮屈さであった。それに、湿度が高く暑い日がつづき、囚人たちは息苦しさにあえいでいた。また、拘置所では刑務所とちがって二食は米、麦、玉蜀黍《とうもろこし》の混食をあたえていたが、一食は雑炊で、雑炊など出さぬ刑務所の主食内容を知っている者の口から、拘置所の食事の粗悪さが収容者の間につたわっていた。

さらに未決囚として裁判をまつ収容者たちは、検察官、裁判官が激増している犯罪の審理に手がまわりかね、数カ月も呼出しすらうけぬことにはげしい不満をいだいていた。看守は九十九名で、その大半は教育も十分にうけぬ新任者たちであった。

その日の午後三時頃、三名の台湾省民が、侮辱した言葉を口にした日本人収容者がいるので制裁する、と担当看守をおどして房の扉をひらかせた。所長と次席が、かれらを説得し、ようやく房内へもどした。

それがきっかけで、他の房の収容者たちは洗面器などで扉をたたき、食事の不満について怒声をあげた。そのため所長が天満《てんま》警察署に応援をもとめ、武装警官二十名が来所し、一応、鎮静化した。

しかし、午後四時五十分頃、雑居房に収容されていた者たちが、作業台を房の扉にたたきつけて房をやぶり通路に出た。さらに喚声をあげて他の房をつぎつぎに破壊し、騒動は全獄舎にひろがり、千名以上が獄舎の外に走り出た。所長は、部下に射撃を命じたが、収容者たちは投石してはげしく抵抗した。

天満警察署員二十名が到着、午後五時二十分には米軍憲兵三名が拳銃をかざして収容者に房にもどるよう命じた。機関銃を手にした米軍憲兵もきたが、米軍に関係なしと言って立ち去った。その後、二百五十名の武装警官が所内に入ったが、看守と同じように積極的な動きをとらず、そのため収容者はおそれる風もなく気勢をあげた。

午後七時頃、収容者たちの間から空腹をうったえる声がおこり、所長は夜食をあたえることを告げた。が、八時半ごろ、配食がおそいと怒声をあげはじめ、一団の者が炊場《たきば》をおそい、食糧を強奪した。

所長は、三十分間にわたって収容者にメガホンで配食することをつたえ、房内にもどるよう説得した。収容者の中にはこれに応ずる者もいて、この機会をのがさず看守たちは警察官とともに一斉《いっせい》行動にうつり、午後十一時、ようやく全員を房内に押しもどした。

獄房の大半が破壊されたので、翌十二日午後、暴動に関係した約千二百名をトラックで大阪刑務所に移送した。その暴動で百十六名が逃走、七十名が逮捕された。また、模範囚の雑役係九十六名は、懲役三年の雑役係の囚人の指揮で、所長の許可のもとに拘置所周辺から梅田駅附近まで逃走者を追い、四十名以上を逮捕した。

これらの事故は、行刑局長から札幌刑務所長にも内容がつたえられ、事故発生を全力をあげて防止するよう警告が発せられた。

その夏は暑く、札幌の街々には明るい陽光がひろがっていた。

八月十四日、いつものように朝早く起きた亀岡は、七輪に火をおこして釜《かま》に湯をわかし、馬鈴薯《ばれいしょ》をふかした。味噌《みそ》をつけて朝食にするつもりであった。

かれは、新聞を畳の上にひろげた。第一面が政治、外交欄、裏面が社会欄の一枚の新聞であった。裏面をひるがえしたかれは、「殺人野荒し捕わる」という見出しの小さな記事に眼《め》をとめた。文字を追っていったかれの眼が、大きくひらかれた。

「昨報砂川町北本町大杉幸一君㉒を刺殺した殺人野荒しは、滝川署で捜索中、十二日午前十一時半ごろ同町字富平ランマの沢附近を徘徊《はいかい》中の犯人住所不定前科三犯佐久間清太郎㊵を逮捕した」

亀岡は、記事を何度も読みかえした。

佐久間が生きていた、と、胸の中でつぶやいた。年齢も合致していて、同一人物にちがいなかった。二年前、網走刑務所を破獄してから、どこかに身をひそませ、砂川町までやってきたのだろう、と思った。羆《ひぐま》にも食い殺されず、凍死もせずによく生きていたものだ、と、深い感慨にひたった。

かれは、殺人野荒しの記事を読んだ記憶があるのを思い出し、急いで押入れの中にかさねてある前日の新聞を取り出した。記事はかなり長く、事件の内容がくわしくしるされていた。

事件が起きたのは九日午後十時頃で、砂川町北本町女学校前で農業をいとなむ高木鶴吉《つるきち》が、自分の畠《はたけ》の作物をとられぬよう見張っていると、一人の男が畠にしのびこむのを発見した。高木が近づいてはげしく詰問しているのを耳にした養子の大杉幸一がとび出してきて、男を巡査派出所に連行しようとした。男は、不意に短刀で大杉の下腹部を刺して逃げ、大杉と高木は追いかけ男を組み伏せた。男は、さらに大杉の胸と足を刺し、そのまま逃走した。大杉は、翌日、出血多量のため死亡したという。

新聞から視線をはずした亀岡は、「容易ならざる特定不良囚」という表現を思い出していた。網走刑務所では庶務課長であったので、佐久間を直接あつかうことはなかったが、東京拘置所から移送されてきた折と入浴のため看守にかこまれて廊下を歩いてくる時に、佐久間を眼にしていた。一見、鈍重な感じがする男だと思っていたが、脱獄には超人的な機敏さを発揮し、あらためて佐久間を見直すような気持であった。

滝川警察署管内でとらえられた佐久間は、当然、裁判をうけるため札幌市に護送され、未決囚を入れる札幌刑務所大通支所に収容される。そして、刑が確定すれば札幌刑務所で服役することはあきらかだった。亀岡は、佐久間をあつかう重大責任をおわされることに緊張した。脱獄が絶対に不可能といわれた網走刑務所から逃走した佐久間を収容するには、札幌刑務所の建物は老朽化している。

かれは、刑務所内にある唯一《ただ》つの特別独居房の構造を思いうかべていた。

十

北海道の社会情勢は、はげしく揺れうごいていた。

食糧不足は飢餓状態にまでおちこみ、都会の住民たちは列車に鈴なりになって農村地帯に買出しにゆく。が、得られる食糧はわずかで、それにいらだった人々が買出し部隊を組織して農村地帯に押しかけ、政府の保存食糧をおさめている倉庫を強制的にひらかせ、掠奪《りやくだつ》同様に食糧を持ち去る事件が続発した。かれらの中には警察官すらまじっていた。

食糧は政令で厳重に統制され、それを売り買いすることはもとより、持ち歩くことすら処罰の対象になっていた。北海道庁警察部では、食糧の供出に応じない農家に強権発動をおこない、保有食糧を没収し、また、買出しをした人々からも容赦なく食糧をとりあげて罰を科した。その年の四月には、米軍が救援食糧を緊急輸入して配給したが、それも食糧危機を救うには程遠い量であった。

北海道の住民にとって、燃料不足も深刻な問題だった。毎冬、一戸あたり四、五トンをついやす石炭も一トン足らずしか配給されず、しかも、それらは粉炭や悪質のものがほとんどで、燃えないものもあった。そのため、人々は、街路樹や公園の樹木を伐《き》りたおして薪《まき》にしたり、墓地の卒塔婆《そとば》まで持ち去った。また、泥炭地《でいたんち》にうもれた植物の腐った草炭まで燃料に使われた。

物価の急激な高騰《こうとう》は全国に共通していて、終戦時からわずか一年間で三倍以上にも上昇していた。そのため政府は、それまで流通していた紙幣を、五円以下の紙幣をのぞいて使用できぬようにし、新しい紙幣を発行してインフレの抑制につとめていた。

世相は悪化し、殺人、強盗事件が急激にふえ、警察力の低下で五十パーセント近くが未検挙であった。

そのような騒然とした空気の中で、十月十日、北海道内で組織されていた四十の炭鉱組合がゼネストに入った。それは、日本の石炭消費量の大半を採掘する炭鉱の争議であっただけに、全国に深刻な打撃をあたえた。

滝川署員に逮捕された佐久間清太郎は、殺人容疑者として取調べをうけ、裁判をうけるため札幌に護送された。収容されたのは、未決囚のみを入れる札幌刑務所大通支所であった。すでに、秋の気配が濃くなっていた。

札幌刑務所戒護課長の亀岡梅太郎は、勤務成績の殊にすぐれた四名の看守をともない、大通支所におもむいた。

かれは、獄房内に坐《すわ》っている男を眼にして、やはり佐久間であることを知った。網走《あばしり》刑務所に服役していた頃《ころ》の佐久間は、屋外での運動を禁じられていたので顔が青白かったが、山野を歩きまわったためか色が浅黒くなっていた。顔にやつれもみえず、むしろ色艶《いろつや》はよかった。

亀岡は佐久間に、網走刑務所で庶務課長の任にあった看守長だと告げ、

「よく生きていたな。逃走後、どこにひそんでいたのだ」

と、声をかけた。

「常呂《ところ》の廃坑の中ですよ」

佐久間は、素気《そっけ》なく答えた。

亀岡は、うまい所にひそんでいたものだ、と思った。常呂町の山間部にある鉱山は、金、銀を産出する小規模のもので、大正年間に北見地方一帯で発見された多くの金山の一つであった。藤田組が経営にあたり、一時は国家の援助を得て活況を呈した。が、太平洋戦争に突入するとともに、直接戦力につながる銅、鉄などの重要鉱物の増産に重点がうつされ、昭和十八年、金鉱業整備令の発令によって他の金山とともに廃鉱になった。

網走警察署では、佐久間の逃走後、常呂鉱山跡をはじめ附近一帯の廃鉱もさぐった。が、雪が降りしきるようになった頃には捜索が中止され、一般住民も雪にうもれた常呂鉱山跡に近づく者はいなかった。おそらく佐久間は、逃走直後、山岳地帯に身をひそませ、積雪期になるのを待って廃鉱内に入ったのだろう。坑道内は地熱で暖く、清流のながれている個所もあって飲料水には事欠かない。食糧は、近くの農家にしのびこんで、目立たぬ程度に少量を盗んで食べていたにちがいなかった。

「羆に食い殺されたのではないか、と噂《うわさ》していたが……」

亀岡が問うと、

「姿も見たことはない」

と、答えた。

「人殺しをしたそうだな。なぜ、そんな愚しいことをしたのだ」

亀岡が、たしなめるように言った。

佐久間は、不機嫌《ふきげん》そうに顔をしかめ口をつぐんでいた。

斜視の右眼は亀岡の顔を直視していたが、左眼は亀岡の足もとにむけられていてけわしい光がうかび、それがするどさを増した。その眼の光に、亀岡は、破獄三回の経歴をもつ佐久間を感じると同時に、網走に勤務していたことのある自分に対して憎悪《ぞうお》をいだいているのを知った。亀岡は、佐久間の眼に視線を据《す》えていた。不意に佐久間の眼からけわしい光が消え、頬《ほお》がゆるみはじめた。それは次第に笑いの表情になり、眼が獄房の内部にむけられ、かすかに動いた。

亀岡は、その眼の動きがなにを意味するのかを知っていた。大通支所は、明治九年に建てられた旧札幌監獄署の建物をそのまま使用していて、設備が悪く堅牢《けんろう》さにも欠けている。秋田刑務所の鎮静房についで脱獄不能といわれる網走刑務所から逃走した佐久間にとって、大通支所の獄舎は獄舎としての意味すらないものに見えるにちがいなかった。佐久間の顔にうかぶ薄笑いの表情は、獄舎の貧弱さを嘲笑《ちょうしょう》するものであることはあきらかだった。

亀岡は、獄房の前をはなれ、看守たちに二名ずつ交替で対面監視をおこなうよう命じた。

かれは刑務所にもどると、所長に佐久間を支所に収容しておくことは危険だ、と進言した。所長も同意見で、本所にうつす必要があるという結論に達した。

亀岡は、ただちに佐久間の担当検事のもとにおもむいた。本所は既決囚を収容し、未決囚は支所に拘置するさだめになっているが、かれは佐久間が網走刑務所を破獄した折の状況を検事に説明し、本所にうつすべきであると力説した。

検事も佐久間が過去に三回の脱獄歴があることを知っていて、亀岡の要請を即座にうけいれた。それは特例あつかいになるので、本省の許可を得る手続きをとってくれた。

翌日、佐久間は、手錠をかけられ、数名の看守にかこまれて大通支所を出ると、苗穂町にある札幌刑務所に移送された。

亀岡は、佐久間を収容する獄房に第二舎の最も端にある特別房をえらんだ。第二舎は通路の両側に二十房ずつの独居房がならぶ獄舎で、良質の材で構築されていた。殊《こと》に特別房は凶悪凶暴性の殺人犯を収容する房で、独居房の中でも最も頑丈《がんじよう》につくられていた。床、天井、扉は厚く硬い材でつくられ、小さな窓には太い鉄格子《てつごうし》がはめこまれていた。

佐久間が網走刑務所の獄房の扉にうがたれた視察窓から逃げたのは、その窓の空間が頭部をくぐりぬける広さがあったからだが、特別房は視察窓も天井の近くにある窓も頭部よりはるかに小さく、亀岡は、その房の構造に満足した。

亀岡は、最優秀の看守四名を選抜し、かれらを二名ずつ二時間交替にして獄房の外に立たせ、房内の佐久間を常時監視させることにした。

かれは、それらの看守たちをあつめ、

「君たちも知っている通り、佐久間は、青森、秋田についで脱獄例のない網走刑務所まで逃走した類のない囚人だ」

と言って、網走刑務所の脱獄方法について説明した。

看守たちは、驚きの色をみせて亀岡の言葉をきいていた。

「本省から所長のもとに、佐久間は容易ならざる特定不良囚で、逃走防止に全力をかたむけるようにという指令書がきている。君たちをえらんだのは、豊富な体験と強靭《きようじん》な精神力をもっていると考えたからだ。佐久間は鬼神でも妖怪《ようかい》でもなく、人間なのだ。少し機敏である、というだけなのだ。君たち四人が厳重な監視をおこたらなければ、佐久間の逃走は必ずふせげる。われわれの期待にそうよう勤務にはげんで欲しい」

亀岡は、強い口調で訓示した。

検事の取調べは、刑務所内でおこなわれた。佐久間は手錠、捕縄《ほじよう》をつけられたまま訊問《じんもん》をうけ、実弾をこめた拳銃《けんじゆう》を手にした責任看守が周囲をかためていた。

亀岡は、司法省に報告する必要から佐久間が網走刑務所を脱獄した後のことを知るため、検事の取調べを傍聴した。

検事の質問に、佐久間は素直に応じていた。

かれは、脱獄後、山中に入り、捜索が中止されたのをたしかめてから人里にひそかにおり、家の者が田畠《たはた》に出ている農家にしのびこんだ。目立った盗みをはたらくと自分の所在が気づかれるので、ズボン、シャツ、上衣《うわぎ》、靴下《くつした》などを別々の家で盗み、食糧を盗むのも同じ方法をとった。積雪期に入ってから常呂の廃鉱の坑道で冬をこし、雪が消えた後もその地をはなれなかった。

日の丸のマークをつけた飛行機が時折り上空をすぎたが、いつの間にか見ることが少くなり、代りに米空軍のマークをつけた飛行機を眼にするようになった。脱獄してから二冬すぎた昭和二十一年春、かれは、国民学校の無人の宿直室から新聞を持ち出して読んだ。その時になって、初めて日本の敗戦を知った。

かれは、敗戦によって社会秩序がみだれ、警察の機能も麻痺《まひ》して自分に対する捜索もゆるんだと推測し、北海道から津軽海峡をわたり、青森県下に住む妻子に会おうと考え、廃鉱からぬけ出した。昼間は物かげにひそんで睡眠をとり、夜、山道や農道を通って星の位置で方角をさぐりながら歩いた。まず遠軽《えんがる》に行き、そこから石北線の線路づたいに西へすすんだ。白滝をすぎ、北見峠をこえて上川附近にたどりついた。作物が畠にそだっている頃で、夜、畠にしのびこんでは空腹をいやした。人家に近寄ることは避けた。

愛別をすぎ、旭川の市街の灯《ひ》が見える所までたどりついた。かれは、休むこともなく札幌に通じる鉄道の線路ぞいに歩き、時には石狩川で体をあらったりして深川の町を迂回《うかい》して滝川に出た。さらに砂川町附近に達して畠の中の道を歩いている時、農家の者に野荒しとうたがわれ、争ううちに殺人事件をひきおこしたという。脱獄方法については、網走刑務所と警察署側との合同検証で得た推定と一致していた。

かれは特製手錠のナットと視察窓の鉄棒のネジに味噌汁《みそしる》をたらして腐蝕《ふしょく》させ、はずすことに成功した。そして、自分に最もきびしいあつかいをする看守に報復するため、その当直の夜に逃走することをくわだて、機会を待った。その夜、看守がかれの房の前をすぎたのを知り、手錠をはずし、視察窓の鉄枠《てつわく》を取りのぞいた。ついで、褌《ふんどし》だけの裸になり、看守の足音が最も遠ざかった頃合いをみはからって視察窓の空間に頭を突き入れ、通路に脱け出た。かれは、足音をしのばせて走り、壁をつたわって天窓にたどりつき、頭で窓を突きやぶって獄舎の屋根に出た。内塀《うちべい》をのりこえ、暖房用煙突の支柱をひきぬいてかつぎ、走った。支柱を外塀に立てかけ、刑務所の外にとびおり、すぐに山中に入った。獄舎内で緊急ベルが鳴ったのを耳にしたのは、内塀をのりこえようとした時だったという。

佐久間が獄舎を出てから外塀をこえるまでの時間は短く、刑務所内の地理をよく知っていなければ不可能だった。この点についても、現場検証の折の推測通り、空襲を仮定した退避訓練の時にすばやく建物、塀などの位置、距離、立哨所《りつしようじよ》などを頭にきざみこんだという。

亀岡は、あらためて佐久間の緻密《ちみつ》な計画性と行動力に驚きをおぼえた。網走刑務所でのあつかいが徐々に緩和されたのも佐久間にとっては予想していたことで、一層従順さをよそおい、逃走可能の状態にまでみちびいたのだという。亀岡は、佐久間は人の心理をみぬく天才だ、と思った。

かれは、その陳述をきいて、佐久間が札幌刑務所を逃走するおそれは十分にある、と考えた。が、佐久間の網走刑務所からの脱獄方法を十分に知ることができたので、それを参考にすれば必ず阻止できる、と、確信した。

その後、亀岡は、佐久間が検事に網走刑務所を脱獄した動機について話した内容も耳にした。佐久間は、網走刑務所の苛酷《かこく》な処置が動機のすべてである、と語ったという。特別製の手錠、足錠をかけられ、手錠が手首に食いこんで化膿《かのう》し、蛆《うじ》まで湧《わ》いた。後手錠にされていたので、犬のように食物を口に入れなければならず、冬になっても単衣《ひとえ》一枚しかあたえてくれない。このままでは死んでしまうと考え、脱獄を決意したという。

亀岡は、その陳述を全面的に信じる気にはなれなかった。たしかに佐久間に対するあつかいは苛酷ではあったが、やがて後手錠も中止され、処遇は徐々に緩和されていった。冬には綿入れの獄衣があたえられ、他の囚人と同じ衣服、寝具を使用させていた。脱獄の動機は、例年にない網走町の寒気におそれをなしたからではないのだろうか、と思った。

また、亀岡は、佐久間が山中で羆《ひぐま》の姿を見たこともないと言ったのに、検事には仔《こ》連《づ》れの巨大な羆に出遭ったと述べたことも耳にした。佐久間は、羆から視線をはずさず後退して樹木にのぼり、つづいてのぼってきた羆を樹木をゆすぶって滑り落させ、あやうく難をのがれたという。

亀岡は、佐久間に虚言癖があることを知った。

砂川町での殺人について、佐久間は、検事の取調べに対して正当防衛を主張していた。かれが畠の中の農道を歩いてゆくと、畠の見張りをしていた一人の男に突然声をかけられた。男は、木刀をふりかざし、なにをしに畠にきた、と問い、佐久間は怪しい者ではない、札幌に行くため歩いてきた、と答えたが、男は野荒しと思いこんでいて納得しない。そのうちに、木刀を手にした若い男が走ってきて、佐久間の腕をつかみ、巡査派出所に連行すると言った。連れてゆかれれば脱獄囚であることが発覚するので、逃げようとすると、不意に木刀で頭部を叩《たた》かれた。倒れた佐久間は、男たちに木刀ではげしく強打され、このままでは殺される、と思った。その折、自分の首からさげていた短刀の紐《ひも》が切れて地面に落ちたので、その柄《つか》をにぎり男を下から突き上げ、ようやく逃げることができた、と述べた。

佐久間には官選弁護人がつき、札幌地方裁判所での裁判の準備がすすめられていた。気温は低下し、十月二十六日には札幌市内に霙《みぞれ》まじりの雪が舞った。例年より二日早い初雪で、旭川《あさひかわ》では二・五センチの積雪があったことが報じられた。虱《しらみ》を媒体とする発疹《はっしん》チフスが流行していて、十月末には、北海道内での発病者が二千四百名に達し死者も多かった。虱は、冬期になるとさらに繁殖し、発病者が増すことが予想された。道庁では、米軍軍政部の指導でＤＤＴの強制撒布《さんぷ》をおこない、刑務所内でも獄房をはじめ寝具や囚人の衣服にＤＤＴが撒《ま》かれた。道庁では、新聞、ラジオを通じて、電車に乗ったり映画館、浴場に入って帰宅した時には、必ず衣服に虱がたかっているかどうかを入念にしらべるよう一般に注意した。発疹チフスの死者は、すでに全国で三千名をこえ、さらに増加のきざしをみせていた。

刑務所には、相変らず米軍の将兵が前ぶれもなくやってきて、獄舎の通路を歩いたりしていた。殊《こと》にしばしば姿をみせたのは、亀岡も連行され追及されたことのある北海道軍政部保安課長のオックスフォード大尉であった。かれの任務は、刑務所、警察署の監督で、常にけわしい眼をして所内を巡視した。連合国軍総司令部の指示によって夜間に一、二時間囚人たちにラジオ放送をきかせることになっていたが、かれは獄舎内のラジオが故障しているのを知って、怒声をあげたりした。

十一月に入って間もなく、一人の米軍兵士が刑務所の門を入ってきた。所員が応対に出ると、日本の女の名を口にし、会いたいと言う。その女は、米軍兵士専門の街娼《がいしょう》で兵士たちに性病を感染させたかどで刑をうけ、服役していた。おとずれてきた米兵は、女が刑務所に収容されていることを知り、会いにやってきたのである。

亀岡たちは、緊張した。兵は自動小銃を肩にかけていて、それで威嚇《いかく》し獄舎の中に入って女を強引に連れ去るかも知れなかった。街娼は多数収容されていて、兵は彼女たちの房の扉もあけさせて獄外に出すおそれもあり、それがきっかけで男囚たちの獄舎にも騒擾《そうじょう》がおこることが予想された。

亀岡は、英会話のできる所員に、MPの許可を得てくればいつでも会わすとつたえるように命じた。亀岡は、所員がおびえたように兵に近づいてなにか言っているのを、庁舎の窓から見つめていた。兵は、所員に顔をむけることはせず、庁舎や獄舎をながめまわし、やがて門の方に歩いて行った。

十一月十二日朝、亀岡は、二台のジープがつらなって門から入り、庁舎の正面入口の前でとまるのを眼にした。車から降り立ったのはオックスフォード大尉と見知らぬ将校その他であった。

亀岡は、迎えに出て敬礼し、自分の執務室に案内した。

通訳が、見知らぬ将校を東京の連合国軍総司令部から視察にきた監獄行政官のマックコークル大尉だと言った。亀岡は、腰を折って敬礼した。

オックスフォード大尉が、通訳を介して、

「佐久間清太郎という囚人を連れてこい」

と、言った。

亀岡は、思いがけぬ要求にとまどいを感じたが、大尉の命令にしたがわぬわけにはゆかず、所内電話で第二舎の看守長にその旨《むね》をつたえた。

しばらくすると、手錠、捕縄をかけられた佐久間が数名の看守たちにかこまれて部屋に入ってきた。

オックスフォード大尉は、

「佐久間をのぞいて全員室外に出ろ」

と、言った。

亀岡は、ようやく大尉たちが佐久間になにか訊問しようとしていることに気づき、看守たちと廊下に出た。佐久間が大尉と話し合っている間に逃走するおそれもあるので、ドアの外と部屋の窓の外に拳銃をたずさえた看守たちを配置させた。

亀岡は、廊下に立っていた。大尉は、おそらく佐久間に過去三回も脱獄した動機をたずね、それに対して佐久間は、非人道的な刑務所の処遇を誇張してうったえているにちがいない、と思った。大尉は激怒し、青森、秋田、殊に網走刑務所の所長をはじめ佐久間を担当した看守たちに厳罰を科すおそれがある、と推測した。

三十分ほどたつと、ドアがひらき、オックスフォード大尉らが通訳とともに廊下に出てきた。大尉の顔には不快そうな表情が色濃くうかび、亀岡を見つめた。

「佐久間を大通支所にうつす」

通訳の言葉に、亀岡は当惑した。

「それは困ります」

亀岡は、答えた。

「命令通りにしろ」

大尉の顔が赤らみ、眼にいらだちの光がうかんだ。

「移すには担当検事の移監指揮が必要で、それによって所長が許可することになっております。私個人には、そのような権限はありません」

亀岡は、うわずった声で答えた。

通訳の言葉をきいていた大尉が、拳銃をひきぬくと亀岡の首に銃口をつきつけ、

「所長のもとに連れて行け」

と、荒々しい声で言った。

亀岡は、廊下を歩いた。殺される、と思った。網走町に残してきた病弱の妻と子供たちのことが頭にうかんだ。自分が死ねば、妻子は路頭にまようようになるかも知れない。が、戦争では多くの若い男たちが死んだことを考えれば、四十七年間生きてきたことだけでも幸運だと言うべきなのだろう、と思った。

亀岡は、所長室の前で足をとめ、ドアをノックして開けた。机の前に坐《すわ》って書類を繰っていた所長が、顔色を変え、立ちあがった。

亀岡は室内に入ると、大尉の要求を口にした。所長は、すぐに受話器をとりあげた。相手は検察庁で、うなずいていた所長が、

「移監を承諾します」

と、言った。

通訳からその言葉をきくと、大尉は、拳銃をケースにおさめた。

亀岡は、憤《いきどお》りをおぼえた。大尉たちは、佐久間がおそるべき囚人であることを知らない。移監しようとするのは、未決囚である佐久間を既決囚のみを収容する札幌刑務所にとどめておくのが規則違反である、と考えたからにちがいなかった。かれらは、佐久間をジープで移送するのだろうが、その途中で逃げられることも十分に予想され、それは戒護課長である自分の責任にもなる。

亀岡は、大尉たちと自室にもどると、

「もしも逃走事故がおこった場合、私の責任になります。私の部下を二名つきそわせますから、このことだけは承諾して欲しい」

と、強い口調で言った。

通訳がそのことをつたえると、大尉は、不機嫌《ふきげん》そうに黙ったまま庁舎の外へ出ていった。

亀岡は、佐久間の担当看守二名に護送を命じ、佐久間を廊下に連れ出した。看守は、捕縄を手にしてジープに乗りこんだ。ジープは、かなりの速度で門の外へ走り出ていった。

雪が降り、気温も零度以下になった。

十二月一日、獄舎の通路に一個ずつのストーブが入れられ、収容者に股引《ももひき》、足袋の使用がゆるされた。札幌市内は積雪でおおわれ、晴れた夜には冴《さ》えた星の光が散った。

亀岡は、十二月十六日、札幌地方裁判所で佐久間が殺人罪で死刑の判決をうけたことを知った。が、官選弁護人は、正当防衛による傷害致死罪として判決を不服とし、ただちに控訴《こうそ》したという。佐久間は、そのまま大通支所に収容されていた。

年があけ、亀岡の妻が子供とともに網走町から札幌へきて官舎に入った。寒気はきびしく、官舎では少量の粉炭まじりの石炭が焚《た》かれるだけで、夜は早目にふとんにもぐらねばならなかった。

妻は、食糧がほとんど入手できぬことに暗い表情をしていた。配給は芋澱粉《いもでんぷん》、どんぐりの粉などで、それも欠配つづきであった。彼女は、衣類などを手に農村へ行ったりしたが、手にすることのできる豆や雑穀はわずかであった。食物は育ちざかりの子供たちに優先的にあたえ、彼女は、少量の食物を口にするだけであったので栄養失調におちいり、歯は欠けた。

その頃、大通支所から佐久間の言動が亀岡のもとにつたわってきた。佐久間は、体を鍛錬するのだと言って、房内で柔道の受身の形や逆立ちをし、さらに房の壁をすばやく駈《か》けあがって、天井に手をふれさせることもする。看守が、制止しても耳をかそうとしないという。そのうちに、看守たちが佐久間の意のままになっているという話もながれてきた。佐久間は、看守がきびしい態度をとると、進駐軍にうったえてもよいのか、と威嚇する。オックスフォード大尉は、囚人に対して殴打《おうだ》などした看守を軍事裁判にかけると公言していたので、看守は佐久間の言葉におびえた。支所には終戦後採用した看守が多く、強い態度でのぞむ者は皆無で、佐久間の要求にしたがって、あたえる食事の量も増したりしているようだった。

二月に入って間もなく、支所長から刑務所長に佐久間が逃走のおそれがある、とうったえてきた。佐久間は、過去に三回の脱獄をはたしたことを看守たちに告げ、近々のうちにここからも逃走する、とくりかえし言うようになり、看守たちはすっかり萎《い》縮《しゆく》してしまっているという。

所長に呼ばれて意見をもとめられた亀岡は、

「このままにしておきましょう。オックスフォード大尉の命令にしたがって移監したのですから、私たちに責任はありません」

と、答えた。

オックスフォード大尉は、日本人は残虐で野蛮な国民という先入観を相変らずいだいていて、刑務所員を敵視している。が、刑務所では、規則通り囚人に対してきびしい態度をとってはいるが、基本方針である教化思想にしたがって囚人を教育し、社会へおくり出すことを念願としている。食糧危機の時代ではあるが、囚人には一般の者がうらやむような量の食事をあたえ、燃料を苦心してあつめ入浴もさせている。戦時中に札幌刑務所でも戦争犯罪の外国人を収容していたが、終戦後、所員が米軍によって処罰されなかったのは、温情をもってあつかったからにほかならない。オックスフォード大尉は、看守が囚人に苛酷であると思いこんでいるようだが、それは偏見だ、と、亀岡は思った。

所長は、無言で身じろぎもせず坐っていた。

「支所で佐久間をあつかいかねていることは、オックスフォード大尉の耳にも入っているはずです。おそらくオックスフォードも困っているのではないでしょうか。拳銃を私に突きつけることまでして佐久間を移監させたのですから、オックスフォードを懲らしめるためにも、このままにしておきましょう」

亀岡は、腹立たしげに言った。

「懲らしめか。それもいいかも知れぬ」

所長の顔に、笑いの表情がうかんだ。

亀岡は、所長とむかい合って坐り、事務上の打合せをした。話題は食糧のことが主であった。

札幌刑務所では、終戦の年の末に七百二十九名の囚人を収容していたが、前年末には千百四十一名にもふくれあがっていた。それらの囚人の食糧を確保するのは容易でなく、庶務課の者たちは食糧さがしに奔走していた。前年には栄養障害等で五十五名の囚人の死者が出たが、今年に入ってからも一月だけで十名が死亡していた。網走刑務所に問い合わせてみると、今年の死亡者はゼロで、あらためて札幌での食糧事情が深刻であることを知らされた。

札幌刑務所の唯一《ゆいいつ》のたよりは角山農場で、そこで栽培される農作物の作柄《さくがら》によって囚人にあたえる食糧の量と質が左右されていた。また、春に日本海沿岸に押し寄せるニシンの漁獲量にも大きな影響をうけていた。食糧不足にあえぐ北海道では、ニシンの豊漁が明るい話題になっていた。減少の一途をたどっていた漁獲が、終戦の年の春、突然のように積丹《しやこたん》半島一帯から増毛《ましけ》、留萌《るもい》にかけて海の色が一変するほどニシンの大群が殺到し、三十三万二千五百トンという記録的な水揚げをみた。さらに前年の春にもニシンが群来《くき》し、二十八万トンの漁獲を得ていた。道庁では、それらをニシン粕《かす》として肥料にし、農家に配給して米の供出をうながしていた。

刑務所では囚人を増毛におくって水揚げされたニシンの運搬、加工作業に従事させ、その代償として身がきニシンを受けとり、所内にはこびこませていた。それは保存がきくので、一年中、四人の重要な蛋白源《たんぱくげん》になっていた。

亀岡は、所長とニシン漁場におくりこむ四人の人数、時期を話し合ったりした。

北海道内ではストライキが続発し、二月一日を期して官公庁労組を中心とするゼネストの態勢がかためられた。が、連合国軍総司令部の命令によって中止され、札幌市内にはそれによる混乱が各所でみられた。

粉雪が舞い、積った雪は凍りついて根雪になった。

二月二十六日、北海道軍政部保安課から刑務所長に出頭命令があった。亀岡たちは、軍政部が刑務所になにか要求を突きつけようとしているのか、または所長個人に対して思いがけぬことを理由に譴責《けんせき》処分をするのではないかと危惧《きぐ》した。所長も不安そうな表情をしていたが、すぐに軍政部へ出掛けていった。

二時間ほどすると、所長が雪をふんでもどってきた。亀岡たちは、所長をとりかこんだ。

所長は、頰《ほお》をゆるめると、

「佐久間を大通支所から本所へうつせ、と言われた。オックスフォードも佐久間の支所での状態を知っていて、もしも逃げられれば自分の責任になることをおそれているのだ。いつもの威丈高《いたけだか》な調子はなく、困りきった顔をしていた」

と、言った。

亀岡は、笑った。囚人のあつかいに素人《しろうと》である大尉が、強引に佐久間を移監させ、今になって困惑していることが可笑《おか》しかった。

しかし、かれの顔からはすぐに笑いの表情が消えた。佐久間を本所にもどした折の責任の重大さを思うと、体がひきしまるのを感じた。佐久間は、獄房内で拘束されるのをきらい、脱獄をくわだてるだろう。さらに控訴中とはいえ死刑の判決をうけた身なので、死の恐怖におそわれて獄舎から逃走することを願っているはずだった。看守の質は極度に低下し、今もって敗戦による虚脱感ものこっている。そのような看守を指揮して佐久間に対抗するのは、心もとなかった。

「いつ本所へ移監させろと言うのですか」

亀岡は、所長にたずねた。

「明日だ」

所長は、答えた。

窓の外には、雪がしきりに舞っていた。

亀岡は、所長の顔を見つめた。所長も、亀岡と同じように佐久間を本所に収容した後の責任の重さを考えているらしく、顔をこわばらせていた。

「明日ですか」

亀岡は、窓外に眼をむけながらつぶやくように言った。

十一

翌日の午前十時すぎ、幌《ほろ》つきの護送車が札幌刑務所の門を入り、獄舎に通じる鉄扉《てつぴ》の前にとまった。車の中から手錠と捕縄《ほじよう》をつけられた佐久間が、拳銃を腰にした六名の看守にかこまれて凍《い》てついた雪の上に降り立った。

扉がひらかれ、佐久間は看守たちとともに廊下をすすみ、捜検場に入った。手錠、捕縄がはずされ、衣服、褌《ふんどし》も取りのぞかれた。入念な検身がおこなわれて口、鼻孔、耳孔、肛門《こうもん》がさぐられ、異常がないことが確認されると、浅黄色の獄衣、股引《ももひき》、足袋があたえられた。

亀岡は、検身に立合っていたが、佐久間の顔にうかぶ薄笑いの表情をにがにがしく思っていた。青森・秋田・網走の三刑務所を破獄した経歴をもつ佐久間にとって、設備の劣った札幌刑務所からの逃走は容易だと考えているにちがいなかった。亀岡は、佐久間が非凡な能力をそなえた男であることは身にしみて知っていたが、この刑務所からの逃走は絶対にゆるさぬ、と自らに言いきかせていた。網走刑務所に庶務課長として勤務中、佐久間の脱獄事故に遭遇したが、その折の経験を生かして監視指揮にあたれば、必ず阻止できるという自信をいだいていた。

佐久間の肉づきと顔の色艶《いろつや》はよく、大通刑務支所でかれにおどされた看守たちが、さだめられた以上の量と質の食事をあたえていたという噂《うわさ》も事実らしいことを知った。頭髪は刈られ、髭《ひげ》も剃《そ》られていた。

亀岡は、長年の経験で囚人を必要以上に甘やかすことは事故の発生につながることを知っていた。温情をもって接しなければならないが、規則はきびしくまもらせなければならない。殊に佐久間のような囚人は、看守の心理を巧みに利用して逃走する傾向があるので、ささいな規則違反もゆるすことは危険であった。

検身が終り、佐久間は、看守たちにかこまれて獄舎の中に入っていった。

かれが収容されたのは、第二舎の特別房であった。大通刑務支所に移監されるまで監視にあたっていた四名の看守が、再び専任看守にえらばれた。勤務時間は、一般の看守と同じ十二時間で、一週間おきに昼夜勤務を交替する。専任看守は、特別房の前に立って佐久間の一挙一動を見まもり、二時間交替で任務につくことになった。

佐久間は、日に一度検身をうけ、その折に居房捜検もおこなった。かれが房から出るのは、週に一度の入浴時のみで、実弾をこめた専任看守と三名の看守が浴場につきそって監視した。

亀岡は、毎日、専任看守に佐久間についてのささいな動作まで記録をとらせて書類で報告させ、かれらに訓示することをつづけた。

「佐久間は鬼でも魔物でもなく、ただの人間だ。獄房内の囚人の逃走をゆるすのは、監視する側に心のゆるみがあるからだ。そのゆるみは、この程度の規則違反なら眼をつむってやれ、と思うことから生じる。あくまでも規則は正しくまもらせ、油断なく一瞬たりとも眼をはなさずに監視にあたれ」

かれは、強い口調で同じ言葉をくりかえした。

三月に入っても降雪はつづき、はげしく吹雪《ふぶ》く日もあった。

夜明けには気温が零下十度近くに低下していたが、陽光は、春のおとずれが近づいたことをしめすように明るさを増していた。庁舎や獄舎の軒からたれたつららの先端から、水滴がしたたり落ちるようにもなった。根雪の表面が水分をふくんでザラメ状になり、陽光にまばゆく光っていた。

亀岡は、時折り、夜明け前に私服で家を出ると雪道をたどり、部下の看守の家をおとずれることもあった。その看守の生家は近くの農家で、馬鈴薯《ばれいしょ》や雑穀がはこびこまれていて、亀岡は少量ずつではあったがそれらをゆずってもらっていた。病弱な妻は、栄養失調の症状がいちじるしく、身を横たえていることが多かった。亀岡は、馬鈴薯をふかしたり雑穀で団子をつくって雑炊にしたりして、妻や子供たちにあたえていた。

かれは、弁当箱にふかした芋を入れ、午前六時には庁舎に出勤した。官舎に帰るのは午後十時すぎで、休日はなかった。

かれの関心は、佐久間に集中されていた。毎日提出させている専任看守からの報告書類には、異常なし、としるされていたが、かれは、それに満足せず、ひんぱんに特別房に足をむけた。獄房の外には看守が立って房内を見つめ、廊下を近づいてくるかれに姿勢を正して敬礼した。房内をのぞくと、佐久間は規則通り正坐《せいざ》し時には雑誌を読んでいることもあった。反抗する気配などないという看守たちの報告を裏づけるように、表情はおだやかだった。

三月中旬、看守の一人がためらいがちに口頭で一つの報告をした。数日前から気づいていたことだが、と前置きして、佐久間にかすかな動きがみられるようになったという。正坐の姿勢はくずさないが、天井やその近くにある鉄格子《てつごうし》のはめられた小窓に、時折りすばやい視線をむける。

「それは、怪しい」

亀岡は、即座に言った。佐久間が、天井か窓になにか工作をはじめようとしているのか、それともすでに脱出の準備に手をつけているのか、いずれかにちがいない、と思った。

かれは、所長に事情を説明し、その日、特別に佐久間に三十分間の運動をさせる許可を得て、房から出させると、獄舎と獄舎の間の空地に連れ出した。むろん手錠、捕縄をつけさせ、拳銃を所持した看守たちをつきそわせた。

佐久間が舎外に出るのを見とどけた亀岡は、老練な看守部長たちを特別房に入れ、梯子《はしご》を持ちこませて房の上方をさぐらせた。天井を棒でたたき、板のつぎ目を入念にしらべさせた。窓は頭部もくぐれぬ小さいものであったが、はめられた鉄格子がゆるんでいないかをたしかめさせた。調査は三十分近くつづけられたが、異常は見いだせず、佐久間を房にもどした。

亀岡は、看守たちに一層監視をきびしくすることを命じた。

その後、看守たちの報告によると、佐久間が上方に視線を走らせる動きはつづいているという。亀岡は、飽きることなく、佐久間が入浴で房から出た後、房の上方をくりかえし点検させた。

ニシンの漁期が近づき、刑務所では百二十名の囚人を選抜して看守をつきそわせ、列車で日本海沿岸の増毛町におくり出した。

増毛町には、留萌、別苅《べつかり》間に七十個所の漁区をもつ網元がいて、漁期になると、漁師たちが網にかかるニシンを船に満載して基地の増毛港に揚げる仕組みになっていた。囚人たちは、町にもうけられた泊込所に寝起きし、看守の監視のもとにニシンの運搬、箱づめ、貨車への積みこみ作業などに従事する。網元は多くの男たちをやとっていたが、かれらの中にはニシンを横ながしする者も多かった。それとは対照的に囚人たちは不正をはたらく者は皆無で、しかも乱れのない統制のもとに作業に専念するので、きわめて好評だった。

用度課の者たちは前年につぐニシンの豊漁を予想し、囚人の労働によって安価な身がきニシンをつめた俵が刑務所に大量におくられてくることを期待していた。

三月下旬、司法省から監獄官吏服制の改正が公布された。官服は、制帽、金ボタンつきの立襟《たてえり》のものが使用されているが、今後、新しく支給される官服は、円形の帽子、開襟《かいきん》の上衣《うわぎ》にあらためるというものであった。詰襟の官服は、明治初期に官の権威をしめすために制定されたものであったが、警察官の制服が前年の八月一日からすべて開襟服にネクタイを使用することになったのにつづいて、連合国軍総司令部の指令によって改正することが決定したのである。

　その公布にともなって、司法省から旧軍の放出布地と米軍の払いさげ作業衣用生地が刑務所におくられてきて、用度課では所内の工場で縫製を急がせた。

　軒からたれていたつららが落ち、根雪も日増しにとけて、やがて消えた。気温は上昇し、道路は雪どけで泥濘《でいねい》に化した。河川は増水し、一部の農地で氾濫《はんらん》さわぎもあった。

　増毛町の泊込所の所長から刑務所の用度課長に、ニシンの群来《くき》がせまっていて、漁場には興奮状態がたかまっているという連絡があった。獄舎の通路におかれたラジオは午後六時半から一時間の放送がおこなわれていたが、ニュースでもニシンの群が沿岸一帯に接近し、大漁が予想されると報じていた。

　三月三十一日には寒気がぶりかえして、零下二度までさがった。翌日から着用が実施される新しい様式の官服の半ば近くが縫いあげられ、庁舎の隅《すみ》に積みあげられていた。官服の支給は久しぶりで、所員の表情は明るかった。

　四月一日の午前五時に眼《め》をさました亀岡は、妻が前日の夜つくっておいた雑炊をあたためて食べ、出勤の身仕度をはじめた。かれは、上衣をつけながら時計に眼をむけ、長針が二十分をさしめしているのを見た。

電話のベルが鳴り、時刻が時刻であるだけに不吉な予感におそわれた。かれは、急いで受話器をとった。

かれの顔は青ざめ、はげしくゆがんだ。

電話は、刑務所の当直看守長からで、

「逃走です。佐久間が逃走です」

と、うろたえきった声でくりかえしていた。

亀岡は受話器をおくと、あわただしく靴《くつ》をはき、官舎を出て庁舎へ走った。風が強く空は雲でおおわれ、星の光はみえなかった。

第二舎に走りこむと、特別房の前に多くの看守たちがあつまっているのがみえた。看守たちを押しわけ房の中に入った。かれは、立ちつくした。半月ほど前から佐久間が天井や小窓をしきりに見あげていたので、脱出した個所は房の上方にちがいない、と走りながら想像していた。が、当直の看守長をはじめ看守たちの視線がむけられているのは、床であった。

亀岡は、あらためて佐久間のすぐれた頭脳に畏怖《いふ》を感じた。佐久間が天井や小窓に時折り視線を走らせていたのは、亀岡たちの注意を房の上方にそらすためで、実際は下方から逃げることをくわだて床に工作をほどこしていたことを知った。

かれは、床に視線を据《す》えた。床には長さ二間、幅一尺、厚さ二寸の硬い良質の楢《なら》の板がならんではられていたが、その一枚の中央部分が鋸《のこぎり》ででも切ったように横に切られている。それはふとんをしく位置で、切断した個所から手をさしこんで板を引きあげたらしく、板がななめに浮きあがっていた。床下には、二尺近くの空間があり、下方は土であった。佐久間がその空間に体を入れ、土の上をはって獄外にのがれたことをしめしていた。

「床下のどこから逃げたのだ」

亀岡は、するどい声で看守長にたずねた。

「こちらです」

看守長が、かすれた声で答え、房から出た。

看守長は、獄舎の外に出ると建物にそって走り、足をとめて建物の下方を指さした。獄舎の下方には自然石がならべられているが、その石の一部がとりのぞかれ、体がわずかにぬけ出られるほどの空間ができていた。亀岡は、その部分の土が凍りつき、さらに霜がおりているのを眼にして、逃走は少くとも二、三時間前である、と推測した。

「連絡は、どこにした」

かれは、看守長にたずねた。

「所長だけです」

看守長は、答えた。

「全所員に非常呼集をかけろ。ただちに捜索隊を編成する」

亀岡は口ばやに命じると、庁舎に走った。

受話器をとると、北海道庁警察部刑事課長の家に電話をかけた。電話口に出た課長に、佐久間が逃走したことを告げ、逮捕に協力して欲しい、と要請した。課長は、全力をあげて捜索にあたることを約束してくれた。亀岡は所員に命じて佐久間の人相、体の特徴、着衣等をしるした書面を作成させ、警察部にとどけさせた。

所長が、狼狽《ろうばい》した表情で庁舎に走りこんできた。

亀岡は、庁舎の外に整列した看守たちに、

「佐久間が逃走してから少くとも二、三時間は経過している。奴《やつ》は、逃げると必ず山中に入る。その方面を重点的に捜索しろ」

と、命じた。

看守は二名一組になって行動することになり、かれらは明るくなりはじめた刑務所の門から走り出ていった。

庁舎にもどると、警察部刑事課長から電話がかかってきた。警察部では、部長名で札幌、江別両警察署長に署員を非常招集し大捜査網をしくことを命じたという。

亀岡は、

「佐久間は山中に逃げこむのを常としていますので、その方面に緊急配備をお願いします」

と、依頼した。

かれは、所長、当直の看守長と第二舎に入った。特別房の前には、佐久間の監視にあたっていた四人の看守が、血の気のうせた顔で立っていた。

その日からストーブが廃されていたので、獄舎の中の寒気が身にしみた。構内作業その他は一切中止され、四人は獄房内に入れられたままで獄舎には静寂がひろがり、時折り房内で咳《せき》やくしゃみがきこえるだけであった。

亀岡は、所長たちとあらためて特別房の中に足をふみ入れた。ふとんの掛けぶとんがはがされていて、敷ぶとんの上には房内にそなえつけられている便器、掃除道具、木製の箱型洗面器などがおかれていた。それらは、佐久間が、あたかも就寝しているようにふとんをふくらませるため使用した物であった。

亀岡は、はげしい自責の念にかられた。佐久間が青森刑務所から第一回目の脱獄をした折には、ふとんの中に掃除道具等を入れて偽装し、破獄に成功している。その直接の原因は、獄則で禁じられている掛けぶとんに顔をもぐらせて眠ることを看守が黙認したことにあった。看守には規則を必ずまもらせるように毎日訓示していたのに、佐久間を青森刑務所の場合と同じ方法で逃走させてしまったことが残念でならなかった。

「昨夜の当直看守は？」

亀岡は、房の外に眼をむけた。

通路に立っていた看守の中の二人が、房の入口にすすみ出た。

「昨夜の監視状況を詳細に説明せよ」

亀岡は、かれらとむき合った。

看守たちが、こわばった口を動かし、とぎれがちの声で説明した。

かれらは、二時間交替で房の外に立ち、視察窓をあけて房内をのぞきこむことをくりかえしていた。長身の看守は、午前一時の交替時刻が近づいたので五分前の午前零時五十五分、視察窓をあけて佐久間が眠っているのを確認した。ふとんの襟から佐久間の顔が出ているのを眼にしたという。

午前一時に交替したのは肩幅の広い看守で、かれは時折り視察窓をあけて内部に視線を走らせ、佐久間が眠っているのを見た、と言った。

「佐久間の顔を確認したのか」

亀岡のするどい質問に、かれは一瞬口ごもり、

「見たと思います」

と、答えた。

「思いますではない。たしかに見たかどうかをたずねているのだ」

亀岡は、声を荒《あら》らげた。

看守は口をつぐんだ。体のふるえが増し、眼を落着きなくしばたたいた。

亀岡の質問がつづき、看守たちがそれに答えた。午前三時に長身の看守が交替したが、その看守も交替後は佐久間の顔を確認したとは言わなかった。さらに五時に交替した看守は、十五分後に、ふとんのふくらみが薄いことに不審感をいだき、声をかけた。が、何度くりかえしても答はなく、初めて逃走したことに気づき当直の看守長に報告したという。

「君たちは、佐久間が頭からふとんをかぶるのを黙認していたな」

亀岡は、看守たちに視線を据えた。

二人の看守は顔をこわばらせていたが、はい、と低い声で言った。

亀岡は、顔をしかめた。経験もゆたかで精神力にもめぐまれた、いわば精鋭ともいえる看守たちをえらんだのに、かれらがいつの間にか佐久間の規則違反をゆるすようになっていたことが情無かった。

「困ったことになった」

所長が、深く息をついた。

亀岡は、所長と獄舎を出て所長室に入った。所長は受話器をとると、あらためて道庁警察部長に捜索依頼をし、また検察庁にも佐久間の逃走を報告した。亀岡は落着かず室内を往《ゆ》き来し、窓の外に眼をむけていた。どんより曇った空から小雪が舞いはじめていた。

職員が、警察部刑事課の課員が現場検証のためおとずれてきたことを告げた。亀岡は、所長とともに部屋を出た。廊下に三人の男が立っていた。かれはすぐに課員を第二舎に案内し、特別房に入った。

二間の長さの板は中央部分で横に切られ、壁に端のはめこまれている板が引きあげられていた。一個所を切っただけで脱出口をつくったことにも、佐久間の智恵《ちえ》が感じられた。切り口は、腕の良い大工が鋸でひき切ったように正確に一直線であった。なにを使用して切ったのか不思議であったが、入念にしらべてみると、便器にはめられた鉄製の平たいたがはずされ、それに鋸状の歯をつけて使用したものと推定された。また、切り口をしらべた課員が、板の切り口に塵《ちり》をまぜ合せてねった飯が附着しているのを見いだした。他の独居房の床板にはつぎ目があるが、特別房は一枚板であった。もしかすると、捜検担当者が飯粒をすりこんだ切り口に気づきながら他の房にある床板のつぎ目と同じように考え、見落したのかも知れなかった。居房捜検は毎日おこなわれていたのに、それを発見できなかったことは捜検担当者の過失で、さらに鋸の代用として使われたたがを見いだすことができなかったことも重大な問題であった。床板の切断された部分には、昼間はござ、夜はふとんがしかれていたが、むろん捜検で発見されれば逃走を未然にふせげたはずであった。

小柄《こがら》な課員が床下に入り、這《は》って脱出口からぬけ出し、房にもどってきた。上衣、ズボン、手、顔は土でよごれ、手にアルマイト製の容器をもっていた。房内にそなえつけられてある食器で、佐久間がそれで土を掘りながらすすみ、獄舎の床下から脱け出したことをしめしていた。

亀岡は、佐久間が房を脱出し刑務所の外に出るまでの筋道をしらべるため、刑事課員たちと連れ立って獄舎の外に出た。

床下から脱け出した佐久間は、まず高さ二・五メートルの内塀《うちべい》をのりこえねばならない。亀岡は課員とともに内塀にそって歩き、正門の方向にある内塀の内側にあきらかな痕跡《こんせき》があるのを見いだした。水分をふくんだ塀ぞいの土に、素足の、しかも走ったらしい足跡があり、塀の内壁に這いのぼったと思われる足の泥《どろ》が三個所についていた。それらの足跡から判断して、佐久間は塀にそってななめに走り、跳びあがって塀の上端をつかんでのりこえたものと断定された。塀の外側に行ってみると、跳びおりた足跡のくぼみがみられた。

刑務所の構内は、高さ三メートル余のコンクリート製の外塀でかこまれていて、亀岡たちは塀ぞいに歩き、入念にしらべた。が、塀に立てかけられた木材などはなく、のりこえた痕跡は見いだせなかった。

正門のかたわらに守衛の哨舎《しょうしゃ》があって、その裏手だけは高さ二メートルの鉄柵《てっさく》になっていた。その柵に泥がついていて、佐久間がそこから所外に脱出したことがあきらかになった。前夜、哨舎に泊った守衛にきいてみると、夜間は就寝することがゆるされているので熟睡し、人の気配に気づかなかったという。

課員は、庁舎にもどると出されたお茶を飲み、亀岡と逃走時刻について検討した。

亀岡は、午前零時五十五分に担当看守がふとんの襟から出ている佐久間の顔を確認しているが、その後は房内にいたかどうか不明である、と率直に述べた。また、逃走が発見された直後、脱出した床下の土が凍りつき、しかも霜がおりていたことから考えて、逃走時刻は発見時よりも二、三時間前だろう、とも言った。その夜は寒く午前零時をすぎた頃《ころ》には零下四度まで気温が低下していたので、種々検討した結果、逃走時刻は午前二時半頃と推定された。課員は、それらの内容を手帖《てちょう》に書きとめ、小雪のちらつく中を足ばやに去って行った。

庁舎の内部は、騒然としていた。電話のベルは絶えず鳴り、四方に散った看守の捜索隊からの報告がつづき、亀岡はあわただしく指示をあたえていた。

警察部からの連絡、問い合せも多かった。警察部の動きは機敏で、佐久間が札幌、江別両警察署管内に潜伏していると判断し、両警察署長に署員の総呼集を命じて非常線をはっていた。殊《こと》に刑務所のおかれた苗穂町一帯には多数の警察官が投入され、一戸ずつ家をおとずれて目撃者の有無等をしらべ、国鉄苗穂機関区の貯炭場をはじめ人家の裏手にある物置、納屋《なや》などもさぐっていた。

警察部では、警防団の緊急出動を要請し、午後にはガリ版ずりの印刷物を刷って回覧板とし、札幌市内と近郊の町村に配布した。その紙面には、佐久間の人相、着衣、身体の特徴等がしるされ、「お願い」として、各家で家の周囲、納屋、馬小舎《うまごや》などを必ずしらべ、稲藁《いねわら》などは竹槍《たけやり》のようなもので奥まで突き刺すように指示されていた。

また、衣類、食糧などたとえわずかなものでも盗難にあった場合は、すぐに最寄《もより》の巡査派出所等の警察機関に届け出ることが書きそえられていた。

警察部は、署員、警防団員を動員して厚別《あつべつ》方面の山狩りを開始した。また月寒《つきさむ》方面に潜伏中か、または円山をへて小樽《おたる》方向に逃げた確率もあるとして、その方面にも非常線をはらせていた。

亀岡は、所長とともに所長室に腰を据えて指揮をとっていたが、各地に非常張りこみをおこなっている者や捜索隊からの発見報告はなく、日没後、捜索隊が疲れきった表情でもどってきた。雪は、やんでいた。

警察部からは、捜査本部を札幌警察署刑事室に設置したことがつたえられ、早くも回覧板をみた住民からの通報がつぎつぎに寄せられているという報告があった。それによると雁来《かりき》、月寒、真駒内《まこまない》等で佐久間らしい不審な男が歩いてゆくのを目撃したとか、佐久間に酷似した男が食物をめぐんで欲しいと言い、あたえると立去ったという届出などが十数件もあった。そのたびに署員が急行したが、それらはいずれも不確定情報であった。その中で、午前五時半頃、札幌神社附近で獄衣と思われる浅黄色の衣服を着た素足の男をみたという通報があり、調査の結果、それが唯一《ゆいいつ》の有力な情報であることが確認されたという。

捜索は、明日も継続されるので、亀岡は所長とともに庁舎に泊りこんだ。

かれは、所長室に佐久間の専任看守四名をまねいた。監視状況を確実につかむ必要があったからであった。

看守たちは、部屋に入ってくるとならび、敬礼した。顔は土気色をし、疲労の色が濃かった。

亀岡は、立つとかれらとむき合った。

「佐久間がふとんを頭からかぶるのを黙認するようになったのは、いつ頃からか」

かれは、看守たちを見つめた。

「三月十日頃からです」

看守の一人が、弱々しい眼をして答えた。他の者も同意するようにかすかにうなずいた。

「注意をしなかったのか」

「初めは注意しました。すると、体をおこし、こちらをにらみつけました」

「それがおそろしかったのか」

亀岡は、いらだったように言った。

看守たちは黙っていたが、最も若い看守が、

「手きびしいあつかいをするなら、虐待《ぎやくたい》されていると進駐軍に告げるぞ、と言われました。戦犯で軍事裁判におくられてもよいのかとも言いました」

と、答えた。

亀岡は、口をつぐんだ。軍政部保安課では、昨年、看守をつぎつぎに呼び出して暴力をくわえ、軍事裁判にかける、と威嚇《いかく》した。連行された看守たちは囚人にきびしく接した過去をもつ者たちで、佐久間から軍政部に通報するぞ、と言われれば、恐怖をいだいたのも無理はないのかも知れなかった。

「そんなに酷なあつかいをしていいんですか。ひどい目に会いますよ。いつでも私は脱獄できるんです。脱獄した後、私がなにをするか。家族が可愛《かわい》くないんですか、などとも言いました」

中年の看守が、うったえるように言った。眼《め》に涙がにじみ出ていた。

「それから、どんなことを言っていた？」

亀岡は、気力がぬけるのを感じた。

「二メートルや三メートルの高さの塀なら、とびあがってこえてみせる、などとも言いました」

「正直に申し上げますが、ふとんをかぶって寝ながら、なにかしていたようにも思えます。が、注意するのはおそろしいので、そのままにしておきました」

「佐久間を監視する当直の夜は、いやでした」

かれらは、口々に言った。

亀岡は、憤《いきどお》りがつきあげてくるのを感じた。

「君たちは佐久間に負けたのだ。人間として屈服してしまったのだ。異常ありませんなどと報告していたが、大ありではないか」

かれは、拳《こぶし》をにぎりしめた。

敗戦による虚脱感が、かれらの気力をうしなわせ、さらに横暴な軍政部の態度に萎《い》縮《しゅく》もしている。それを的確に見ぬいて巧妙な心理作戦に出た佐久間に、かれらは対抗することができなかったのだ。

亀岡は、自分も敗者なのだ、と思った。佐久間が天井や窓の方向を見あげているという報告をうけて、房の上方を重点的にさぐらせたが、逆に下方から逃げた。それは十分に計算された計画で、術策にかかった自分も、専任看守たちと同じようにかれに敗れたのだ。

かれは、自分の内部に佐久間に対する畏敬《いけい》に似た感情がきざしていることに気づき、狼狽《ろうばい》した。佐久間は、学歴などもなく外観的には鈍重な男にみえる。これに対して、十分な教育と経験をそなえた刑務所の幹部や老練な看守たちが、あらゆる対策をねって逃走を阻止しようとつとめてきたのに、かれは意表をついて脱獄する。明治以来、破獄をはたした者は多いが、佐久間のように緻密《ちみつ》な計画性と大胆な行動力をそなえた男は皆無であった。

準強盗致死の罪で無期刑に処せられたのが悲劇というべきで、かれの人間としての能力は、破獄にのみ集中されている。もしもその比類ない能力が他の面に発揮されれば、意義のあることをなしとげたにちがいない。かれが悲運な男にも思えた。

亀岡は、看守たちを見まわすと、

「今夜は、所内で待機せよ。過ぎたことを悔んでも仕方がない」

と、言った。

看守たちの眼に光るものが湧《わ》き、敬礼すると、ドアの外に出て行った。

新聞は、用紙不足で夕刊は発行されていず、翌日の朝刊に、

佐久間、四回目の脱獄
　監視尻目に床板を切る

という見出しのもとに、その脱獄歴と大規模な捜索状況を報じた記事が大きなスペースで掲載されていた。佐久間の顔と獄外に脱け出た穴の写真ものせられていた。

その日も、亀岡は看守たちを四方に散らしたが手がかりはなく、捜査本部からも逮捕の報告はなかった。

午後、頭巾《ずきん》つきの古い黒オーバー、素足に古軍靴《ふるぐんか》をはいた四十歳前後の男が、前日の午前七時頃、雁木橋《かりきばし》をわたって東へむかうのを目撃した者がいるという情報が入った。前日の午前五時半頃、札幌神社附近で獄衣らしい衣服を着て素足で歩いていた男と、その情報がむすびついた。獄衣と素足ということから考えて佐久間である確率が高く、その後、オーバー、軍靴を盗んで身につけ、雁木橋をわたって東方にむかったと断定された。

そのため警察部では、雁木橋の東方地域を六方面にわけてそれぞれ捜索隊を編成して行動をおこさせ、また江別署でも再び野幌の原生林の山狩りをおこなった。

佐久間の脱獄は、一般の者たちに恐怖をあたえた。準強盗致死の罪状をもち、さらに前年には砂川町で殺人をおかしている佐久間が、またも殺傷事件をおこすおそれがあると推測されていた。住民たちは、日没後、家の戸をかたくとざして外出することはしなかった。が、その反面、過去に三度も破獄し、またも脱獄をはたした佐久間に対して英雄視するような傾向もみられた。食糧をはじめ生活必需品は容易に入手できず、米軍はすべての権力を手中におさめ、殺人、強盗、強姦《ごうかん》事件が続発しているが警察力は無力でそれを傍観しているにすぎない。暗い世相の中で、人智をこえた方法で獄を破った佐久間の行動に一種の爽快感《そうかいかん》をいだいていたのだ。

人々の間には、佐久間についての噂《うわさ》がしきりにながれていたが、それはかれらの関心の深さをしめすものであった。岩見沢で佐久間が逮捕されたという説が事実であるかのようにながれたり、夕張街道で警官隊に包囲され射殺されたという噂もあった。

翌日になっても佐久間の消息はなく、亀岡は、捜索にあたる看守の数をへらして所内の勤務に復させた。囚人に構内作業を中止させたままにしておくと不満がつのり、不祥事がおこることをおそれたのである。

亀岡は、警察部からの発見報告を待ったが連絡はなく、一週間後、捜査本部が最初からの方針の建直しを余儀なくされ、持久態勢に入ったことを知った。

捜査本部では、大規模な非常線をはり徹底した捜索をおこなったのに、佐久間をとらえられなかったことにはげしいいらだちをしめしていた。本部内には、看守が一日午前零時五十五分に就寝中の佐久間を確認したという陳述に対して疑問をいだく空気すらたかまっていた。かれらは、佐久間がはるかそれ以前に獄舎から脱け出し、夜の闇《やみ》にまぎれて苗穂駅から貨車にでもとりついて遠く逃げ去ったのではないか、と推測する者もいた。

亀岡のもとにも捜査本部から脱獄推定時刻についての問合せが寄せられたが、かれは、看守の言葉にいつわりはない、と回答した。四名の専任看守は佐久間におどされていたことをすべて告白し、その陳述に疑わしい点はみられない。たしかに佐久間は午前二時半頃脱獄し、逃走したのだ、と信じた。

かれは、あらためて佐久間が脱獄後逃げのびるのが巧みであることに驚嘆した。網走刑務所を逃走した折も、すぐに逃走に気づいて捜索したが姿を見うしない、さらに看守をはじめ警察署員、警防団員による大がかりな捜査網をしき軍隊の出動もあおいだが、その姿を眼にすることさえできなかった。亀岡は、佐久間が破獄と同じように逃げのびることにも超人的な能力をそなえていることを感じ、おそらくかれを発見、逮捕することはできないだろう、と予測した。いつの間にか新聞記事も、日を追って小さくなっていた。

その頃、日本海に面した海岸にはニシンの大群が殺到していた。ニシンが産卵のためひしめき合って海岸に押し寄せ、定置網、刺網《さしあみ》になだれこむ。網はたちまちふくれあがり、ニシンを満載した漁船が岸にむかい水揚げされた。ニシンは箱に盛られ、駅にはこばれて貨車に積みこまれる。海岸には荒々しい声が交叉《こうさ》し、人々があわただしく動きまわり、増毛泊込所の囚人たちもかれらにまじって作業に取りくんでいた。

海の色は絶え間なく押し寄せるニシンで変色し、水面は泡立《あわだ》っていた。

十二

六月二十七日、佐久間の破獄事故をおこした札幌刑務所関係者に対し、司法省から官吏懲戒令にもとづく処分がつたえられた。

刑務所長は監督不行届のかどで譴責《けんせき》、監督の責任者である戒護課長亀岡梅太郎、逃走の夜の勤務者であった看守二名が、それぞれ月俸《げっぽう》百分の十減俸一カ月の処分をうけた。また、その夜、非番であったが佐久間の規則違反をゆるしていた看守部長二名も、月俸百分の五減俸一カ月を通告された。

その後、佐久間についての情報は全くなく、山中深く逃走したと推定されていた。

食糧不足は一層深刻さを増し、主食の遅配は全国平均二十日であったが、北海道では九十日にも達し全国で最悪であった。

道庁では、道民が飢餓状態におちいることをおそれて農家に供出を強くもとめていたが、町村単位に割当てていたので、供出に応じる農家がある反面、要求を無視して闇にながし多くの金銭をたくわえている者もいた。そのような風潮をうれえた北海道知事は、農村地帯を精力的に歩きまわって、各町村の代表者に割当て量を完全に供出してくれるよう懇請した。しかし、そうした督励もほとんど効果はみられず、道庁は、食糧難を緩和するため緊急輸入を申請したが、米軍政部は農家からの供出が百パーセント達成されなければ許可しないという方針をくずさなかった。道内各地に米よこせデモが頻発《ひんぱつ》し、知事は農相宛《あて》に「輸入食糧の入荷がなければ、場合によっては北海道に暴動の発生するおそれもある」という趣旨の極秘電報まで打った。

札幌刑務所での囚人の食糧確保も困難になっていた。幸いニシンの豊漁で身がきニシンが所内におくりこまれ、欠乏しがちの蛋白源《たんぱくげん》として貯蔵されていたが、主食の入手量は少く、やむを得ず雑炊をあたえる回数が増していた。

さらに、囚人の収容人数の激増で食糧難は深刻の度をくわえていた。全国の刑務所の囚人の平均収容率は定員の百六十パーセントにも達し、その率はさらに増加する傾向にあった。札幌刑務所でも事情は同じで、独居房に三名の囚人を収容し、佐久間の入っていた特別房も雑居房に似たものになっていた。冬期は房内の収容人数が多ければ体温で寒気もしのぎやすいが、気温の上昇とともに定員の過剰は囚人にはげしい苦痛をあたえた。せまい房内は暑苦しく、臭気もよどむ。夜は、房内にふとんがかさねられてしかれ、寝返りすることすらできない雑魚寝《ざこね》の状態で、囚人の眼にはいらだちの光が濃くなっていた。

所長は、収容人員をへらす処置として定山渓《じょうざんけい》と手稲《ていね》にそれぞれ仮獄舎を建てて囚人を移送し、官有林の樹木を伐採して用材、薪《まき》づくりをおこなわせた。むろん角山《かくやま》農場の獄舎にも多数の囚人を収容し、農耕作業に従事させていた。

亀岡は、七月上旬、岩国少年刑務所で集団逃走事故がおこったことを知った。その刑務所は貧弱な建物で設備が悪く、しかも定員の二倍近い少年を収容していた。夏の暑熱が増すにつれて不満がつのり、遂に集団行動をおこし、十二名の少年が獄舎を破壊して逃走した。看守たちは、実弾をこめた拳銃《けんじゅう》で威嚇し、構内と構外で全員をとらえたが、弾丸十七発を発射して少年一名を射殺、二名に重傷をおわせた。

司法省では、前年にも夏に暴動や集団逃走事故が発生していたので、全国の刑務所長に厳重に警戒するよう指令を発した。

札幌刑務所では、土地柄《がら》、夏は涼しく獄舎に暑熱がよどむことは少かったが、所長は、過剰拘禁の囚人たちに拘束感を味わせぬため重罪犯にも構内作業をさせ、外気にふれさせることにつとめた。

岩国少年刑務所の逃走事故後、全国の刑務所に不祥事はなく、八月も平穏にすぎた。

札幌刑務所の囚人たちは従順で、構内作業に従事していた。

収容者の激増にともなって、看守の負担は増していた。昭和二十一年二月には行政改革によって定員七千四百二十九名を千名削減したが、当時、四万名であった囚人の数が八万名近くにも達していたので、定員の人員では監視態勢をとることが不可能になっていた。そのため四カ月前の昭和二十二年四月に、定員を九千百四十一名に増員する司法省令が公布されていた。しかし、看守の低い給与では生活がささえられないので、看守を志願する者は少く、新規採用に応じてくる者は体格のおとった精神力にも欠けている不適格者が多く、到底、定員をみたすことはできなかった。

看守不足をわずかにおぎなっていたのは、昭和十九年に発せられた通達によって囚人の中からえらばれた特警隊員であった。隊員の選択基準は、原則として「初犯者、年齢二十三歳以上五十歳以下、軍隊出身者又ハ教養識見アルモノ、行状良好、健康者ニシテ特ニ逃走ノ懸念ナキモノ、残刑期八カ月以上三カ年以下」と定められ、看守不足になやむ各刑務所では積極的にうけいれられていた。が、その制度にも欠陥が指摘されるようになっていた。囚人間では、とかく長期刑囚や累犯者《るいはんしゃ》が重んじられる傾向があるが、かれらは初犯で短期刑囚である特警隊員を軽視して無言の抵抗をこころみ、他の囚人もそれに同調する風潮がみられるようになったのである。そのため刑務所側から司法省に対して、長期刑囚、または累犯者の中からも特警隊員をえらぶべきだという声が寄せられ、司法省は検討の結果、それを許可した。

戦局の悪化にともなって、特警隊員としてえらばれた囚人に対する実習教育の余裕もうしなわれ、隊員の素質低下がいちじるしくなった。かれらの中には、看守補佐としての権力を悪用して囚人に暴力をくわえたり、炊場《たきば》に入りこんで定量以上の食物を口にしたりする者もいた。少しでも反撥《はんぱつ》する囚人がいると、規則違反をおかしたと看守に告げて罰をくわえさせたりするので、囚人たちは、看守よりもかれらをおそれた。

このような傾向は日を追っていちじるしくなり、作業場から逃走した囚人を追っていった特警隊員自身が、行方をくらました事故もおこった。また、刑務所から構外に出て農家に行き、金銭と引きかえに食物を入手する者すらいた。

この風潮をうれえた正木亮刑政局長は、昭和二十年二月二十八日付で各刑務所長に対し、特警隊員の人選をきびしくし、任命後の指導監督を強化して、もしもこのましくない行動をとった場合にはただちに隊員の資格を剝奪《はくだつ》するよう警告書を発した。

終戦後になると、特警隊員の制度の弊害は一層きわ立ったものになった。

看守たちは、敗戦によって虚脱状態におちいっていたが、特警隊員たちは逆にいきいきと日をおくっていた。看守たちは乏しい食物しか口にできず、激務の間に食糧さがしにつとめていたが、得られる食物はわずかで体も痩《や》せおとろえていた。それとは対照的に特警隊員たちは、看守よりもめぐまれた囚人の食物以外に炊場でつまみ食いをし、看守たちよりもはるかにまさった体格をしていた。特警隊員は一般の囚人を圧服することができる人物がえらばれていたので、自然に組関係の囚人が多く、旧軍人の数は少くなっていた。かれらは、看守の補佐役というより囚人たちに君臨する存在になっていて、同調者のみを優遇し、他の囚人に苛酷《かこく》な態度でのぞんでいた。

このような傾向に対して、岡田善一行刑局長は、各刑務所長に特警隊員の選任方法を再検討し、教育も厳正におこなうよう指令した。

札幌刑務所では、所長の適切な指導によって特警隊制度の弊害はみられなかった。特警隊員の中には組関係の囚人もいたが、監視結果の報告を義務づけ、看守の命令を厳守するよう指示していた。職員が囚人の食糧等を引きとりに遠隔の地に出張する時にも同行し、荷物をかついで刑務所に帰ってくる。かれらは、忠実に看守の補佐役として行動していた。しかし、かれらの中には、囚人に差入れられた食物などをもらい受け、その代償として囚人に便宜をはかる者もいた。また、国鉄苗穂機関区の石炭積みおろし作業に出た囚人に、近親者がひそかに鮨《すし》をわたすのを黙認した特警隊員もあった。刑務所では、ただちにそれらの隊員を罷免《ひめん》し、他の成績優秀な囚人に代えた。

特警隊制度は、戦時中にもうけられた特異な制度で、終戦後、それについての批判が司法省内にたかまっていた。

札幌市内に秋風が立ちはじめた頃《ころ》、亀岡は、所長から静岡刑務所で類のない大暴動が発生したことをしらされた。それは、特警隊制度のもつ矛盾がふき出たものであった。

静岡刑務所は、昭和二十年六月十九日、東海地方に来襲したB29約百十機の夜間攻撃によって事務所、工場の大半、官舎四戸を焼失した。静岡市街も焦土と化し、職員のほとんどが罹災《りさい》した。焼けのこった獄舎の定員は三百十名であったが、その建物の中に二倍以上の六百三十七名が収容されていた。これに対して、看守はわずかに七十三名で、しかもその中の三十六名は新規採用してから一年たらずの者で、監視能力は低かった。さらに、家を焼かれたかれらは仮住いの身で、食糧不足にもさらされ気力をうしなっている者もいた。そのため囚人の監視は特警隊員におうところが多く、刑務所側は隊員の中から班長、副班長をえらび出して、かれらを中心に自治態勢をとらせていた。

班長、副班長は組関係の累犯者が多かったので、かれらは次第に自らの権力を誇示するようになった。腕力が強く胆力もそなわったかれらは、いつの間にか看守にも尊大な態度をとり、看守はかれらにおびえて媚《こ》びるような異常な状態にまでおちいっていた。

昭和二十二年九月六日午後一時頃、文書課受付の職員が、事務所の廊下で懲役五年、累犯七のIに呼びとめられ、

「おれの仮釈放許可書はきているか」

と、たずねられた。Iは、特警隊員の中で最も権力をもつ第一工場の班長であった。

職員は、文書課に司法省からIの仮釈放許可書がとどいているのを眼《め》にしていたが、その指定期日が十月十七日であることは知らなかった。

職員が、とどいている、と答えると、Iは喜んで第一工場に引返した。そして、工場で働くすべての囚人と他の工場の班長たちをあつめ、別れの挨拶《あいさつ》をし、身のまわりの物をまとめて呼出しを待っていた。が、呼出しをうけたのは、その日に仮釈放が決定していた他の囚人であった。

囚人たちに挨拶までしたかれは立場をうしなったことに激怒し、午後四時頃、八名の班長を連れて、まず戒護事務室に押しかけ、さらに刑務所長室に入って、ただちに仮釈放するよう所長に強要した。

所長は、仮釈放の期日は司法省行刑局長がさだめるもので、自分に権限はないと言

って要求を拒否した。Iをはじめ班長たちは、所長の言葉に応ぜず怒声をあげ、廊下にいた数名の囚人たちも部屋に入ってきて椅子《いす》をふり上げたりして暴れはじめた。たまたま工場での作業を終えて獄舎にむかっていた数十名の囚人が、所長室での騒ぎをききつけてIたちに呼応し、構内に積んであった建築資材の角材、丸太などを手に事務庁舎のガラス窓、廊下、板壁などを破壊した。さらに、かれらは所長室に押しかけて所長をなぐって蹴《け》たおし、シャツをひきちぎって上半身裸にした。文書課受付の職員も暴行をうけ、頭部に重傷をおわせられた。

保安の責任者である戒護課長は、日頃から特警隊員に自由な行動をゆるしがちであったので好意をもたれていて、かれらにまもられるように庁舎から工場に避難した。他の看守や職員たちは囚人たちの動きにおびえて傍観するだけで、わずかに総務課長だけが身をもって所長をまもった。

所長は、総務課長とともにようやく表門附近までのがれたが、炊場からうばった出刃庖丁《ぼうちょう》を手にした囚人たちが表門に立ちふさがり、構外に脱出することはできなかった。さらに興奮した囚人の一人が出刃庖丁で所長を刺そうとしたので、やむなく所長は、

「Iを仮釈放する」

と、告げた。

その頃、構外にのがれた職員の一人が所長の官舎に走りこみ、電話で静岡警察署に暴動の発生を通報した。そのため警察署では、署長以下三十名が刑務所に急行した。囚人たちは、仮釈放するという所長の言葉に歓声をあげ獄舎に引揚げはじめたが、構内に入ってきた警察署員の姿に再び不穏な動きをみせた。所長は囚人たちが過激な行動をおこすことをおそれ、刑務所側だけで解決する方がこのましいと考え、署長に応援にきてくれた礼を述べ、引き取って欲しいと懇請した。それによって署長たちは構外に去った。

午後七時頃、所長室で、Iを中心とした班長たちと所長その他刑務所幹部との間で交渉がおこなわれた。所長は、

「指定期日前に仮釈放するのは違法だが、自分の責任で許可する」

と述べ、仮釈放許可書を作成し、署名、捺印《なついん》してIにわたした。

Iは、

「今回の事件は、なかったことにしろ。おれが仮釈放された後、処罰者を出さぬという誓約書を書け」

と、要求した。

「それは書けぬ。口頭で約束する」

所長は、答えた。

「書けぬなら、この許可書は返す」

Ｉは、テーブルの上に許可書をたたきつけた。

所長は、再び騒ぎがおこるのをおそれ、Ｉの言うままに誓約書を書いた。

午後九時、Ｉは出所することになったが、班長ら十五名の特警隊員が新たな要求を出した。Ｉは、出所後、約四キロメートルはなれた知人の家まで行くが、自分たちもその家まで見おくりたいという。むろんゆるされるべきことではなく、所長は困惑し、戒護課長が仲裁に入って人数を少くすれば許可する、と説得した。しかし、全員が同行すると主張し、やむなく所長はそれをゆるして看守長二名、副看守長一名、看守一名をつきそわせ、トラックでおくることを指示した。

出発直前、Ｉがまたも要求を出した。行先を変更し、約八十キロメートルへだたった町に住んでいる姉の家まで行きたいので、そこまでおくれという。所長はそれにも応じ、午後十時頃、十五名の特警隊員にかこまれたＩと看守たちを乗せたトラックが、刑務所の門から走り出ていった。Ｉの姉宅に到着したかれらは、にぎやかに酒宴をひらき、一泊後、Ｉをのこして翌日午前七時に刑務所にもどった。

この事件を知った静岡地方検察庁は、ただちに司法省行刑局に通報して協議し、事件の徹底捜査と暴動にくわわった者の一斉《いっせい》検挙を決定した。

行刑局では、東京拘置所、府中、横浜両刑務所の各所長に指示して武道に特に長じた精鋭看守十五名を選抜させ、列車で静岡市に派遣した。かれらは十日午前一時半に静岡刑務所長の官舎に入り、待機した。

刑務所には検察庁、行刑局の動きがつたえられ、それを看守がひそかに特警隊員にもらした。班長たちは、所長から誓約書をとったが捜査がおこなわれることに驚き、夜勤の班長が戒護事務室から西非常門の鍵《かぎ》を盗み出し、十日午前三時頃、九名が非常門の扉《とびら》をひらいて集団逃走した。

夜あけとともに応援の看守が、所内に入って捜査を開始した。囚人たちの工場での作業は一切中止され、特警隊員たちは獄房にとじこめられた。検察庁の指揮で捜査が機敏にすすめられ、暴動にくわわった者がぞくぞくと検挙され、また所長を脅迫して出所したIをはじめ逃走者全員も逮捕された。その後、かれらは起訴され、懲役十三年一名、十二年二名、十年、七年各一名、五年一名、三年、二年各一名、一年六カ月四名、一年六名、十カ月九名計二十七名の刑が確定し、全国の刑務所に分散して収容された。

所長以下関係職員の取調べもおこなわれ、きびしい処分がくだされた。所長に対しては、司法大臣の指定した仮釈放許可書を無視してIを釈放し、また多くの規則違反をおかしたことは重大であるとして、所長としては前例のない懲戒免が言いわたされた。また、保安の責任者であった戒護課長も、所内におかれた銃の使用をせず身を避けつづけていた責任を問われ、同じく懲戒免の処分をうけた。

取調べは刑務所の内情にもおよび、思いがけぬ腐敗しきった状態にあることがあきらかにされた。特警隊員の班長、副班長たちは、規則でゆるされぬ現金を常時所持していて外部から煙草《たばこ》をとり寄せて喫煙し、また、工場内で密造酒をつくっていた。看守たちは、これらのことを知っていたが、班長たちが常に短刀などの凶器を所持しているのにおそれをなして黙認していた。班長たちは、看守はもとより刑務所の幹部も脅迫し、刑務所の事実上の支配者になっていた。

看守や職員の腐敗も判明した。かれらの中には、生活が苦しいので刑務所内から食糧その他を盗んで転売したり、収容者の家族その他から金品をうけ取って便宜をはかったりしている者もいた。このような生活態度が囚人たちの嘲笑《ちようしよう》をうけ、一層特警隊員を増長させる原因にもなっていた。

行刑局では、これらの所員を処罰し、二十余名を退職処分にした。

司法省は、明治以来前例のない最悪の不祥事に大きな衝撃をうけていた。戦後の生活の不安定で看守の質が低下したことが事故の原因だが、弊害が増している特警隊員の存在が静岡刑務所の秩序を完全にみだしていたことも疑いの余地がなかった。戦時中に特警隊制度が採用されたのは、戦時という時期が異常な性格をもっていたことをしめすものでもあった。それが終戦後にもそのまま持続されていたが、囚人が囚人を監視する矛盾に気づかず、むしろそれを便利に思い、疑惑をいだくことも少かった。終戦から二年後に静岡刑務所の暴動が発生したことによって、司法当局は、ようやくその制度が異常な時代の所産であり、根本的に誤ったものであることを知ったのだ。

衝撃が大きかっただけに、司法省の反応も早かった。九月二十六日には、岡田行刑局長名で、静岡刑務所長宛《あて》に通達した。静岡刑務所暴動事件をはなはだ遺憾とし、この機会に特警隊制度を廃止することを全国刑務所長宛に通達した。ただし、看守不足でただちに廃止できぬ刑務所では、今後、特警隊員を補充せず、自然消滅させるよう配慮することを指示し、さらに十月十二日には、廃止できぬ刑務所でも十二月末日までに全廃することを命じた。

札幌刑務所の幹部たちは、静岡刑務所の暴動に大きな驚きを感じていた。実情が判明するにつれて、それが想像をはるかにこえた性格をもつものであり、幹部の強力な指導がなければ、そのような秩序の混乱をみるようになるのか、と、恐怖を感じた。

特警隊制度の全廃命令をうけて、亀岡戒護課長は、八名の特警隊員を呼びあつめた。特警隊員には刑期の短縮という恩典があたえられていて、その廃止は恩典をうしなうことも意味するので慎重に通告する必要があった。

亀岡は、看守の補佐として忠実にその役目をはたしてくれたことに感謝の言葉を述べた。制度の廃止は恩典をうばうことになるが、敗戦の荒廃から復興に立ちあがろうとする時代の要請によるものなので、すすんでうけいれて欲しい、と訓示した。特警隊員たちは素直に承諾し、十二月末日まで任務につくと答えた。

その月の十二日には、秋田刑務所で大火があったことがつたえられた。午前五時五十五分頃、構内の第二工場屋根裏から出火、風速二十メートルの暴風雪にあおられ、四時間にわたって火炎が逆巻いた。第一、二、三、四工場、獄舎五棟《とう》、教習所等約千坪が焼失し、宿直の副看守長が収容者の退避を指揮中、煙にまかれて殉職した。また、収容者の一人が混乱にまぎれて逃走したが、翌日、逮捕された。

亀岡は、札幌刑務所の工場の屋根が板ぶきで、ストーブ使用の冬をひかえ火災のおこる危険があると考え、昼夜、専門の防火監視員を巡回にあたらせる処置をとった。

初雪が舞い、気温は零下にさがって雪の降る日がつづくようになった。囚人たちの起床時刻は三十分間のびて六時になり、亀岡は雪をふんで五時半には庁舎に入った。

十一月に入ると、札幌市の豊平川の堤防で殺人事件が連続しておこった。まず三日朝、四十二歳の男が惨殺《ざんさつ》され、六日朝には四十五歳と四十七歳の男の死体が発見された。手にはめる金属製凶器で顔面をめった打ちにされたらしい手口が共通していた。五日夜、現場附近で巡回中の警察官が、米軍兵士に棒で威嚇《いかく》され、拳銃《けんじゅう》をかまえると逃走するという事件があった。連続殺人事件の現場の雪には大きな靴跡《くつあと》があったことから、その米兵が犯人と推定された。しかし、警察には捜査権がなく、米軍軍政部に事件の報告書を提出しただけであった。また、新聞も軍政部の検閲をうけていたので、米軍兵士の犯行らしいと書くこともできず、日本人の使用することのない十三文半ほどの靴の跡が現場にのこされていたとしるすにとどまった。

札幌の町は雪と氷にうもれ、刑務所の囚人たちは雪おろしの外役に出たりしていた。農作業は中止され、伐採作業が主になった。

その年の末、司法省は、囚人の収容者数を七万九千九百十六名と発表した。定員は四万九千七百六十二名で、三万名以上が定員をこえていて、異常なほど各刑務所が過密状態にあることをしめしていた。

しかし、明るい報告もあった。終戦の年は七千四百八十一名、二十一年は四千七十五名という恐るべき数の主として栄養失調による死亡者があったが、収容人員が増したのに、その年一年間の死亡者数は千二百三十九名と激減していた。これは、食事が米、麦を主としていたものを、蛋白源《たんぱくげん》による副食物を摂取させることにかえた司法省の指導が功を奏したのである。それに、雑穀、芋等をまぜた雑炊を時折りあたえたことも、栄養のかたよりをふせいだ原因でもあった。

司法省は、特警隊制度の廃止によって監視態勢が弱体化することをおそれ、年末に定員を二千五百五名増員して一万千六百四十五名とすることにし、ただちに新規採用を発表した。

正月をむかえて四人の作業は中止され、看守たちも交替で休みをとった。亀岡は一月一日の朝に家族と食事をともにしただけで、刑務所の戒護課室につめていた。

かれは、窓外の雪をながめながら佐久間清太郎のことを思いおこしていた。その後、道庁警察部からは佐久間についての連絡は全くなく、佐久間が網走《あばしり》刑務所を脱獄した後と同じように山中に入り、洞窟《どうくつ》などに身をひそませていると推定されていた。かれは、人里におりて食糧その他を盗んでいるはずであったが、別の家々から少量の食物を入手し衣類その他も古びた物をかすめ取るので、家の者も気づかず、気づいたとしても警察に届け出ることはないのだろう。

雪の積った山中の洞窟に、身をひそませている佐久間の姿が想像された。昭和十年に準強盗致死で逮捕されて以来、十二年余も刑務所暮しをし、脱獄しては追われる身になっている。すでに年齢も四十歳をこえ、人間として最も充実した歳月をそのようにおくってきたかれが哀れにも思えた。準強盗致死罪で無期刑を言いわたされ服役したかれが、模範囚としてすごせば、あと二、三年で仮釈放になるはずであった。が、脱獄をくりかえし、さらに一昨年は殺人をおかして札幌地方裁判所で死刑の判決をうけている。

亀岡は、あらためて佐久間が脱獄をくりかえす動機を考えてみた。その遠因は、生い立ちにあるのかも知れなかった。家庭的な不幸が幼いかれを傷つけ、成人後も必要以上に人の情にすがろうとする。それは、秋田刑務所を破獄した後、温情をもって接してくれた小菅《こすげ》刑務所の浦田看守長の家に自首した行為にもあらわれている。逆に、佐久間の脱獄を警戒してきびしい監視態勢をとると、かれはそれにはげしい反感をいだき、超人的な能力を発揮して獄を破る。

そのようなことを反復する佐久間が、亀岡には不運な宿命を背負っている男に思えた。

亀岡は、正月の新聞に不快な記事がのっているのを眼にして顔をしかめた。

「初夢に悔なし」という題で、思いがけぬ人物が或《あ》る役職についた場合、どのような新年の挨拶をするか、という諷刺《ふうし》をねらったものであった。その中に、佐久間が警察署長の制服をつけた合成写真がのっていた。佐久間署長の年頭挨拶として「本官は絶対に公約をりこうする」としるされていた。脱獄当時、新聞に佐久間が看守に脱獄をほのめかしていたという記事がのせられていたが、公約とは脱獄を意味することはあきらかだった。

冗談がすぎる、と、亀岡は思った。看守たちは、佐久間に対して昼夜厳重な監視をつづけ、逃走後も各方面に散って行方を追った。警察署でも署員を動員し、警防団員もくわわって捜査にあたった。佐久間は無期刑囚で、しかも殺人をおかしたとして死刑の判決をうけている身で逃走中に事件をひきおこすことも予想される。そのような佐久間に、警察署長の服を着させて新年の挨拶をする記事をのせた新聞記者の態度は、自分たちの努力を無視し、嘲笑する意図をもつものにほかならない。

事情はどうあれ佐久間は二度も殺人をおかした凶悪犯で、その人物を署長に擬したことは公器である新聞として不見識きわまりない、と思った。

佐久間の消息は断たれているが、その記事に佐久間の存在が相変らず読者の大きな関心をよび、しかも英雄視されていることが感じられた。脱獄囚は人々をおそれさせるが、四度もくりかえした佐久間は超人的な人物として喝采《かっさい》を浴びている節さえある。

その記事はにがにがしかったが、一般読者の気持を代弁したものなのだろう、とも思った。

正月があけ、囚人たちの作業もはじめられた。

珍しく寒気のゆるむ日がつづき、日中は気温が五、六度にものぼり、新聞は大正九年以来の暖い冬だと報じていた。しかし、朝夕の冷えこみはきびしく、石炭の増産計画が予期以上の成果をあげて各家庭に石炭の増配があったこともあって、家々の煙突からは薄い煙がただよい出ていた。

一月十九日夜、就寝して一時間ほどたった頃、電話のベルが鳴った。

妻が起きて応答していたが、

「刑務所から緊急報告だそうです」

と、言った。

亀岡はふとんから出て、受話器を手にした。

「脱獄囚の佐久間清太郎が逮捕されたそうです。只今《ただいま》、連絡が入りました」

夜勤の看守長の声は、興奮でうわずっていた。

「どこでつかまった」

「琴似《ことに》町警察署管内です。札幌警察署に護送し、取調中とのことです」

亀岡は受話器をおくとあわただしく官服を着、オーバーを身につけた。琴似町は札幌市郊外で、佐久間が近い地で逮捕されたことが意外であった。山中にいると想像していたが、琴似町でつかまったのは、また、なにかの事件をおかしたからかも知れなかった。

かれは、傷害などの事件をおこしていなければよいが、と思った。佐久間の罪はさらに重くなり、控訴《こうそ》中の裁判ではまちがいなく死刑が確定するだろう。亀岡の内部には、佐久間を死からまぬがれさせてやりたいという感情がきざしていた。かれは官舎を出ると、雪の上を小走りに刑務所の門の方へ歩いていった。

十三

その年の一月一日から、連合国軍総司令部の命令による警察法の改正をひかえて、警察の大規模な組織変更がすすめられていた。

北海道には警察署が二十九あったが、それを改編して主要な地域に三十四の国家地方警察署をおき、さらに人口五千名以上の町村に七十八の自治体警察署をもうけることになり、人員の移動配置がおこなわれていた。警察の組織を細分化したのである。

その改正によって、札幌警察署の管内にあった琴似町にも自治体警察署として琴似町警察署が新たにもうけられた。が、署の建物はなく、農協の二階を借りて仮警察署としていたので備品といっても長椅子《ながいす》とストーブがあるだけだった。署長は警部補奈《な》良《ら》喜八郎で、巡査部長二、巡査十五計十八名が配属されていた。

一月十九日午後四時半すぎ、巡査岩崎栄作は、同僚の松尾喜代次と帰宅するため制服を私服にかえて仮警察署の階段をおり、外に出た。雪は降っていなかったが、寒気がきびしかった。岩崎の家は仮警察署から四キロほどはなれた地にあって、バスも通じていず歩いて通勤していた。松尾の家も同じ方向にあった。

積雪は深く、見わたすかぎり雪であった。かれは、雪のかたく凍りついた一本道を松尾とともに歩いていった。

十分ほど歩いた頃《ころ》、後方から馬橇《ばそり》の鈴の音がきこえてきた。振りかえってみると、橇には家の近くに住む顔見知りの農家の男が坐《すわ》っていて、近づいてくると橇をとめ、荷台に乗るように言ってくれた。二人は、荷台に腰をおろした。馬が、再び鈴を鳴らしながら橇をひいてすすんでいった。

道の前方から黒い頭巾《ずきん》をかぶり外套《がいとう》を着た男が歩いてくるのが見え、すれちがった。

肩に青いゴム引き合羽《ガッパ》でつつんだかなり大きな荷物をかついでいた。

岩崎は、職務上の勘で男が経済統制外の闇《やみ》物資をはこんでいるような気がし、松尾も同じ疑いをもったらしく、二人で荷台からおりた。

「もし、もし」

岩崎が、歩いてゆく男に声をかけた。

男が立ちどまり、振りかえった。岩崎たちは近づき、男とむき合った。

「警察の者ですが、これからどこへゆくのですか」

岩崎が、たずねた。

「石狩から夕張へ働きにゆくところです」

男が、落着いた声で答えた。

「名前は」

「木村と言います」

「石狩では、だれの所にいたのですか」

「人家じゃありません。神社の祠《ほこら》の中で寝かせてもらっていました」

岩崎は、男がさだまった住居をもたぬ労務者らしいことを感じた。

「夕張まで汽車でゆくとしたら、駅はちがう方向だよ」

松尾が、男を見つめた。

「いえ。金がないので歩いてゆきます」

「歩いてゆく？　大変じゃないか」

松尾が言うと、男は、

「歩くのにはなれています」

と、答えた。

岩崎は、少し変った男だと思った。背負った荷物が身のまわり品としては余りにもかさがあり、やはり闇商人らしい、と推測した。

松尾も同じように考えたらしく、

「荷物をみせてください」

と、言った。

男は、素直に背負った包みを雪の上におろし、縄《なわ》をといてゴム引き合羽をひらいた。大きな寝袋があらわれ、その中には、米、鍋《なべ》、釜《かま》、茶碗《ちゃわん》、薬瓶《くすりびん》に入れたマッチ、鉛筆、針、糸、虫眼鏡、それに肩からかけられるように紐《ひも》のついた日本刀が布につつまれて入っていた。男の着ている洋服の裏には、炊《た》いた玄米飯が新聞紙につつまれてくくりつけられていた。

岩崎は、それらの品々に闇商人ではないことを知ったが、日本刀を所持していることから十分に疑いをもってかかる必要がある、と思った。

不意に、手配書の一つが胸によみがえった。前年の三月末に囚人の脱獄事件があった時、岩崎も札幌警察署員として連日、捜索に走りまわったが、手配書に囚人の容貌《ようぼう》の特徴として斜視であることがしるされていたことを思いおこした。岩崎が、ひそかに頭巾の間からのぞく男の眼《め》をみてみると手配書と同じであった。さらに記憶をたどり、さりげなく左手首に視線を走らせた。囚人は、終戦の前年まで網走刑務所に収容され、脱獄しているが、その間、脱獄防止のために特製手錠をかけられ、それが手首を深く傷つけたという。手配書には身体の特徴としてその古傷のことにもふれていたが、男の手首には傷痕《きずあと》があった。

岩崎は、男の気持を荒だててはならぬと思い、

「どうだね、煙草《たばこ》をすうかい」

と、言った。

男はうなずき、岩崎のさし出した煙草の箱から一本ぬきとった。岩崎はマッチをすって火をつけてやった。松尾も、すでに男を脱獄囚と気づいているようであった。

「道を急いでいるのに悪いが、そこに役所があるから一寸《ちよつと》きてくれないか」

岩崎は、おだやかな口調で言った。

男はうなずき、荷物をつつみ直すと肩にかついだ。

松尾が、馬橇をとめて待っていてくれた農家の男に、署にもどるから、と声をかけ、岩崎と男をかこむようにして雪道を引返した。

煙草をうまそうにすいながら歩いていた男が、不意に、

「旦那《だんな》。実は、私は昨年春に札幌の刑務所から逃げた佐久間という男です」

と、言った。

岩崎は、背筋に冷いものが走るのを感じた。やはりそうか、と思った。指名手配の重要脱獄囚とともに歩いているのかと思うと、胸の動悸《どうき》がたかまった。かれは、職務意識で佐久間を逃げさせてはならぬと考え、すばやく周囲の地形に視線を走らせた。が、あたりは一望のもとに見わたせる雪原で遮蔽物《しゃへいぶつ》は全くない。佐久間が逃げるとしたら荷を捨てて走るだろうが、自分と松尾が両側からはさみこむようにして歩いているので、すぐに追うことはできる。佐久間の体力はきわめてすぐれているというが松尾と二人なので取りおさえることはできるだろう、と思った。しかし、脱獄四回という類のない経歴をもつ囚人であるので、出来るだけ感情をみださせることなく連行し、札幌市警察署員に引渡したい、と考えた。

かれらは農協の建物につき、岩崎は、松尾と佐久間の前後をかためるようにして階段をのぼり、ガラス戸をあけた。当直の若い巡査が、ストーブの前の椅子に坐っていた。

岩崎は佐久間に、

「ストーブにあたりなさい」

と、言った。

佐久間はうなずいて荷物をおろし、ストーブのかたわらの長椅子に坐った。

岩崎は、当直の巡査に命じて茶をいれさせ、佐久間に飲むようにすすめ、茶碗をわたした。その間に、松尾が警察署長の奈良喜八郎の家に電話を入れ、低い声で佐久間を署に連行したことをつたえた。奈良署長は驚き、早速札幌市警察署に急報する、と答えた。

岩崎は、茶を飲む佐久間の気配をうかがいながら、一刻も早く札幌の警察署員が来てくれればよいが、と願っていた。佐久間は超人的な男と言われ、手錠もかけていないので、その気になれば容易に逃げられるだろう。署内に当直巡査をふくめて三人いるが、佐久間が意表をつく行動に出るかも知れず、そのような折には自分たちだけでは逃走をふせぐことができないかも知れぬ、と思った。

佐久間は、初めは木村と名乗ったが、自分から脱獄囚であることをあきらかにし従順に警察署についてきた。脱獄し逃走した人間としては、理解に苦しむおだやかな態度であった。捕われれば札幌高等裁判所の法廷で再び死刑の判決をうける確率は高く、逃げる気配もみせず茶を飲んでいることが不思議であった。

「靴をぬいで足を温めたらどうかね」

岩崎は、時間かせぎをするために声をかけた。

佐久間はうなずくと、古びた長靴をぬいだ。靴には穴があいているらしく、靴下代りに足に巻いた布がすっかり濡《ぬ》れていて、ストーブにかざすと水蒸気がゆらぎ出た。

岩崎は、再び煙草の箱をさし出した。佐久間は一本ぬき取ると押しいただくようにして頭をさげ、岩崎が近づけたマッチの火をつけた。

「旦那。私は脱獄後、生きなければなりませんので食物は盗みましたよ。酒も煙草も女も好きなのですが、そんなものは盗まず、女にも悪いことなど一切していません」

佐久間の眼に、かすかに光るものが湧《わ》いていた。

「そうかい。それはよかったな」

岩崎は、言葉をえらびながら答えた。佐久間が不意に荒々しい行動に出るような気がして、不安でならなかった。

十分ほどすると、奈良署長があわただしく階段をあがり部屋に入ってきた。

「佐久間清太郎かね」

奈良がたずねると、佐久間は、

「はい。お手数をかけてすみません」

と、言った。

佐久間は、煙草を口にくわえながら靴をはき、うまそうに煙をくゆらせた。岩崎たちは、佐久間をかこむようにして立っていた。

二十分ほどたった頃、雪道に車のとまる音がきこえた。

階段をのぼってくる足音がして、札幌市警察署の刑事三人が、ガラス戸をあけて入ってきた。かれらの顔には緊張の色がうかび、眼が異様に光っていた。刑事の一人が逮捕令状をしめし、他の刑事が立ちあがった佐久間に手錠をかけた。

岩崎は、奈良、松尾と札幌市警察署へ同行することになり、佐久間の荷物を持って階段をおりた。路上に、警察署の護送車がとまっていた。

車が、雪道を走り出した。すでに人家には灯《ひ》がともっていた。

札幌市警察署に護送された佐久間は、ただちに刑事室に入れられた。部屋には、連絡をうけて待っていた国家地方警察北海道本部刑事部捜査課長荒谷小市の姿もあった。

身もと確認の簡単な取調べが終り、佐久間に食事があたえられた。

佐久間は、うまそうに食事をし、荒谷からわたされた煙草を手にしながら、

「不審尋問された時、煙草をくれましたのでホロッとし、佐久間だと名乗ったのです。日本刀は持っていましたし、警察の旦那たちは私服で丸腰でしたから、オイッ、コラッ式でやられたら日本刀をふりまわして逃げましたよ。煙草一本で、気持がくじけました」

と、言った。

かれは、刑事室から署の留置場第十房に入れられ、巡査二人が徹夜で監視にあたった。佐久間の逮捕は、札幌刑務所にもつたえられ、官舎にもどっていた戒護課長亀岡梅太郎は電話で連絡をうけた。

亀岡は、庁舎に入るとすぐに札幌市警察署に電話をかけて逮捕時の状況をきき、佐久間が煙草をわたされたことで自ら名乗り出たことも耳にした。いかにも佐久間らしい、と亀岡は思った。佐久間は、不審尋問をした巡査のおだやかな態度に逃げる気持が失《う》せたという。自ら名を告げ素直に連行された佐久間の行為は、自首と変りはない。佐久間の控訴審は再開され、再び死刑の判決を受けるかも知れない。もしも死刑が確

定したとしたら、煙草一本で自らを刑場におくらせることになり、佐久間が哀れでもあった。

佐久間が逮捕されたことは、新聞記者たちを色めき立たせた。記者たちは、札幌市警察署に押しかけ、警察側の諒解《りょうかい》を得て刑事室から出てきた佐久間と短い一問一答をかわし、その姿にカメラのフラッシュを浴びせかけた。

翌朝の新聞の社会面の半ば近くは、佐久間についての記事で埋められた。「佐久間・琴似で捕る」「脱獄から二百九十五日目」「逃れぬ証拠・手首の傷」「ゴム引合羽に包んだ野宿用品」という大きな活字とともに、「傲然《ごうぜん》たる脱獄魔佐久間」という説明文のもとに留置場に入る佐久間の大きな写真が掲載されていた。また、殊勲の両巡査として岩崎と松尾の談話も活字になっていた。

佐久間の本格的な取調べは、その日の午前十時からはじめられた。

まず、脱獄についての訊問《じんもん》がおこなわれた。動機は、砂川町でおこした殺人が正当防衛であるのに死刑の判決をうけたことを不当と考え、逃走した、と答えた。脱獄の準備をはじめたのは脱獄の数日前からで、便器のたがをはずし、釘《くぎ》できざみをつけて鋸《のこぎり》をつくった。それを使用し、二日間で床板をひき切った。三月三十一日午後九時すぎ、板を引きあげてそのすき間から床下にもぐり、食器で土を掘りすすんで獄舎の外に脱出した。当時、札幌刑務所では、担当看守が四月一日午前零時五十五分に佐久間が眠っているのを確認していると証言したので、逃走時刻を午前二時半頃と推定していた。その時間の差についてただすと、佐久間は、

「その頃は、豊平川から札幌の町をぬけて三角山の頂きにむかっていましたよ」

と言って、笑った。

取調べの刑事は、その言葉を全面的に信用することはせず、看守の証言と佐久間の答のいずれが正しいのか即断はしなかった。

脱出後の逃走経路をたずねると、佐久間は、逮捕後取り上げられた古びた手帖《てちよう》をみせて欲しい、と言い、それをわたすとページを繰った。そこには数字がならんでいたが、数字を組合わせた暗号で、それを見ながら月日、時刻、場所その他をよどみなく答えた。

それによると、かれは三角山の頂きから捜索隊の動きを丹念に観察し、こちらにむかってくる気配を感じて、翌日、三角山をはなれて大倉シャンツェ附近にむかい、物かげにひそんで一カ月余をすごした。ついで上手《かみて》稲《いね》鉱山の試掘坑に行って坑内で約三カ月をすごした後、銭函《ぜにばこ》附近から余市岳、朝里岳へとうつり、冬期が近づいたので網走刑務所を脱獄後身をひそませていた常呂《ところ》の廃鉱へむかった。途中、石北線ぞいの奥

白滝附近の山中にこわれかかった炭焼き小舎《ごや》があるのを眼にし、そこに入った。十月一日であった。

その小舎で正月をむかえ、一月十日、上手稲にむかった。上手稲には、川に放置されていた二個の牛乳缶に白米四斗をつめこんだものを土中に埋めておいた。

函館本線の線路づたいに手稲方向に歩いてゆくと、新琴似附近で遠くから男に声をかけられた。不審者とうたがわれた、と思ったかれは、きこえぬふりをして急いでその場をはなれたが、首に巻きつけてあった狐《きつね》のえり巻がなく、それを落したのを見た男が、落したよ、と声をかけたことに気づいた。しかし、線路ぞいに歩くのはなんとなく不安な気がして踏切の所から道路をすすみ、途中で岩崎、松尾両巡査に見とがめられたのである。

逃走中の盗みについても、佐久間は暗号を眼にしながら克明に説明した。最も目立った盗みは、冬をひかえて衣類が必要になったので、十月七日夜、常呂の廃鉱へむかう途中、愛別村の玉置という標札のかかっていた家からオーバー、洋服、日本刀等を盗み出した。その他、別々の家から、鍋、釜、食糧を盗み、手稲附近では農家の机の上におかれた虫眼鏡を窓から手をのばして入手した。それを使って日光で火をつくり、その後は煮炊《にた》きを自由にすることができるようになった。貯蔵食糧としては上手稲に埋めた白米以外に、余市岳方面にも味噌《みそ》づけにしたニシンを入れた甕《かめ》を埋めてあるという。

佐久間逮捕の報道は、人々の大きな話題になった。巧妙に四度目の脱獄をはたし、全く消息をたちながら不審尋問で自ら名乗りをあげて捕えられた佐久間の行為が、人々に爽快感《そうかいかん》に似たものをあたえ感嘆させたのである。官選弁護人の差入れにつづいて、警察署には食物その他の差入れ品を持ってくる市民が多く、署員たちを驚かせた。いつの間にか、警察署の前にはおびただしい人たちがあつまるようになっていた。

その日、逮捕のきっかけを作った岩崎栄作、松尾喜代次両巡査に北海道知事田中敏文から、

右は昭和二十三年一月十九日琴似町街路上に於《おい》て周到な不審尋問の結果世人を極度に畏怖《いふ》せしめた凶悪犯人脱獄囚佐久間清太郎を逮捕した功労顕著であり、他の模範である。

依《よっ》て賞金一封を贈り之《これ》を表彰する。

という賞状が贈られ、北海道警察部長中野敏夫からも表彰状がわたされた。

佐久間の警察側の取調べは翌日の午前中で終り、身柄《みがら》が札幌地方検察庁におくられることになった。

手錠と捕縄《ほじよう》をかけられた佐久間が刑事につきそわれて札幌市警察署を出ると、署の前にむらがっていた二千名近い人々が、かれの姿を眼にして一斉《いつせい》に歓声をあげた。佐久間をはげます声もおこり、新聞社のカメラマンは何度もシャッターボタンを押した。佐久間は頰《ほお》をゆるめ、手をあげて歓声にこたえ、警察署の護送車に乗った。車は群集の中を徐行し、やがて速度をあげて雪道をすすんだ。

検察庁についた佐久間は、担当検事の取調べをうけ、夕刻、大通刑務支所に収容された。

翌日、亀岡戒護課長は、軍政部保安課長オックスフォード大尉から、すぐに保安課に出頭せよ、という電話をうけた。課長室におもむくと、大尉が机の前に坐り、通訳がかたわらに立っていた。用件は佐久間のあつかいについてであった。

「佐久間を大通刑務支所におくと、再び逃走されるおそれがあるから、札幌刑務所の特別房にうつせ。検察庁にも命令しておく」

大尉は、言った。その顔には、気まずそうな表情がうかんでいた。

亀岡は可笑《おか》しくなったが、たしかに支所の獄房は貧弱で看守も経験の浅い者が多く、本所に移監させるべきだ、と思った。

「ただし、特別房でも安心できない。資材はこちらから提供するから房を鉄筋コンクリートでかためろ」

大尉の言葉に、亀岡はうなずいた。

さらに大尉は、

「もしも佐久間が逃走の気配でもしめしたら、容赦なく射殺せよ」

と、甲高い声で言った。

亀岡は、腹立たしくなった。大尉は、囚人にきびしく接した看守たちを次々に連行して暴行をくわえ、軍事法廷でさばくとおどした。日本人は残忍な野蛮人だとののしっていたのに、佐久間が逃走の気配をみせただけで射殺しろというのは矛盾している。かれらの口にしている民主主義とは人道的ということと同義語だというが、大尉の命令は非人道的であった。

亀岡は、無言で課長室を辞した。

軍政部保安課の動きは機敏で、亀岡が帰所すると、まもなくセメント袋、鉄材をのせた米軍のトラックがやってきて、それらをおろして去った。

亀岡は、刑務所の技官に設計図をひかせ、建築関係の仕事に熟達している囚人たちを使って特別房の改造をはじめさせた。まず、床をはがし、床下に砂利とセメントをながしこんで隙間《すきま》なくかため、その上に厚い床板をはった。これによって床下から脱出することは不可能になった。ついで天井、壁に鉄筋を縦横にめぐらし、コンクリートを厚くはり、小窓もつぶした。また、上方から房の内部をのぞきみることができるように、通路に面した壁の上部に視察窓をもうけた。むろん窓は人間の頭部がくぐれぬ小さなものにした。

改造は終了し、亀岡は、拳銃《けんじゆう》を腰にした看守たちを大通支所におもむかせ、護送車で佐久間を札幌刑務所に移送させた。特別房に入れられた佐久間は、房の内部を薄笑いしながら見まわし、壁を拳《こぶし》でたたいたりしていた。

二月に入ると、寒気がぶり返し吹雪《ふぶ》く日がつづいた。細くなっていた軒庇《のきびさし》のつららが、再び太くなった。

前年の農作物の収穫は平年並で、道庁の強い指導で百パーセントの供出がおこなわれた。が、それは地域別に割当てられた量が供出されただけで、要求に応じず農作物を闇《やみ》にながす農家も多かった。それにいらだった米軍軍政部は、農家に対する司法権の発動を命じ、地方検察庁は供出に応じない農家のブラックリストを作成、二月二日を期して道内の全警察機関に立入り捜索を指令した。この捜索によって各地の農家から隠匿米《いんとくまい》が多量に発見され、農家の主人は検挙されて警察署に留置された。この処置によって、全国で最も米の供出成績の悪かった北海道の供出量は急上昇し、一般家庭への配給量も増した。

春の気配がきざし、雪がとけはじめた。やがて残雪の間から黒い地表がのぞき、蕗《ふき》の薹《とう》が球状の花芽をもたげた。

刑務所の接見室には、佐久間の官選弁護人が黒い鞄《かばん》をさげてしばしば姿をみせるようになった。そのたびに拳銃をたずさえた数名の看守が佐久間を房から出し、接見室に連れて行った。かれらは、椅子《いす》に坐って弁護人とむかい合う佐久間を遠巻きにして監視していた。

馬糞風が吹き荒れるようになり、気温が上昇した。五月に入ると、桜、梅をはじめ花々が一斉に花弁をひろげた。空は青く澄み、陽光は明るかった。

控訴審は札幌高等裁判所で二度ひらかれ、判決公判が五月十七日におこなわれた。法廷には、拳銃をたずさえた警備の者が多数配置されていた。判決は、砂川町での殺人について、弁護人の主張する被告佐久間の正当防衛と殺意のない傷害致死の二点のうち後者のみがみとめられ、逃走罪をあわせて懲役十年の刑が言いわたされた。

佐久間は、ただちに札幌刑務所の特別房にもどされた。死刑をまぬがれたかれは、安堵《あんど》したらしく珍しく上機嫌《じょうきげん》であった。夜、ふとんに身を横たえて郷里の民謡を口ずさんだりしていた。

しかし、十日ほどたった頃《ころ》から佐久間の態度が悪化した。かれは、意識的に再び頭からふとんをかぶって眠る。看守が声をかけ、頭を出すように言うと半身をおこし、するどい眼をむける。なおも注意すると、

「またおれを逃がしたいのかね。コンクリートでかためようと、おれには脱獄することなどたやすいのだ。逃げて、あんたの家族を皆殺しにするが、それでもいいのかね」

と、言ったりした。

亀岡は、担当看守たちにささいなことでも必ず報告するようきびしく命じていたが、それらの佐久間の言動を看守からきき、脱獄の気配は濃いと判断した。

「決して佐久間に負けるな。少しでも気持がひるんだら、それは奴《やつ》の思う壺《つぼ》なのだ。規則違反は絶対にゆるしてはならぬ」

かれは、看守を強い口調ではげました。

看守たちは、時折り梯子《はしご》にのぼって上方の視察窓から房内をのぞいた。佐久間は、敵意のこもった眼で看守を見あげていた。

同じ刑務所で二度も囚人の脱獄をゆるすことは重大問題であった。亀岡は、所長と時々協議して佐久間の動きを検討し、毎日の検身と居房捜検にも立ち合うことにつとめた。検身をうける佐久間は不機嫌そうで、声をかけても返事をしなかった。

亀岡は、検身の折に佐久間をさとした。

「お前は、ふとんを頭からかぶるのを注意されるのが嫌《きら》いなようだな。しかし、それは絶対にまもらねばならぬ規則なのだ。ふとんをかぶっていると、もしも収容者が自殺をはかった場合、発見できぬ。いわば、その規則は収容者の自殺防止のためなのだ。そんなことは、お前もよく知っているはずだ。看守たちを困らせるようなことはするな」

かれは、甲高い声で言った。

佐久間は、しばらく黙っていたが、

「私は、獄を破ることはあっても自殺などしませんよ」

と、冷笑するように答えた。

亀岡は、佐久間の精神状態が不穏であることをあらためて感じた。

その年の春は、終戦の年以来群をなして海岸線一帯に殺到していたニシンが、どこに行ってしまったのか姿をみせなかった。増毛《ましけ》泊込所におもむいていた百二十名の囚人は仕事もなく、やがてむなしく刑務所に引返してきた。期待していた身がきニシンの入荷がないことに狼狽《ろうばい》した用度課の者たちは、それにかわる蛋白源《たんぱくげん》として安価な雑魚をもとめて海岸線を歩きまわった。

米軍が放出した物資が配給ルートに乗せられ、食糧状態は回復のきざしをみせはじめていたが、それでも配給量はわずかで、人々は闇市にむらがって空腹をいやしていた。

七月に入って間もなく、前ぶれもなく軍政部保安課長のオックスフォード大尉が、通訳とともにジープで刑務所にやってきた。かれは、亀岡に特別房へ案内するよう命じ、第二舎に入った。房の前に立ったかれは、視察窓から内部をのぞきこんでいたが、獄舎を出ると所長室におもむいた。

「獄房は予想以上に堅牢《けんろう》なものになっていて、満足している。佐久間は、どのような状態で日をすごしているか」

大尉は、獄房の改造で佐久間が脱獄をあきらめていると考えているらしく、幾分誇らしげな表情でたずねた。

「態度は良くありません」

亀岡は、顔をしかめた。

「かれが、まだ逃げる意志をもっているとでも言うのか」

「その通りです」

「しかし、あの獄房からは逃げられまい」

大尉は、亀岡の顔をうかがうように見つめた。

「佐久間は、過去にあの獄房よりさらに堅固な房からも逃げています」

亀岡の言葉に、大尉の顔はこわばった。

大尉は、疑わしそうに亀岡の顔を見つめていたが、思案するような眼をして黙っていた。

「少しでも逃げる気配をみせたら、射て」

かれは、けわしい眼をして言うと、荒々しく立ちあがって所長室を出て行った。

ジープが門から去ると、亀岡は所長と大尉の態度について話し合った。大尉は、自分の管轄《かんかつ》下の刑務所で破獄事故が発生することをおそれている。三度の脱獄歴がある佐久間が前年の春に厳重な監視をうけながら札幌刑務所を逃走したことに、大きな驚きを感じたはずであった。佐久間に好意に近いものをしめしていた大尉は、その事故で佐久間に憎悪《ぞうお》をいだき、一月に逮捕した後は房の改造を命じ、不穏な動きがあれば射殺しろ、という。大尉は房を視察し、それが破られる気づかいはないと思ったのだろうが、亀岡から逃走の可能性があるということを耳にして狼狽したにちがいなかった。再び佐久間が札幌刑務所を破獄するようなことがあれば、大尉は責任を問われ、軍人としての昇進もおぼつかなくなるのだろう。射殺せよ、という言葉に、大尉の激しいいらだちが感じられた。

「なにか突拍子もないことを言い出してくるかも知れませんよ」

亀岡が言うと、所長は黙ったままうなずいていた。

予感は的中し、数日後の正午すぎ、大尉から所長に電話がかかり、佐久間について指示したいことがあるのですぐに出頭せよ、とつたえてきた。

「なにを言い出すやら……」

所長は、不安そうな表情をして庁舎を出て行った。

その日は暑く、亀岡は所内を巡回し、庁舎にもどって団扇《うちわ》を使いながら所長の帰るのを待っていた。

所長がもどってきたのは、夕刻だった。

椅子に坐った所長は、疲れきった表情で、

「佐久間を府中刑務所におくることになりそうだ」

と、言った。

亀岡は、思いがけぬ命令に所長の顔を見つめた。佐久間は札幌刑務所に服役中で、遠く東京郊外にある府中刑務所へ移監させる理由はない。

「やはりオックスフォードは、佐久間が脱獄した場合の責任を問われることをおそれている」

所長は、言った。

大尉は、所長が軍政部保安課へ出頭すると、日本で最も堅固な鉄筋コンクリートの刑務所はどこだと問うた。所長が、いくつかあるが府中刑務所もその一つだと答えると、東京の連合国軍総司令部に電話を入れ、長い間打合せをしていた。所長には話の内容がほとんどわからなかったが、結局、総司令部は佐久間を府中刑務所へ移監することを諒承《りようしよう》し、総司令部から法務庁矯正総務局長に指令もしたようだという。

亀岡は、ようやく大尉の意図を理解することができた。札幌刑務所は木造建築で設備も老朽化し、逃走事故が発生するおそれがある。大尉はその事情を総司令部に強くうったえ、府中刑務所に佐久間を移監することによって自分の責任の範囲外におこうとしているのだ。

たしかに府中刑務所は、札幌刑務所などとはちがった設備の完備した施設であった。

札幌刑務所が明治時代につくられたのにくらべて、府中刑務所は昭和十年三月末日に東京府下北多摩郡府中町の八万五千余坪の敷地に完成した近代的な刑務所だった。庁舎、獄舎とそれに附随した建物の延面積は一万六千四百坪にも達し、太平洋戦争の空襲でも庁舎の一部が焼けただけで、獄舎などは全く被害をうけていない。敷地の周囲には高さ五メートルの塀《へい》が千六百メートルの長さでつづき、構内に入るためには二重の厳重な扉《とびら》でかためた中門を通過しなければならない。獄舎の内部は中央の広い通路をへだてて二階式になっていて、鉄製扉のついた房がならんでいる。獄舎は放射型で、中央の監視所から舎房のすみずみまで監視できる仕組みになっていた。昭和二十二年末には収容人員が四千四百名をこえ、日本屈指の大刑務所であった。

佐久間を札幌刑務所よりも府中刑務所で服役させる方がこのましいことはあきらかで、亀岡も常識的に考えて良策だと思った。

しかし、問題は佐久間の移監方法であった。佐久間は、昭和十六年十一月に東京の小菅刑務所から秋田刑務所へ、また十八年四月には東京拘置所から遠く網走刑務所に列車護送されている。護送中に逃走事故の発生が懸念されたが、秋田刑務所へおくる途中、佐久間が手錠をはずしたことがあっただけで、ともかく無事に移送に成功した。しかし、当時の輸送状況と現在のそれとは全く異っている。戦後の列車は買出し客その他がデッキにもぶらさがるほど超満員で、しかも乗客は、終戦前のように官憲の指示にしたがうようなことはなく、むしろ反抗する傾向すらある。そのような列車に佐久間を乗せ、津軽海峡をわたって東京へ護送することなどできるはずはなかった。

「夢のような話です。米軍機にのせてでもくれれば可能でしょうがね」

亀岡は、笑った。

所長も同感で、しばらく静観することになった。

しかし、やがて本省から佐久間の府中刑務所への移監指令書がとどき、オックスフォード大尉からも護送準備をととのえるようにという連絡があった。

所長も亀岡も、困惑した。本省から指令書がとどき米軍軍政部保安課からも移送命令が出たかぎり、従わぬわけにはゆかないが、実行は不可能であった。府中刑務所への護送は、当然札幌刑務所の看守たちがおこなわなければならず、もしも途中で事故がおきれば看守たちは処罰され、所長も亀岡も責任を問われる。

列車事情からみて、無事に護送をはたすことなどできるはずがない。殊《こと》に、護送途中に佐久間の生地の青森県下を通過しなければならず、佐久間が妻子への強い思慕をいだいて逃走をくわだてるおそれが多分にあった。たとえ手錠、足錠をつけ多くの看守を監視にあたらせてみても、脱獄をくりかえしてきた佐久間の過去から考えて、超満員の列車から逃走することは、かれにとって容易なことに思えた。

亀岡は、所長と協議した結果、オックスフォード大尉に率直に移送は不可能だとうったえることに意見が一致した。

かれは、保安課に連絡をとり、大尉との面会約束をとりつけて軍政部へおもむいた。

部屋の窓はひらかれ、扇風機が二台音を立ててまわっていた。

かれは、列車移送は確実に逃走の機会を佐久間にあたえ、札幌刑務所としてはその任務を引きうける自信がない、と強調した。大尉は口をつぐみ、机に肘《ひじ》をつき、指先で鉛筆をまわしていた。

「それでは、荷物としてはこんだらどうだ。貨車にのせてはこぶなら護送できるはずだ」

大尉の眼には、笑いの色がうかび出ていた。

たしかに貨車を護送用に使い、看守が取りかこんでゆけば、逃走される確率は低くなる。が、空襲で多数の貨車が破壊され焼失し、数少い貨車は物資を満載して走っていて囚人一人のために使える貨車などあるはずもない。亀岡は、交通事情にうとい大尉らしい思いつきにすぎない、と思った。

亀岡は、

「貨車を使えば護送もできるでしょうが、そのような配車をしてくれる余裕は国鉄にありません」

と、答えた。

大尉の顔の笑みは深まり、

「米軍専用の貨車を貸す」

と、言った。

亀岡は、大尉が貨車を使うといった言葉が根拠のないものではないことに気づいた。日本人が使える余裕の貨車はないが、米軍には自由に使用できる貨車がある。

米軍は、日本を占領後、多くの専用列車を動かしていた。北海道でも例外ではなく、一等車などを連結した白い帯をぬった専用列車が、窓ガラスのわれた超満員の日本人を乗せた列車を追いこして道内を走りまわっていた。北海道と内地との間にも列車が走っていて、札幌、横浜間の専用列車は、一等車を改造した寝台車と食堂車、応接車などを連結した十二輌《りよう》連結の豪華なもので、横浜を午後八時二十五分に発車し、所要時間二十五時間三十分で翌日の午後十時に札幌に到着する。復路は三十二時間四十五分を要して横浜につく。それは、ヤンキー（北部）特急と称されていた。

貨車も同じで、焼失、破壊をまぬがれた貨車のうち構造のしっかりしているものをえらび、紅色の塗料をぬって専用貨車にしていた。それらを連結した貨物列車は、日本の荷をのせた列車よりも優先して走ることがさだめられていた。

「貨車を一輌貸していただけるのですね」

亀岡は、念を押した。

通訳の言葉をきいた大尉は、

「そうだ。鉄道輸送司令部に依頼すれば容易に貸してくれる。それを日本の貨物列車に連結させるから、それで運べ」

と、言った。

亀岡はうなずいた。米軍専用の車輛なら扉を閉めさえすれば一つの獄房に近いものになる。護送するには最適の方法だ、と思った。

かれは、専用貨車貸与を条件に所長と護送方法について検討し、決定したら大尉に書類で報告することをつたえた。大尉は、諒承した。

亀岡は、保安課長室を出ると、急いで刑務所にもどった。所長室に入ったかれは、米軍専用貨車の車輛のことについて報告した。所長も、それを使用すれば逃走のおそれはないと判断し、護送方法について亀岡と慎重に協議をかさねた。

その結果、護送方法がまとまった。車輛は有蓋車《ゆうがいしゃ》で、扉は外からしか開かぬので密閉状態にあり護送に適している。佐久間には鍵穴《かぎあな》のない特製手錠をかけ、さらに足錠もつけて連鎖にさせる。監視は、看守長を指揮者に成績優秀な看守部長二名、看守六名をあて、看守部長は拳銃《けんじゅう》を携行し、常時実弾を装填《そうてん》しておく。食事と飲料水は、途中の駅でその地に近い刑務所側で用意させ、貨車にはこばせる。佐久間を終着の都心の駅でおろさせる予定であったが、府中刑務所長からの要請で下車駅を大宮駅に変更し、そこに府中刑務所の看守たちを出迎えさせ、護送車で府中刑務所におくりこんでもらう。

以上のことが決定し、亀岡は、それを書類にまとめて、軍政部保安課へ提出した。

数日後、オックスフォード大尉から護送方法について諒承した旨《むね》がつたえられ、専用貨車車輛を七月三十日夜六時札幌駅発東京の秋葉原駅行の貨物列車に連結するので、それに佐久間をのせるようにと指令してきた。

亀岡は、ただちに指揮者に青柳看守長を指名し、看守部長、看守をえらんだ。いずれも武道にすぐれた優秀な者ばかりであった。かれは、青柳に命じて鍛冶《かじ》工場で佐久間にはめる特製手錠を作製させた。

暑い日がつづき、空はまばゆく輝いていた。

十四

佐久間の府中刑務所への移送を四日後にひかえた七月二十六日午後七時すぎ、札幌刑務所大通支所の門から一台の護送車が走り出た。車の中には、両手錠をかけ腰縄《こしなわ》をつけられた二人の囚人が看守長、看守部長、看守の三名につきそわれて乗っていた。

囚人の一人は二十一歳で、網走《あばしり》刑務所に服役していたが野外で作業中に逃走し、強盗をはたらいて逮捕され、大通支所に収容された。札幌地方裁判所で公判がひらかれ、加重逃走窃盗強盗の罪で懲役八年の刑が確定した。かれは、網走刑務所にもどされて服役することになり、その日、他の一名とともに大通支所をはなれたのである。

護送車は、札幌駅の駅舎の裏手につき、かれらは建物の内部に入った。

午後七時五十二分発の列車がホームに入り、かれらは看守長らにつきそわれて乗車、あらかじめ刑務所の職員が確保しておいた客車の席についた。かれらは窓ぎわに腰をおろし、看守と看守部長がそれぞれ横に坐り、看守長は通路をへだてた席についた。

車内は、満員だった。

列車は定刻に発車し、岩見沢をへて北上した。囚人たちは窓ぎわに頭をもたせかけて眠り、看守たちはかれらの横顔を見つめていた。殊に二十一歳の囚人は網走刑務所の外役所からの逃走歴があるので、看守たちはもっぱらその囚人に視線をむけていた。ガラスの割れた窓からは煤煙《ばいえん》が吹きこみ、淡い電燈《でんとう》のともる車内は煙っていた。

滝川、深川をすぎ、十二時近くに旭川《あさひかわ》駅についた。そこで網走方面行きの客車がきりはなされて別の機関車に連結された。やがて列車は旭川駅を発車、石北線のレールの上を東にむかってすすんだ。上川をすぎ中越をへて午前四時五分、白滝駅に到着した。数名の降車客があっただけで、ホームは森閑とし、霧が立ちこめていた。

列車が駅を発車して間もなく、逃走歴のある囚人が眼《め》をあけ、用便をさせて欲しい、と言った。すでに乗車してから八時間が経過していたので、看守長はそれを無理のないことだと考え、看守に同行することを命じた。

囚人は、看守に捕縄《ほじよう》をとられて客車の後部にある便所に行った。

かれは、両手錠をかけられていては排便できぬので、はずして欲しいと懇願した。

看守はそれをゆるし、右手錠をはずした。

囚人が内部に入り、看守は、捕縄を手に便所のドアを五寸ほどあけて監視していた。

囚人はしゃがんで頭をたれ排便しているようだったが、突然、左手をのばしてドアを閉め、錠をかけた。

看守は逃走を直観し、力をこめてドアをこじあけたが、囚人が一瞬早く窓から外に飛び降りるのを見た。そのあわただしい気配に気づいた看守長が駈《か》けつけ、便所の内部をみると、体からはずした腰縄が床に落ちていた。

白滝駅を発車してから十五分後の出来事で、列車が下白滝駅のホームに入ると、看守長は、看守部長と看守を下車させ、逃走した囚人の追跡を命じた。そして、自らはもう一人の囚人を網走刑務所におくるため、そのまま列車内に残った。

列車はすすみ、看守長は囚人につきそって終着の網走駅で下車し、刑務所から出迎えの護送車に乗って囚人を所内におくりこんだ。午前八時三十分であった。

看守長は、ただちに札幌刑務所に電話で事故発生を急報し、網走刑務所長に六名の看守の応援をもとめ、かれらとともに上りの列車に乗って白滝駅へ引返した。

囚人が列車から逃走直後、下白滝駅で下車した看守部長と看守は、白滝方面を管轄《かんかつ》区域とする遠軽町警察署に協力を依頼し、それに応じた警察署では署員を動員し、また消防団等に警戒するよう指示した。

その頃《ころ》、雨が降り出し、看守部長と看守は、囚人が列車から飛び降りた地点を中心に二手にわかれて捜索につとめた。

やがて、看守部長のもとに、その地点から約一町はなれた農家に浅黄色の囚人服を着た男があらわれたという通報があった。男は、農家にしのびこんで囚人服をぬぎ盗んだ衣服に着替え、さらに屋内を物色中、家人に発見され、逃げたという。

看守部長は、ただちに現場に急ぎ、村の消防団員とともに附近一帯をさぐり、午前十一時三十分頃、物かげにひそんでいる囚人を発見し、逮捕した。囚人は列車から飛び降りた際に左肩胛骨《ひだりけんこうこつ》を強打し、雨と寒気と空腹でほとんど歩行も困難な状態だった。囚人は、手当をうけた後、やがて白滝駅に到着した看守長たちによって網走刑務所に護送された。

この逃走事故について、看守長、看守部長、看守は、職務上過失があったとされ責任を問われて減俸《げんぽう》処分をうけた。

まず、車中で護送中の囚人に大便をさせることは原則として禁じられていて、それをゆるしたことは規則違反であった。列車護送の場合は、出発前にあらかじめ用便をすまさせることにさだめられていて、それを怠ったことが事故の発生をうながした、と判定された。

第二点として、列車内でやむを得ず用便をさせる折には、看守が必ず便所内に入って窓を確実に閉め、さらにドアを内部から施錠《せじよう》されぬようにドアを開け、その空間に片足をふみ入れ、さらに片腕から肩までを入れることがさだめられていた。が、逃走をゆるした看守は、ドアを五寸ほどしか開けていず、しかも便所の外に立っていて、それは護送の原則に反していた。

その他、囚人が用便に立った時、看守一人のみがつきそい看守長が同行しなかったこと。護送指揮者である看守長が、逃走囚の捜索を部下にまかせ、他の囚人を護送して現場をはなれたこと。逃走歴のある囚人を移送するのに夜行列車をえらんだことなど、すべてこのましくないと断定されたのである。

この逃走事故は、七月二十九日の午前中に札幌刑務所から書面で北海道軍政部保安課に報告された。

その日の午後、保安課長オックスフォード大尉から刑務所長に電話が入り、至急保安課長室にくるようにという連絡があった。囚人の逃走事故と関係があることはあきらかで、事故をおこした大通支所の看守長たちを厳重処罰することを命じるのではないか、と想像された。

所長は、ただちに軍政部へむかった。

二時間ほどして帰所した所長は、

「佐久間の護送方法のことだよ」

と、亀岡戒護課長に言って、椅子《いす》に腰をおろした。

オックスフォード大尉は、白滝駅附近の囚人逃走事故に強い衝撃をうけ、さらに詳細な説明を所長に求めた。大尉は、逃走囚がその日のうちに逮捕されたことに安堵《あんど》の色はみせていたが、佐久間清太郎の護送に激しい不安をいだいているらしく、顔をこわばらせていた。逃走囚とは比較にならぬ脱獄歴をもつ佐久間を無事に府中刑務所に移送できるか、大きな懸念をいだいているようだった。

大尉は、逃走事故の発生で精神的な動揺をしめし、佐久間の護送方法について思いがけぬ指示をした。佐久間の逃走を確実にふせぐためには尋常な方法では不可能なので、セメント樽《だる》に佐久間を入れて空気孔《あな》のついたふたを密閉させ、釘《くぎ》づけにせよ、という。また、丸太を十字架のように組み、佐久間の手足をそれに縛りつけ、貨車に載せることも提案した。

「無茶なことを言うじゃないか。佐久間を荷物同然に考えている。そんなことができるはずがない。私が責任をもつから移送方法はまかせて欲しい、と言ってきたよ」

所長は、顔をゆがめて笑った。

その日の夕方、亀岡は特別房におもむき、翌日、府中刑務所に移監することを佐久間につたえた。佐久間には思いがけぬことであったらしく、いぶかしそうな表情をして黙っていた。

翌日は、朝から所内であわただしく護送の準備がすすめられた。午後六時に札幌駅から東京の秋葉原駅へむかう貨物列車があるので、それに米軍専用の貨車を連結することになった。そして、午前中には、早くも札幌駅の米軍輸送司令部から護送に使う貨車が引込線に入ったという連絡があった。

亀岡戒護課長は、護送指揮にあたる看守長に看守部長をともなわせて、その貨車の点検におもむかせた。

やがて、もどってきた看守長は、貨車が側面を紅色の塗料でぬった構造のしっかりしたもので、四方の壁に空気孔もあって人間が乗ってゆくのに支障はない、と報告した。ただし、床に横木が打ちつけられていて洗濯板《せんたくいた》状になっているので、そこに坐ってゆくのはつらく、板をならべてシートをひろげ蓆《むしろ》をしく必要がある、と述べた。

亀岡は、貨車での長い護送を少しでも楽にする必要があると考え、看守長の意見をいれてそれらのものを用意するように命じた。

さらにかれは看守長と、途中、食事をどのようにとるかについて慎重に打合せをした。貨車は密閉状態に近く、暑熱で食物が腐敗しやすいので、途中、新しい食物を入手する必要があった。まず札幌駅を発車する時には弁当を携行し、函館《はこだて》、青森、盛岡、仙台でそれぞれその地の刑務所から弁当の差入れをうけることにし、早速、それらの刑務所に電話で依頼をした。

貨車の内部には、むろん電燈はなく、燈火として懐中電燈、提灯《ちょうちん》各二個にローソクが用意された。佐久間については、護送中、刑務所の鍛冶工場でつくった鍵穴のない特製の手錠、足錠をつけることもさだめた。

亀岡たちがおそれていたのは、貨車が佐久間の生地である青森県下を通過することであった。佐久間は、妻と離婚はしているが、昭和十七年六月に秋田刑務所を破獄後、厳重な追及の眼をかすめて妻子に会い、小菅《こすげ》刑務所に自首している。それから六年間が経過しているが、かれの妻子に対する思慕の念はさらに増していると想像され、青森県下を通過中は殊に警戒を厳重にする必要があった。

準備はすべてととのい、護送の任にあたる看守長たちが所長室に集合した。一名の囚人に九名の看守がつくのは前例のないことであった。

所長は、寸刻も注意を怠らぬとともに、佐久間を決して苛立《いらだ》たせぬよう温情をもって接するように、と訓示した。護送方法については亀岡から指示があたえられ、看守たちを二班に分け、看守部長一名と看守三名を一班とし、昼間は一時間、夜間は二時間交替として監視任務につくことがさだめられた。二名の看守部長には拳銃と弾丸が配布された。

かれらは、白い官服を着て整列し、指揮者の看守長の号令で所長に挙手して出発することを告げ、獄舎に入った。

特別房には佐久間が正坐《せいざ》して待っていた。頭が刈られ髭《ひげ》も剃《そ》られて、新しい囚衣を身につけていた。室内はかれの手で整頓《せいとん》され、床も掃き清められていた。

看守長たちは、房に入ると用意した手錠、足錠を佐久間にかけ、捕縄もつけた。佐久間は無言であった。

足錠をつけたので歩行ができず、看守部長が佐久間の前にしゃがみ、背負った。看守たちは、房の外に出た。

通路で見守っていた亀岡は、背負われた佐久間に、

「達者でな。服役成績が良ければ、将来、仮出所も望めるのだから自重するように……」

と、声をかけた。

佐久間は、かすかに頰《ほお》をゆるめた。久しぶりにみせるやわらいだ表情だった。

佐久間が看守部長に背負われて通路をすすみ、亀岡もついていった。亀岡は、佐久

間が秋田刑務所を脱獄して小菅刑務所に自首した後、小菅刑務所に服役することを強く望んだことを思いおこしていた。それは北国の刑務所できびしい寒気にさらされることをおそれたからで、亀岡は、佐久間の表情に、府中刑務所に移監されることを喜んでいるらしい気配を察した。が、佐久間は人の心理をたくみに見ぬき、それを利用して脱獄をかさねてきた。佐久間のみせた表情も、そのまま受けいれるのは危険だ、と思った。

もしも佐久間が途中で逃走すれば、軍政部保安課長オックスフォード大尉は激怒し、所長以下幹部を罷免《ひめん》し、厳罰に処するにちがいなかった。刑務所の威信にかけても、看守たちが無事に佐久間を府中刑務所に移送することを強く願った。

獄舎の外に護送車がとまっていて、佐久間をその中にはこび入れ、看守たちが乗りこんだ。看守長が、亀岡に挙手して車内に入り、幌《ほろ》がおろされた。

亀岡は、車が門の外に走り出てゆくのを見おくっていた。

護送車は、午後五時五十分、札幌駅構内に到着した。

貨物列車への荷積みはすでに終り、古びた黒い貨車の後部に米軍専用の紅色にぬられた貨車が連結されていた。

佐久間は護送車からおろされ、看守部長に背負われて線路にそってすすみ、貨車にはこび入れられた。

看守長は、看守に命じて天井から捕縄を三本たらさせ、二本に提灯、一本に懐中電燈を結びつけさせた。それらに灯《ひ》がともると、案内をしてくれた駅員が外から貨車の厚い扉《とびら》を音を立ててとざし、止め金をおろした。

佐久間は、貨車の中央の蓆の上に坐り、それを中心に四名の看守部長、看守が円型に腰をおろした。他の四名は、それぞれ二名ずつ扉の両側の壁を背に坐り、看守長は扉の前に立っていた。

午後六時、遠く警笛が鳴り、前方から連結器のたがいにあたる音が押し寄せる波頭のように近づき、貨車が前後に激しくゆれると動き出した。定刻であった。

車輪が線路のつぎ目にあたる音がつづき、列車は速度をあげた。

看守長は、貨車が客車とちがって揺れの激しいのに呆《あき》れた。把手《とって》をつかんで立っていたが、足もとから絶え間なく震動がおこり車輛《しやりよう》が縦横にゆれる。提灯も懐中電燈も振子のように動き、物の影がゆらいだ。だれも言葉を発する者はいなかった。

明るみを残していた小さな窓の外に、夜の色がひろがった。時折り信号機の青い光が、貨車の内部をスポットライトのように瞬間的にかすめすぎた。

看守長は、二時間後、看守たちに交替を命じた。佐久間の周囲からはなれた看守たちは側壁に背をもたせかけたが、眼を閉じる者はいなかった。

三回目の交替がおこなわれて間もなく、列車は速度をゆるめ、停止した。絶え間ない震動が体にそのまま残っていて、筋肉がゆるんでしまったように感じられた。

看守長は、小さな窓から外をうかがった。駅の近くにとまっていることはまちがいなかったが、駅標はみえない。遠くでなにか荷を積んでいるらしい気配がしていた。

かれは、坐っている佐久間を見つめた。佐久間は身じろぎもせず、貨車の床に視線を落している。なにを考えているのか、無気味であった。

看守長は、

「佐久間。お前といつか話したいと思っていた。一緒に旅をするのも、なにかの縁だ。おれの故郷の話をする」

と、おだやかな声で言うと、東北の寒村ですごした少年時代のことや、両親、兄弟、妻子のことを口にした。

佐久間は、正坐したまま黙っていたが、断片的に幼い頃父に死別し、母が再婚して去ったことなどを低い声で話した。

看守長は、佐久間の眼に遠い日の記憶をたどっているおだやかな光がうかび出ているのを見た。その顔には、事故などおこすようなけわしい表情はみられなかった。

やがて、貨物列車が動き出し、速度をあげた。四方の壁にうがたれた空気孔からは、涼しい夜気がながれこんでいた。

一時間ほどたった頃、するどいブレーキ音が遠くでし、連結器のぶつかり合う音が近づいて貨車は前後に激しく揺れ、停止した。坐っていた者は床に手をついて体をささえ、横に倒れた者もいた。

貨車の中が、闇《やみ》になった。提灯と電燈の灯が消えたのだ。

看守長は、一瞬、佐久間が逃走するような予感におそわれ、

「明りだ。ローソクをつけろ」

と、言った。

看守があわただしく動く気配がし、マッチをする光が数度ひらめき、ローソクに灯がともった。

看守長は、その光に佐久間の坐っている姿を見いだした。

急停車の衝撃は、天井から垂れた捕縄に結びつけられていた提灯と懐中電燈を大きくゆらせて使用不能にさせていた。提灯は裂け、電燈のランプがすべて切れてしまっていた。残された燈火は、ローソクだけになった。

看守部長が針金を使ってローソク立てをつくり、ローソクを立てた。

やがて、列車が走り出した。なんのための急停車かわからなかったが、おくれを取りもどすようにかなりの速度で走ってゆく。貨車の震動は増した。

ローソクが、小窓から入ってくる風に吹き消され、すぐにマッチがすられて灯がともされた。掌《てのひら》で灯をおおったが再び消えたので看守長は、看守に上衣《うわぎ》をぬがせ、それで灯をおおわせた。

監視にあたる若い看守部長が、

「夜もふけたから、眠ったらどうだ」

と、佐久間に声をかけた。

「護送中は眠れないんですよ。小菅から網走へおくられる時も、寝ませんでした」

佐久間は、無表情に答えた。

看守部長は、黙っていた。佐久間は眠そうな気配もみせず、眼を光らせている。札幌駅を出発以来、硬い床の上で震動にたえながら常に正坐をくずさぬ佐久間の姿に、意志力の強さをあらためて感じた。

扉の小窓にはりつめていた闇の色がうすらぎ、空が青みをおびはじめた。貨車の内部がかすかに明るみ、ローソクが吹き消された。非番の看守たちは側壁にもたれていたが、震動の激しさで一睡もできず、佐久間も眼をあけていた。

列車が速度をゆるめ、車輪がレールの交叉《こうさ》するつぎ目にあたる音が連続してきこえ、停車した。時計をみると午前六時で、窓から長万部《おしやまんべ》の駅標を眼にすることができた。

看守長は、列車が長万部で一時間近く停車する予定であることを知っていたので、朝食をとることを指示した。

弁当包みがくばられた。大豆入りの握り飯に沢庵《たくあん》二切れが添えられていた。

看守たちは、佐久間をかこんで朝食をとった。

握り飯を手にした佐久間が、

「今日は七月三十一日。私の生れた日ですよ」

と、思いついたように言った。

「そうか。なにかうまい物を誕生祝いに食べさせてやりたいが、こんな状態ではそうもゆかない」

看守長が言うと、佐久間は黙っていた。かれらは、持ってきた水筒の水を佐久間にも飲ませた。

線路の砂利をふんでくる足音がし、戦闘帽に開襟《かいきん》シャツをつけた三十前後の男が、窓から顔をのぞかせた。

看守長は、視線を据《す》えた。

男は、

「やはり佐久間だね。なんのための護送ですか。どこへおくるんですか」

と、言った。

その言葉づかいと態度で、看守長は、新聞記者であることに気づいた。記者は、なにかの方法で佐久間が米軍専用の貨車で札幌駅をはなれることを知り、待ちかまえていたにちがいなかった。破獄をかさねた佐久間は英雄視され、移送することを記事にしようとしていることはあきらかだった。

看守長は、答えた。

「進駐軍の命令による護送です。行先は言えません」

男は、しばらくの間、内部に眼をむけていたが、砂利をふんで去っていった。

警笛がし、列車が出発した。

交替は一時間置きになり、監視の任をはなれた看守たちは壁にもたれていた。

午前十一時すぎ、列車は函館駅についた。

人の気配がし、止め金をはずす音がして扉が開かれた。函館少年刑務所の所員が三人立っていて、看守長に敬礼し蜜柑箱《みかんばこ》二個に入れられた弁当をわたしてくれた。看守長は、所員に懐中電燈のランプが切れたので青森刑務所に電話連絡をして、ランプを用意することを依頼した。

看守たちは、交替で線路上におりて放尿した。佐久間は、かれのために車内にはこび入れられてあった便器の桶《おけ》で用を足した。貨車の扉がとざされた。

列車が動き、連絡船の内部に入ってゆく。窓から第六青函丸という船名がみえた。

船は、正午きっかりに桟橋《さんばし》をはなれた。海上はおだやからしく、動揺はほとんどない。エンジンの音が重々しくきこえてくるだけであった。

貨車の内部の空気は停止し、気温が上昇した。蒸し暑さが増し、汗がふき出た。函館少年刑務所員が補給してくれた水筒の水を飲んだが、ぬるま湯のようになっていた。

弁当は大豆入りの握り飯とスルメで、かれらは、汗を流しながらそれを口にした。

午後おそく、扉が開かれた。船に佐久間を護送するという連絡が入っていて、白い制服を着たボーイが、氷塊の入った大きな容器を貨車に入れてくれた。扉は、すぐに閉められた。

暑さにあえいでいた看守たちは喜び、氷の塊をまず佐久間の口に入れてやり、それぞれ咽喉《のど》をうるおした。

船が青森に入港したのは、午後八時すぎであった。

列車が船腹から出て駅の構内に入ると、青森刑務所員三名が待っていた。かれらは、夕食と明朝の二食分の弁当を差し出し、さらに懐中電燈のランプ十個をわたしてくれた。

看守長は、所員と低い声で話をし、財布から紙幣をとり出してわたした。護送の看守たちは、交替で駅の便所にいったり線路上におりて屈伸運動をしたりしていた。

懐中電燈を捕縄で吊《つ》りさげると再びランプが切れるおそれがあるので、三人の看守がそれぞれ手にすることにした。ローソクは消され、電燈の灯がともった。

しばらくすると、看守長から紙幣をわたされた所員が、新聞紙に包まれたものを手にもどってきた。看守長が受け取ると、所員たちが扉をしめ、止め金をおろした。

看守長は、新聞紙をひらいた。一個の林檎《りんご》があらわれた。

「佐久間。闇市で買ってきてもらった。誕生祝いに食べてくれ」

看守長は、佐久間にわたした。

佐久間は、看守長の顔を見つめ頭を深くさげた。顔をあげたかれの眼に、かすかに光るものがにじんでいた。

かれは、無言で林檎を食べはじめた。

荷の積卸しがさかんにおこなわれているらしく、人声がしきりにしている。近くできこえることもあった。

貨車が動き出し、発車したかと思うと連結器のあたる音がして衝撃とともに停止し、逆方向に動き出したりする。構内燈の光が小窓からながれこんで、車輛の内部をないでゆく。光の列がつづき、まばゆいほど貨車の内部が明るくなったりした。一輛だけ取り残されたらしく、長い間、とまったままになっていることもあった。

佐久間が、低い声で音楽の旋律を口にしはじめた。

「なんだね、それは……」

看守長が、問うた。

「ねぶた囃子《ばやし》の笛の節まわしです」

佐久間は答え、再び口ずさんだ。それは、哀愁をおびた音色であった。

看守長の顔に、緊張した表情がうかび出ていた。故郷の地に入った佐久間は、妻子のことを想い感傷的になっている。逃走事故をおこすこともないとは言えなかった。

弁当は、小麦をねってふかした長方形のパンに漬物《つけもの》であった。かれらは、黙々とそれを口にした。

午前一時近くになって、ようやく列車が出発した。

佐久間は、眼を開いたまま眠る気配もみせない。前夜、一睡もしていない看守長は、激しい眠気におそわれていたが、青森県下をすぎるまでは眠る気にはなれなかった。かれは、意識がかすむたびに頭をふって緊張することを自らに強《し》いた。

列車は、停止することをくりかえした。

看守長は、夜明けに小窓から北福岡という駅標を眼にし、列車が県境をこえて岩手県内に入ったことを知った。急に眠気が体をつつみ、看守部長に監視を指揮することを命じ、腰をおろして壁に背をもたせ、眠った。

午前七時、看守長は、看守部長におこされて朝食をとった。

盛岡駅についたのは、午前九時すぎであった。そこで盛岡少年刑務所の所員から昼食の弁当をわたされた。看守長は、列車が無事に青森県内を通過したことをしるした紙片を所員にわたし、札幌刑務所長に電話または電報でつたえるよう依頼した。

列車は発車したが、煤煙《ばいえん》で苦しむようになった。トンネルが多くなって、機関車から吐き出す煙が、小窓と空気孔からふきこむ。トンネルを出ても煙がたちこめ、さらにトンネルに入って煙の濃さが増した。看守たちは咳《せき》こみ、佐久間も息をあえがせていた。

午後七時、列車は、ようやく仙台駅についた。

宮城刑務所から夕食と翌日の朝食の弁当がわたされるはずであったが、足音はせず扉もひらかない。列車番号と米軍専用貨車のことは連絡ずみで、必ず手配をしてくれるはずであった。しかし、扉をあけてくれる者はなく、看守長はしきりに窓の外をうかがっていたが、人の近づいてくる気配もなかった。

そのうちに、荷の積卸しも終って列車が動き出した。

その日の正午頃に弁当を食べただけなので、空腹がつき上げてきた。大宮駅までの間、食物を補給してくれる所はなく、看守たちの表情は暗かった。

わずかにパンが一個残されていたので、それを佐久間にあたえることになり、規則にしたがって看守部長がまず少量を試食しようとした。が、パンは暑熱で腐敗していて、ちぎると糸をひいたので窓の外に捨てた。

その夜も、吹きこむ煤煙で苦しみ、窒息しそうな思いを何度もあじわった。それに、列車がすすむにつれて暑熱が増し、全身が汗に濡《ぬ》れた。顔は煤《すす》におおわれ、黒汗がながれる。頭も煤だらけになった。

夜が、長く感じられた。空腹と息苦しさに意識もうすれかけ、暑さで体の芯《しん》がぬけたようにだるかった。

ようやく夜が明け、陽光が窓からながれこんできた。トンネルはなく煤煙に咳こむこともなくなったが、貨車の中は息もつけぬほどの暑さであった。

大宮駅についたのは、午前十時すぎであった。札幌駅を出発してから六十四時間におよぶ貨車の旅であった。

構内には府中刑務所の看守たちが待ち、佐久間を背負って貨車からおろした。駅の裏口には府中刑務所の幌つき大型トラックがとまっていて、佐久間は、看守たちにかこまれてトラックにはこびこまれた。さすがの佐久間も疲労がはなはだしく、煤で黒くなった顔をゆがめていた。

府中刑務所の所員がたずさえてきた乾パンと芋がわたされ、看守たちは佐久間をかこんでそれらを口にした。

トラックが駅の裏口をはなれ、砂埃《すなぼこり》をまきあげて疾走した。道にはいたる所にくぼみがあって、車体は絶え間なくはずむ。道の両側には焼跡がつづき、新宿にもバラックが点在しているだけであった。

トラックは甲州街道をすすみ、午後一時五分、府中刑務所の門の中へ走りこんだ。樹葉は夏の陽光にかがやき、蟬《せみ》の声がしきりであった。

十五

府中刑務所長鈴江圭三郎《けいざぶろう》が法務庁にまねかれ、古橋浦四郎矯正総務局長から佐久間清太郎を府中刑務所に移監することを告げられたのは、七月初旬であった。連合国軍総司令部の指令にもとづくものであった。

鈴江は、明治大学法学部を卒業後、司法省に入り、佐久間が収容される直前の網走刑務所長、札幌刑務所長をそれぞれ歴任し、昭和二十二年八月、府中刑務所長に着任していた。つまり、佐久間を直接あつかったことはないが、二度もすれちがいになったという特殊な関係にあった。

かれは、脱獄常習者の佐久間を引きうけねばならぬ立場に立たされたことに責任の重大さを感じ、法務庁を辞して帰所した。

佐久間をうけ入れる準備を早急にととのえて古橋局長に報告しなければならなかったが、鈴江はまず自分の考え方をまとめることが先決だと考え、幹部所員にもそのことはつたえなかった。

府中刑務所は、鉄筋コンクリートづくりの近代的な施設であったが、戦後の社会混乱を反映して多くの難問をかかえていた。凶悪事件の頻発《ひんぱつ》にともなって、それらの罪をおかした者をはじめ、急に活潑《かっぱつ》な動きをみせてきた暴力団関係者や頭脳的な詐欺《さぎ》常習者などの長期刑囚や累犯囚《るいはんしゅう》ばかりを収容していた。その上、全国の刑務所と同じように収容者数は定員をはるかにこえ、四千名以上の囚人をあつかっていた。四百二十の独居房は定員通りであったが、定員八人の雑居房には十二、三名ずつを収容していた。それをあつかう看守の数は定員以下で、さらに食糧問題も深刻で、用度課員は、食糧集めに奔走していた。

鈴江は、そのような悪条件のもとで、脱獄歴四回という行刑史上類をみない不良囚をどのようにあつかうべきか、判断がつきかねていた。もしも佐久間が脱獄逃走でもすれば、ただでさえ不穏な状況にある東京とその附近の住民に、はげしい動揺をあたえることはあきらかだった。かれは、長年の職務上の知識と経験を駆使して、佐久間に対する適切な方法をさぐり出したかった。

かれは、翌日から独居房のつらなる獄舎に入り、歩きまわることをくりかえすようになった。時折り立ちどまって思案していたが、そのような鈴江を、所員たちはいぶかしそうに見つめていた。所長室にもどっても、かれは、長い間、煙草をくゆらせながら考えをめぐらせ、はこばれてきた茶に手をのばすことも忘れていた。

行刑局長の指令をうけてから四日後、かれは幹部会議をひらき、初めて局長の命令をつたえた。

所員たちの驚きは大きく、一様に顔をこわばらせていた。佐久間の脱獄につぐ脱獄事故は、かれらもつたえきいていて、その存在は神格化されている節すらあった。どのように監視をきびしくしても、それを嘲笑《ちょうしょう》するように脱獄をはたす佐久間は、人智《じんち》ではかり知れない神秘的な囚人で、堅牢《けんろう》な獄舎もかれにとっては無意味なものであると考えられていた。もしも、かれをあつかう担当者になり、脱獄事故の発生をみれば、刑務所員としての昇進の重大な障害になり、家庭生活にも深刻な影響をおよぼす。そのような役目は刑務所員として避けたいが、それが現実に自分たちの背におわされることを知って、動揺した。

鈴江は、所員たちを見まわし、四日間熟慮したことを口にした。

基本方針は、佐久間の脱獄を確実にふせぐために、府中刑務所として可能なかぎりの厳戒態勢をととのえることであった。と同時に、佐久間が、ささいなことにも強い反抗をしめす性格であることを考慮して、かれの感情を刺戟《しげき》することを避け、他の囚人と同じ扱いをしているように装うべきだ、と述べた。

この方針にもとづいて、まず収容する房の強化について検討がおこなわれた。それには、佐久間が過去四回どのようにして脱獄したかを記録した資料が参考にされた。

独居房は、常識的に考えて巡回度数の多い獄舎の中央部に位置する房をあてることになり、房の強化が検討された。

まず、房の扉《とびら》の改造の件から協議に入った。

扉の構造は内部が木で、それに鉄板がはられ視察窓が上方にあけられている。通路に面した側にはられている鉄板は、房の内側にまげられていて鉄板にネジ釘《くぎ》でとめられている。つまり、ネジ釘は、房の内側の鉄板の表面に露出していた。

鈴江は、そのネジ釘が危険だ、と言った。今までの脱獄方法をみると、佐久間は味《み》噌汁《そしる》で腐蝕《ふしょく》させるなどして必ずネジ釘をはずしてしまう。それをさせぬためには房の内側にネジ釘が露出していないようにしなければならなかった。

その方法について、活潑な意見がかわされた。

一つの提案がなされた。それは二重扉案で、二つの扉を、ネジ釘の露出している側をたがいに内側にしてかさね合わせる方法であった。そのようにすればたしかにネジ釘はかくれてしまうが、鈴江は、佐久間の房だけを二重扉にすれば当然、佐久間は、それを刑務所側が脱獄をおそれるためにとった処置だと考え、反抗心をいだくことはあきらかで、賛成しなかった。

その代案として、扉の内側に一枚の鉄板をはり合わせ、それを外側に折り曲げてネジ釘でとめる方法が考えられた。この方法をとれば、房内に露出したネジ釘は、はり合わせた鉄板でおおいかくされ、しかも鉄板を一枚はるだけなので佐久間に特殊な扉と気づかれるおそれはなく、その案が採用された。

危険なのはネジ釘だけではなく、釘という釘すべてにあてはまることであった。釘は、手錠をはずしたり板などを切断する刃物の代用にもされているので、それらを一つ残らず房内から取りのぞく必要があった。

房内におかれた備品には、むろん釘類が使われていた。腰かけをかねた便器と洗面台などにも多くの釘がうめこまれ、これらの釘をとりのぞくことは不可能なので、すべて撤去することに決定した。便器の代用としては、古くから使われている楕円形《だえんけい》の木製の桶《おけ》をそなえることにした。脱獄の折に桶にはめられた金属製のたがを鋸《のこぎり》などに工作しているので、竹製のたがにし、さらに桶がなにかを破壊することに使用されるのをふせぐため、たたきつければすぐにこわれる薄い板で作らせることにした。

房の床にはられた板にも、釘がうめこまれていた。この点について種々検討した結果、房の壁にコンクリートをはって、その底部に床板をさしこむことになった。

扉の視察窓は横長でせまく、そこから脱出することは絶対に不可能であったが、房の奥の壁の上方にうがたれた明り窓は、かろうじて頭部がくぐれるほどの空間があった。その窓には、鉄製の格子《こうし》がさしこまれていたが、外側から同じ鉄格子をはり合わせる方法をとることになった。それは、窓を強化させ、しかも完全にはり合わせてしまうので、佐久間に二重格子にしたことを気づかれるおそれはなかった。

それらの方法によって、房の強化に対する検討は終ったが、鈴江は、さらに房の外に街燈《がいとう》に似たものを立てることを指示した。房の外、つまり獄舎の裏側は雑木林になっているが、そこに電柱を立てて電燈をともし、その光が鉄格子の窓を通して房内に流れこむようにする。佐久間は、壁をはいあがって房の電球をとりはずすこともでき、それによって房内は闇《やみ》になるが、常夜燈を外部にもうければそれをふせぐことが可能であった。

鈴江所長は、ただちに房の改修工事その他に着手することを命じ、会議を終えた。

かれは、工事の進行を見まもりながら、監視態勢についても考えた。

常識的に佐久間の監視にあたる看守長、看守部長、看守らは、体力の殊《こと》にすぐれた者をあてるべきであった。移監されてくる佐久間は、当然それを予想してくるが、鈴江は、その常識を破ってみようと思った。佐久間をことさら警戒する風もなく、一般の囚人と同じようにあつかうような態度をとった方が、かれを落着かせ、脱獄の企てをいだかせる気持をうすめることができるかも知れぬ、と考えたのである。それには、武道にすぐれた看守たちを配置するよりは、むしろ真面目《まじめ》で辛抱強いおだやかな性格の看守たちをあてるべきだ、と思った。

かれは、戒護課長と相談し、その条件にあった看守を佐久間の収容される獄舎に配置することを決定した。同時に、監視態勢を強化する必要もあるので、看守一名の増員をはかった。それも、佐久間のための増員であることをさとられぬため、佐久間の収容される獄舎のみならず、他の三つの獄舎にも同じように一名ずつ新たに配置させた。

鈴江は、綿密にそれらの処置をとりながらも脱獄についての記録を読み返していたが、そのたびに佐久間が非凡な頭脳と行動力をそなえた囚人であることをあらためて強く感じた。殊に佐久間が看守たちの心理をするどく見抜き、やがて自分の思うままにひきつけてゆく神技とも思える能力には、感嘆すらおぼえた。

鈴江は、もしかすると、佐久間の最も卓越した部分にこそつけ入る隙《すき》があるかも知れぬ、と考えた。佐久間は、やがて身がまえるような気持で札幌刑務所から府中刑務所に送られてくる。入所の瞬間から、かれの冴《さ》えた頭脳はいきいきと働き、刑務所の構造、所員の態度を冷静に観察し、それによって脱獄計画を素速く組み立てるにちがいない。

これに対して、肩すかしをくらわせるような態度でのぞむべきだ、と、鈴江は思った。意表をつくようなあつかいに、おそらくかれは呆気《あっけ》にとられ、策略をめぐらせる手がかりをつかむことができないかも知れなかった。

かれは、一応受けいれ態勢がととのったことを古橋矯正総務局長に報告、古橋は札幌刑務所長楠本《くすもと》順作にもつたえた。

楠本は、鈴江と独身時代から親しく、佐久間の移送方法について電話その他で打合せをくりかえした。

鈴江は、佐久間を乗せる米軍専用の貨車を連結した貨物列車が、東京の秋葉原駅どまりであることに不安を感じた。楠本は、佐久間を秋葉原駅で下車させる予定でいたが、鈴江は、都心部の駅でおろした場合、思わぬ事故の発生も考えられるので、途中の大宮駅で下車させるべきだ、と判断した。

かれは、鉄道当局と交渉し、佐久間の貨車を大宮駅で切りはなしてもらうことにし、その旨《むね》を楠本につたえた。

大宮駅から府中刑務所までの護送については、当然、自動車を使用する必要があった。刑務所には護送車が二台あったが、いずれも老朽化していて、途中でエンジン故障などをおこすことも予想された。そのため荷台にシートをかけた大型トラックを使用し、それに看守長をはじめ六名の看守をのせて大宮駅へ出迎えさせることになった。

さらに、トラックが刑務所に到着してからの手《て》筈《はず》もきめられた。トラックは、庁舎の右側にある通用門から入り、ただちに門をとざす。そこからトラックはすすめないので、佐久間をおろし、獄舎に通じる管理部長室にみちびき、そこで待たせることになった。

やがて、楠本札幌刑務所長から行刑局に、佐久間をのせた貨車が、七月三十日夜、札幌駅を出発したという報告があり、鈴江のもとにも電話でしらせてきた。その後、貨物列車が津軽海峡をわたり、青森、盛岡駅通過の連絡もあった。

八月二日午前五時、鈴江は、看守長ら六名を幌《ほろ》つき大型トラックで大宮駅にむかわせ、所長室で待機した。午前十時すぎ、看守長から貨物列車が大宮駅に到着、佐久間をトラックに移し、これから府中へむかうという電話連絡があった。

空は晴れ、真夏らしい強い陽光が窓の外にあふれていた。

午後一時十分、管理部長から、トラックが到着、定められた手筈どおり佐久間を管理部長室にみちびき入れたことを所内電話でつたえてきた。移送が、なんの事故もなく終ったことに鈴江は安堵《あんど》し、戒護課長とともに庁舎を出ると、管理部長室にむかった。

かれはドアをあけると、部長の机に近づき、椅子《いす》に腰をおろした。室内には、異様な緊迫した空気がはりつめていた。

かれは、初めて眼《め》にする佐久間に視線をむけた。佐久間は、金属の塊とも言うべき大きな手錠、足錠をつけて立ち、札幌刑務所の看守長たちがかれをかたく取り巻いて立っていた。さらに、大宮駅から護送してきた府中刑務所の看守たちをはじめ、管理部長、教育部長、さらに独居舎担任看守長らも無言で立っていた。

札幌から護送の任にあたった青柳看守長ら九名は、鈴江が札幌刑務所長時代に親しく接していた者ばかりであったが、かれらの姿を眼にして、胸に熱いものがつきあげてくるのを感じた。白い官服は煤煙《ばいえん》と汗で黒ずみ、まだらに白い部分が残っているだけだった。顔は、異様であった。煤《すす》のとけた汗がそのまま乾いて、顔も首筋も黒い。睡眠もとれなかったらしく眼が充血し、するどく光っている。頰《ほお》がこけていた。

鈴江は、その姿に護送がきわめて困難なものであったことを感じると同時に、かれらが職務を忠実にはたしたことを知った。

かれらにかこまれて立っている佐久間の着衣も顔も、煤と汗にまみれ、斜視の眼はけわしい光をおびていた。手錠、足錠をつけているかれの姿は、捕えられた野生動物のようにもみえた。

鈴江は、手錠、足錠に視線をむけた。それは今まで眼にしたこともない頑丈《がんじょう》そうな大型のもので、重量もかなりありそうだった。

その構造に、かれは佐久間の過去をみる思いだった。佐久間は神技とも思える方法で脱獄し、各刑務所の所長をはじめ幹部は、脱獄を防止するため頭脳をふりしぼって佐久間に対して監視を強めた。が、佐久間は、それを無視するように意表をつく巧妙な手段で獄舎から逃走する。そのくりかえしは、すさまじい闘いであり、それが異様な手錠、足錠となってあらわれている。

鈴江は、その戒具を眼にして、佐久間をあつかってきた各刑務所の所員たちの苦闘の軌跡を見、目頭《めがしら》が熱くなるのを感じた。

かれは、所員の一人を手招きすると、椅子を佐久間のもとにはこぶように、低い声で言った。

所員は、はい、と答え、部屋の隅《すみ》におかれた椅子を持ってゆき、佐久間に腰をおろさせた。

鈴江は、青柳看守長らにも椅子に坐《すわ》るように言い、さらに所員に佐久間をふくめて青柳らに茶をはこぶことを命じた。

「君が佐久間清太郎かね」

鈴江は、机をへだてて坐っている佐久間におだやかな声をかけた。

「はい」

佐久間の声は、しわがれていた。

「私は、ここの所長の鈴江という者だがね。今度、君を世話することになった。しかも、これから長い間、君の面倒をみなければならない。わかるかね」

「はい」

「私は、できるだけのことをしてやろうと思っているのだが、君は私の気持をうけいれてくれるかね」

佐久間は口をつぐんでいたが、無表情に、はい、と低い声で答えた。

「とにかく咽喉《のど》がかわいているだろうから、お茶を飲みなさい」

鈴江は、言った。

佐久間は、頭をさげ、手錠のはめられた手で茶碗《ちゃわん》を受けとると口にはこんだ。

鈴江は、佐久間の顔を見つめたまま思案した。これまで佐久間が獄房内でも特製手錠と足錠をつけられていたことを耳にし、その重量が四貫匁《かんめ》に及ぶものであると言われていることをきいていたが、眼の前の手錠、足錠を眼にして、それが事実であることを知った。

鈴江は、佐久間と初めて会った折の印象で、どのような方針でのぞむべきかをあらかじめ考えていた。もしも、反抗するような素ぶりをみせた折には、あくまでも徹底した強い態度でのぞむ。それとは逆に自分をうけいれるような気配がみられた場合には、思いきって手錠、足錠をはずしてやろう、と考えていた。

かれは、佐久間との短い会話で、これはいけるかも知れぬ、と思った。佐久間の気持を、巧みにはぐらかせてやろう、とも考えた。

「工場から金切り鋸《のこ》を持ってきなさい」

かれは、所員に命じた。

所員は、すぐに部屋を出て行った。

鈴江は、管理部長たちや札幌から護送の任にあたった青柳看守長らが、無言で自分に視線をむけているのを感じた。かれらは、金切り鋸をなにに使用するのか、理解しかねているようだった。

所員が、鋸を手にもどってくると、鈴江の前の机に置いた。

鈴江は、

「君。これを使えるかね」

と、所員にたずねた。

所員は、使えます、といぶかしそうな眼をして答えた。

「佐久間の手錠と足錠を切ってやりなさい」

鈴江の言葉に、室内にいた者たちの顔に驚きの表情がうかんだ。かれらは体をかたくして、鈴江に視線を据《す》えている。佐久間に手錠、足錠は不可欠のもので、それでも佐久間は破獄をくりかえしてきた。それを切ってはずすことは、佐久間に逃走をうながすのにも等しい。

鋸を机の上からためらいがちにとりあげた所員が、佐久間に歩み寄った。佐久間は、無言で手錠をはめられた両手を前にあげた。

所員が、手錠に鋸の歯をあて、力をこめて前後に動かしはじめた。

鈴江は立つと、机ごしに手錠を見つめた。硬度のたかい鉄でつくられた手錠に鋸の歯がかすかに食いこむだけだが、それでも鉄粉が少しずつ床に落ちはじめた。

「手を傷つけないように……」

鈴江は、所員に声をかけた。

佐久間が、一瞬、自分の顔を見つめるのを、鈴江は意識した。佐久間にとっては思いがけぬ処置であり、それをどのように解釈してよいのかとまどっていることはあきらかだった。

大きな賭《か》けだ、と、鈴江は思った。囚人に対しては温情をもって接するのが基本だが、規則を確実にまもらせ、つけ入るすきをみせぬのが鉄則でもある。囚人の性格によって接する態度を変える必要があり、その原則にしたがえば、佐久間は類のない不良囚で、最もきびしい扱いをすべき存在であった。が、自分は逆にそれを廃して、温い言葉をかけ、さらに手錠、足錠からも解放させようとしている。それは考えた末の計算だが、この思惑《おもわく》がはずれれば逃走事故に確実につながる。

佐久間は、自由を極度に拘束された長い獄房生活で、感情は大きくゆがみ、正常とは程遠い考え方しかできない人間になっている。そのような男に、はたして温情をかけても効果があるかどうか、疑わしい。

鈴江は、佐久間の気持を平静にさせ脱獄の意志を少しでも弱めさせる道は、これ以外に考えつかなかった。二十年間、刑務所員としての仕事をつづけてきた経験から、これがただ一つの方法であるように思えた。

二十分ほどしてようやく手錠が切断され、所員は、佐久間の足もとに膝《ひざ》をついて足錠に鋸の歯をあてた。

鈴江は、立ったままその作業を見つめていた。室内にいる者たちは口をつぐみ、鋸の単調な音と窓外の蟬《せみ》の鳴きしきる音がきこえているだけであった。

鈴江は、ふと、或《あ》ることを思いついた。かれは、農業学校から専検に合格して大学に入学した関係で農業に関心をもち、植物をこのんでいた。そのため、府中刑務所長に就任後、収容者の気持をなごませる方法として、かれらに花づくりをさせることを思い立った。

囚人の休憩時間は午前十時と午後三時に十五分ずつあったので、それを利用して出業している各工場の囚人に同じ広さの花壇をつくらせた。そして、農耕班の囚人に育てさせた花の苗をくばり、植えさせた。鈴江は、囚人たちの競争心を利用し、春と夏の二度、所長以下幹部所員を審査員として花の優劣の等級をきめさせた。これによって囚人たちは手入れに熱中し、広い花壇には花が咲き乱れるようになっていた。

さらにかれは、竹筒の一輪差しを配布し、囚人たちが花を房に持ち帰って、それにさすこともゆるしていた。

鈴江は、佐久間を収容する房にあらかじめ花をおいてやろうと考え、所員を手招きして低い声でそれを命じた。所員は承知し、部屋を出ていった。

三十分ほどかかって、足錠も切断された。佐久間は少し眼を伏せ、身じろぎもせず坐っていた。

鈴江は椅子に坐り直し、肘《ひじ》を机の上におくと、

「疲れているだろう。ゆっくりと休息をとりなさい」

と、言い、独居舎担任看守長に佐久間を獄房に連れてゆくよう命じた。

佐久間は腰をあげ、鈴江に頭をさげるとドアの方にむかった。重い足錠をはずされたかれは、軽くなった足にとまどったような妙な歩き方をし、看守たちにかこまれて部屋を出て行った。

鈴江は、青柳看守長ら札幌刑務所の看守たちにあらためて慰労の言葉をかけ、入浴して十分に休息をとるように、と言った。

青柳たちは整列し、腰を折って敬礼すると一列になって廊下へ出て行った。床には、切断された特製手錠と足錠が残されていた。

翌朝、所長室に入ると、当直の看守長が佐久間についての報告をした。毎日、佐久間についてささいなことでも必ず報告するよう指示してあった。

「さすがに疲れたらしく、昨夜は、鼾《いびき》をかいて眠っておりました。今朝も食事をうまそうにとりました。その他、異常はありません」

看守長は、姿勢を正して言った。

「御苦労さん。独居房の他の収容者と同じように佐久間にも週二度の入浴をゆるすが、体もよごれているようだから、今日、早めに入浴させなさい」

鈴江が言うと、看守長は敬礼し、部屋を出て行った。

その日も暑く、窓の外に蟬の鳴く声がしきりであった。

かれは、朝の執務を終えると庁舎を出た。暇をみては獄舎を歩き独居房の扉《とびら》を一つずつあけさせて内部に入り、収容者に声をかけるのを習わしにしている。ことに病舎には、毎日おとずれていた。

かれは独居舎に入ると、看守をともなって房の扉をあけさせることをくりかえした。

佐久間と接するのが目的だったが、獄舎の端から歩をすすめ、それが日常の習慣であることを佐久間に印象づけたかった。

佐久間の房の前に立った鈴江は、扉の中に入った。佐久間は、正坐《せいざ》していた。

「よく眠れたかね」

鈴江は、声をかけた。

はい、と、佐久間は低い声で答えた。

「花は私の趣味でね。どの房にも一輪ざしに花をさしておいてある。収容者が育てた花だ。もしも散ってしまったら、所員に言いなさい。新しいものに替えてくれる」

鈴江は、佐久間の房だけに花を入れてあるのではないことをしめすため、さりげない口調で言った。

佐久間は、無言でうなずいた。

「体がよごれているだろう。看守長に入浴をさせるようにと言っておいたから、湯に入って体をよく洗いなさい」

鈴江は、扉の外に出ながら言った。

佐久間は、再び、はい、と答えたが、その頰がゆるむのを鈴江は見た。かれは、隣の房に歩きながら、いやな笑い方だ、と思った。えたいの知れぬ薄笑いであった。花のこと、入浴のことを口にした自分を、佐久間は意識的な作為と考え胸の中で冷笑しているらしい。

一筋縄《ひとすじなわ》ではゆかぬ男だ、と鈴江は、あらためて思った。が、佐久間がそのようなさげすみを自分にいだいているなら、あくまでも愚鈍さを押し通してやろう、と考えた。

佐久間に関する記録をみると、拘束される身でありながら看守たちに意識的に反抗する態度をとる。看守はいらだち、佐久間にきびしい態度でのぞむ。が、佐久間はそれに反撥《はんぱつ》して看守たちをおびやかすような言動をつづけ、やがて看守たちは心理的な闘いにまけて、佐久間に屈してしまう。

つまり、佐久間は看守たちの優位に立って意のままに振舞うようになる。かれにとって看守たちはさげすむべき存在で、それが脱獄という行為で決定づけられる。看守のみならず所長以下幹部所員も、かれには自分よりも劣った存在にしか感じられぬのだろう。そのような気持を逆手にとって愚者に徹すれば、そこになにかがひらけるかもしれない、と思った。

その日の午後、佐久間を入浴させたという報告があった。独居房の囚人は一人ずつ看守に監視させて入浴させるが、佐久間も看守一人をつきそわせて通路をすすみ、浴場に入れた。数名の看守にとりまかれて入浴していたかれには、異例のことであった。

十六

食糧問題は依然として好転せず、闇市場《やみいちば》には人々がむらがって空腹をいやしていた。物価の高騰《こうとう》は急激で公共料金も上昇し、大学、高等専門学校の授業料の大幅値上げに反対した全国百二十校の学生約二十万名が、一斉《いっせい》にストライキに入ったりした。

終戦後の虚脱状態をへて世相は複雑な様相をおび、嬰児《えいじ》をあずかっていた寿産院で百三名を餓死させる事件についで、帝国銀行椎名《しいな》町支店で公吏をよそおった男が行員十二名を毒殺する事件もおこり大きな話題になった。政財界の腐敗もいちじるしく、昭和電工を中心とした大疑獄事件がおこっていた。

そのような混沌《こんとん》とした情勢の中で、府中刑務所長鈴江圭三郎は所員を督励して勤務にはげんでいた。かれが最も懸念していたのは佐久間の存在で、かれが脱獄でもすればただでさえ激化している社会混乱を一層つのらせることになる。佐久間をあずかったかれは、佐久間に事故をおこさせぬよう努力することが自分に課せられた重大な社会的使命だ、と考えていた。

佐久間が入所してから二週間がたち、鈴江は、かねてから考えていた方法を実行に移してみようと思った。一度さだめた方針を迷うことなく押し通すのが、かれの信条であった。

佐久間の過去をふりかえってみると、獄房にとじこめられている間、かれの頭を占めていたのは、いつ、どのような方法で脱獄しようかということにつき、そのことのみに生きてきた、と言っていい。

鈴江は、それをつきくずすことをしなければ、またも佐久間がすぐれた頭脳を駆使して府中刑務所からの脱獄方法をねり、たくみに成功させる確率が高い、と判断した。脱獄をふせぐには佐久間に考える時間をあたえぬことが先決であった。

独居房で正坐したままずごしているかれは、脱獄をすることに神経を集中できる立場にあり、その余裕をうしなわせるには、かれに房内で作業を課し関心を少しでもそらせる必要がある、と思えた。

佐久間にとって作業などは無縁のものであった。それは脱獄をかさねてきたかれに対する当然の懲罰であったが、脱獄防止の一方法として思いきって作業を課すべきだ、と考えた。

囚人は、作業をすることに喜びに似たものを感じている。獄房にとじこめられ用を足し食事をするだけの生活は、死にもひとしい苦痛であった。それからのがれるために、無聊《ぶりよう》をまぎらわせてくれる作業に救いを見いだす。

府中刑務所にも構内に各種の工場がもうけられ、囚人の九十パーセントにあたる雑居房の囚人三千余名が、それぞれの適性に応じた作業をあたえられ、朝食後、房を出て各工場に散り、夕食時まですごす。手を動かし足を動かすことで、かれらの時間はながれてゆく。

しかし、終戦にともなう経済混乱で、刑務所で受註《じゆちゆう》していた外部からの仕事は激減していた。戦時中、軍需関係の仕事量は多く、それをこなすのに追われていたが、終戦とともにそれは絶無になっていた。刑務所では、各方面に働きかけて仕事をさがすことにつとめたが、戦災で壊滅した工業の立ち直りは遅々としていて、逆に倒産件数が増し深刻な失業問題をうんでいた。そのような中で、たとえ労賃が安いという利点はあっても、企業側には刑務所に仕事をまわす余地はほとんどなかった。

刑務所では、かろうじて中小企業からの仕事をもらいうけていたが、それは微々たるもので所内の各工場は半ば休業状態にあり、作業のゆるされている囚人の三分の一が、工場に出ず雑居房でなすこともなくすごしていた。これは囚人たちをいらだたせ、所内に不穏な空気をかもし出すおそれがあった。

鈴江は打開策に苦慮していたが、一人の囚人の言葉から思いがけない暗示をうけた。その囚人は、

「房の中がよごれていますが、工場での作業を一日休ませていただければ、ピカピカにしてみせます」

と、言った。

囚人を遊ばせぬ方法を模索していた鈴江は、房内の清掃も大切な仕事だと考え、「一日とは言わず二日でも三日でも休んで、これ以上は無理と思うまできれいにして

みよ」

と言って、工場を休ませた。

三日目にその囚人から房をみて欲しいという申出があり、おとずれた鈴江は、房内が一変しているのに驚いた。床板をはじめ備品類まで顔が映るほどみがきぬかれ、夜具類も定規をあてたように整然と積み上げられていた。

鈴江は、この清掃運動をすべての房にひろげたいと考え、囚人の競争心を利用することを思いついて両隣の房の者にその房を見せ、清掃を命じた。それは、たちまち全獄房にひろがり、作業のない者は房をぬぐい清めることに専念した。

これによって房内でぼんやりとすごす囚人はいなくなったが、作業の少いことは依然として大きな課題になっていた。

このような事情の中で、佐久間にあたえる仕事をさがすことは困難だったが、用度課長に意向をつたえ、ようやく一つの軽作業をさせることができた。それは、毛布のふちに使われる麻糸をつなぐ作業ともいえぬ簡単なもので、逃走の道具につかわれるような器具を必要としない点でも好都合であった。

鈴江は、ひそかに佐久間の反応をうかがっていた。担任看守の報告によると、初めてその作業をあたえた時、佐久間はとまどっていたようだが、やがて指示した通り麻糸をつなぎはじめた。さらに翌日の報告では、佐久間が根気よく手を休めることもなく作業に専念しているという。

鈴江は、少しは佐久間に良い影響をあたえたのかも知れぬ、と考え、翌日、独居房の巡視をして佐久間の房に入ると、

「成績がいいらしいな」

と、声をかけた。

佐久間は、一瞬、鈴江に視線をむけたが、すぐにそらせると手を動かしつづけていた。その表情からは、佐久間がどのような気持をいだいているのか判断しかねた。少くとも佐久間に専念できる作業をあたえたことは、脱獄を考える時間的な余裕をとりのぞくのに効果があるにちがいない、と考えられたが、仕事に熱中しているようにみえるのは鈴江たちを油断させる偽装かも知れなかった。

しかし、翌日の夕方、鈴江は、看守からの報告を耳にして眼をかがやかせた。

その日、佐久間は珍しく仕事の手を休めて、掌《てのひら》に視線をおとし鼻を近づけることをくりかえしていた。不審に思って鉄格子《てつごうし》ごしに視線をこらしてみると、掌の上に花びらがのっていた。

房内の竹筒にさされていた一輪の花の花びらが半ば以上散って、床におちていた。

佐久間はそれをつまみ、掌にのせて見つめ香をかいでいたのだ。

巡回をつづけて再び房の前にゆくと、佐久間は仕事をし、床におちていた花びらが一片もみえなくなっていた。看守が、

「花びらは？」

ときいてみると、佐久間は口を指さした。佐久間は口をわずかに動かし、花びらをあじわうように舌にのせていた、という。

鈴江は、その話に佐久間の心がようやくひらかれたのを感じた。山野の自然に接してきたことの多い佐久間は花も愛していたはずで、散った花びらの香をかぎ愛惜するように口にふくんだ。それは、かれが人間として心の安らぎをみいだしはじめたことをしめしているように思えた。

手錠、足錠をはずしたことにはじまる温和なあつかいに、佐久間は自分の気持を素直にうけいれてくれる状態になったのだ、と、鈴江は思った。

かれは、この機をのがさず心の内部にふみこんでやろう、と考えた。自分の方針を推しすすめる自信もきざした。

数日後、鈴江は佐久間の房に入ると、

「佐久間。きくところによると、君は秋田刑務所の鎮静房で梯子《はしご》もなしに守宮《やもり》のよう

に壁を這《は》いあがり、天井の明り窓を破ってぬけ出したそうだが、まさか、そんなことはできまいな」

と、言った。

佐久間が、鈴江を見あげた。頬《ほお》がゆるんでいたが、それは冷笑ではなかった。

「そんなことは簡単ですよ」

「本当かね。それなら一度やってみせてくれないか」

鈴江は、興味深そうな眼をした。

「それでは、やってみましょうか」

佐久間は、麻糸を膝《ひざ》の上から床に移して立ちあがった。

鈴江は、房の隅《すみ》に近寄った佐久間を見つめた。頭を上にして這いあがってゆくのだろう、と想像していたが、ちがっていた。かれは少し体をかたむけて、両足の裏を一方の壁に押しあて両掌《りょうて》を他方の壁に密着させた。そして、足裏と掌を交互にずりあげてゆくと、体が上方にあがりはじめた。

鈴江も随行の看守長も、言葉もなく佐久間の体の動きを見つめていた。やがて体がかたむいたまま天井に達し、力をこめて手足をふんばると、片手を電球にのばしてゆるめたり、しめたりした。そして、壁を静かにおりてきた。

鈴江は、深く息をつき感嘆の声をあげた。

床に立った佐久間は、表情をくずしていた。その眼《め》には照れ臭そうな笑いと得意気な色がうかんでいた。

鈴江は、あらためて佐久間が尋常ではない能力をそなえた男であることを知り、今まで脱獄をかさねることができたのも当然だ、と思った。もしも、佐久間がその気になりさえすれば、近代的な設備をそなえているといわれている府中刑務所から脱出することも決して不可能ではないことを知った。

かれは、十分に警戒しなければならぬ、と思ったが、同時に佐久間の見せた眼の輝きにつけ入るすきがある、と思った。佐久間は、気持をやわらげ、鈴江に笑顔をむけている。天井まで這いあがるのを実演させたのは、所長として好ましくないかも知れぬが、感情が通じ合う効果があったことはたしかで、鈴江は、さらにそれを一歩推しすすめたかった。

高い塀《へい》をこえる方法をたずねると、佐久間は塀ぞいになめに走れば駈《か》けあがれる、と答えた。また床板などの釘《くぎ》をぬきとるのも、指を釘の頭に強く押しつけて回転することをくりかえせば容易だ、と言った。それらのことを口にする佐久間の顔には、必ず照れ臭さと誇らしげな表情がうかび出ていた。

鈴江は、つぎの手を考えた。それは、佐久間に家族と連絡をとらせ、それによってかれの気持を安定させることであった。佐久間は、妻と離婚し、連絡はたたれたままになっている。脱獄常習者であるかれには、これまで面会もゆるされていないが、この際、妻子との関係を旧に復して書簡をかわさせ面会もゆるしてやりたかった。佐久間が秋田刑務所を脱獄した後、妻子にひそかに会いに行ったことから考えてみても、かれの妻子に対する愛情は強いはずだった。

鈴江は、佐久間の故郷に住む妻子の状態をしらべることにし、教育部長をまねいた。佐久間の妻に会って佐久間に対する気持をたずね、書簡をかわし、できれば刑務所に面会にもくることをすすめるように、と指示した。

部長は、ただちに夜行列車で青森県下の佐久間の生地へむかった。

部長は数日後にもどってきたが、その報告は鈴江を失望させた。部長が佐久間の妻に会い、鈴江の意向をつたえると、彼女は、

「あの人が脱獄するたびに、探偵（刑事）が家にふみこんできて、きびしい取調べをする。その上、家を遠くからとりまき張りこみもするので、村の人たちに白い眼をむけられる。迷惑ばかりかけられているので一切係り合いはもちたくない。私たちにかまわんでくれ」

と、腹立たしげに言い、とりつくしまもなかったという。

鈴江は、佐久間が故郷をうしなった男であることを知った。度かさなる脱獄によって、かれの妻子をはじめ肉親は村人たちから疎外《そがい》され、萎縮《いしゆく》した歳月をすごしてきた。かれらの佐久間に対する感情は憎悪《ぞうお》以外になく、佐久間をうけいれる気持などみじんもないのだろう。

家族との交流によって佐久間の感情を安定させようとくわだてた鈴江は、その意図がむなしいものであることを知った。

しかし、鈴江は、ひるむことをしなかった。佐久間は猜疑心《さいぎしん》が強く、自分がかけた温いあつかいも素直にうけいれることはなく、逆に一つの計算にすぎぬ、とさげすんできた気配がある。が、入所後二カ月の間に、佐久間には、かすかながらも或《あ》る変化がおきていることは確実だった。房をおとずれ声をかける鈴江を見あげるかれの眼に、初めの頃《ころ》とは異ったやわらいだ光がうかび出ているのを感じていた。

鈴江は、思い切って佐久間を一般囚人のあつまる席に出してみよう、と考えた。

刑務所には、行刑に理解をしめす女性教育者の守屋東が、毎年クリスマスに教師、生徒をともなってやってきて、生徒たちの合唱、踊りなどによって囚人を慰問することをつづけていた。それは囚人たちに好評で、その日を心待ちにしている者が多かった。

鈴江は、その集会に佐久間を参加させてみようと思ったが、慎重に検討しなければならぬことも知っていた。

問題点は、いくつかあった。

まず、その慰問行事には独居房に収容されている重罪の者の参加をゆるしておらず、佐久間を出席させるとすれば、四百余名の独居房収容者全員も参加させなければならない。佐久間だけにそれをゆるせば他の独居房収容者は強い反撥をしめし、収拾のつかぬ混乱のおきることが予想される。

全員を雑居房収容者たちと同席させることになるが、佐久間を多数の囚人の中に放つことも危険であった。行事は教誨堂《きょうかいどう》でおこなわれるが、定員の関係で囚人の半分ずつを入れ、行事は二度くりかえされる。つまり二千余名の囚人が一堂にあつまるわけだが、看守は定員不足で、もしも事故でもおこれば制圧することなどできるはずはなかった。

佐久間が天才的な脱獄常習者であることは、全国の刑務所の囚人たちの間に知れわたり、府中刑務所の囚人たちも佐久間が入所していることを知っている。佐久間が教誨堂に入り、もしも、突然、脱獄をあおるような言動をとったりすれば、かれを英雄視する囚人たちは一斉《いっせい》に呼応し、類のない集団脱獄事件に発展するおそれがある。しかも、舞台で歌をうたい遊戯をする生徒をはじめ教師たちをまきこむことも予想され、人身事故に発展する危険もある。殊《こと》に独居房に収容されている者たちは兇悪《きょうあく》な罪をおかした者ばかりで、かれらが常軌をいっした行動に走ることも予想された。

秋色が去り、気温が低下した。

鈴江は、ひそかにその是非について考えつづけていたが、十一月下旬、幹部所員会議でそのことを口にした。

所員たちは顔をこわばらせ、鈴江の言葉をきいていた。

鈴江が説明を終えると、教育部長が、

「御趣旨はよくわかりますが……」

と言って、口をつぐんだ。それは、幹部所員の気持を代弁したもので、趣旨は理解できても実行することをあやぶむ空気が支配的であった。

沈黙が、室内にひろがった。

鈴江が、口をひらいた。佐久間はその経歴からみても、監視がきびしさを増せば反撥して脱出の執念をつよめ、破獄をくわだてる。かれにとって府中刑務所からの脱走も可能にちがいなく、その執着心をやわらげる以外に脱獄を阻止する方法はない、と説いた。

「責任は、すべて私がもつ。大きな賭《か》けだが思い切ってやってみたい」

かれの断言するような言葉に、所員たちは無言でうなずいていた。

クリスマスの日がやってきて、所員たちの顔には緊張の色が濃かった。まず雑居房に収容されている者たちが教誨堂に入り、坐《すわ》った。その後、独居房の者たちが看守に引率されて堂内に入った。すでに囚人たちは佐久間が行事に参加することを知っていて、みがきぬかれた床に足をすべらせまいとして眼を伏せぎみにして入ってくる佐久間に一斉に視線をむけていた。

それに気づいた佐久間は、顔をあげて堂内を見まわしながらすすみ、看守の指示で腰をおろした。

鈴江は、舞台に立って慰問にきてくれた人たちへの感謝の言葉を述べ、自分の席に坐った。

生徒たちの合唱がはじまり、囚人たちは眼をかがやかせて舞台を見つめていたが、佐久間に視線をむける者も多かった。鈴江は素知らぬ風をよそおいながら拍手し頰をゆるめたりしていたが、突発事故がおこるような予感もしていた。かれは、佐久間が無表情に舞台に眼をむけつづけているのをひそかにうかがっていた。

鈴江には、行事がひどく長く感じられた。堂の扉《とびら》の内側に立つ看守たちは、舞台に眼をむける者などなく一様に佐久間の姿を見つめている。かれらの顔はこわばり、青白かった。

ようやく行事が終り、四人の間から大きな拍手がおこった。

それを待っていたように看守たちが、佐久間をふくむ独居房の収容者たちに声をかけた。かれらは立ちあがり、指示にしたがって整列し堂外に出てゆく。鈴江は、かれらを見送った。

やがて看守長から佐久間が房にもどったという報告があり、鈴江は深い安堵《あんど》を感じた。

翌日、鈴江は、慰問行事をもよおしてくれた守屋に電話をかけ、礼を述べるとともに佐久間の経歴を口にした。佐久間が行事を楽しんでいたらしいことは鈴江たちにとって大きな意義があり、それだけに慰問をしてくれた人たちへの感謝の念は大きい、と言った。守屋は佐久間に強い関心をいだいたようだった。

昭和二十四年を迎えたが、鈴江は、収容者にあたえる元旦の食事に一つの工夫をこころみた。

作業は相変らず少く、鈴江はかれらになにか仕事はないかと考えていたが、木工場から出る多量のベニヤ板の切れはしに眼をつけた。かれらにとって正月は寒々としたものだが、正月らしい気分を少しでもあじわわせるため元旦の食器に折詰の箱を使ってみようと考えた。収容者数に相当する四千余個の箱をつくらせることは、かれらに作業をあたえることになり一石二鳥だ、と思った。

早速、木工場担当の所員に指示し、所員は折詰の箱を専門につくる腕のある囚人を探し出し、かれの指導のもとに箱づくりをはじめさせた。作業は順調にすすみ、年末には新しい箱が完成し、消毒して積みあげられた。

元旦の朝、それらの折詰に蒲鉾《かまぼこ》、蜜柑《みかん》半切れなどが主食とともに入れられ、各房にくばられた。朝食後、鈴江は、教誨堂にあつまった囚人たちに恒例の新年の挨拶《あいさつ》をしたが、かれらの間から大きな拍手がおこり長くつづいた。かれは、自分のとった処置がかれらに感謝されていることを知った。

松がとれて間もなく、守屋から鈴江のもとに電話がかかってきた。用件は佐久間に関することであった。

彼女は、佐久間の経歴に関心をいだいて鈴江たちの努力に協力したいと思案し、小鳥を獄房内で飼わせることを思いついた。原則として房内で生き物を飼わせることはこのましくないとされているが、佐久間の気持を少しでもやわらげるため特例としてゆるしてやって欲しい、という。

鈴江は好意を謝し、一応考えてみたい、と言って電話をきったが、かれの気持はすでにさだまっていた。佐久間は農村に生れ育ち、さらに脱獄した後は山中にひそんで生活するのを常としていた。自然につつまれて日々をすごしてきたかれに小鳥を飼わせることは、気持を安定させる上で効果があるはずだった。

かれは、佐久間の意向をただしてみようと考えたが、その必要もないと思い、守屋に電話をいれて小鳥を飼うことをゆるしたい、と答えた。

十日ほどたった頃《ころ》、彼女が所長室をおとずれてきた。手に小鳥の入った竹籠《たけかご》をさげ、餌《えさ》を入れた袋も持っていた。小鳥はスズメ科のウソで、背が青灰色で翼が青みをおび、鳴声が殊《こと》のほか澄んでいて美しかった。

鈴江は小鳥に見ほれ、佐久間の喜ぶ顔を思いえがいた。

かれは、守屋から直接佐久間に手渡してもらうべきだと考え、教育部長をまねいて庁舎を出ると管理部長室へおもむき、佐久間を呼びにやらせた。

佐久間が部屋に入ってきて、鳴声をあげる小鳥に視線をむけた。

鈴江は、守屋から小鳥を寄附したいという申出があり、自分も特例として飼うのをゆるしたことを告げた。

彼女は、体をかたくして立っている佐久間に近寄ると、

「この鳥を友として、元気にすごしてください」

と言って、竹籠を餌袋とともに手渡した。

佐久間は、とまどいの表情をみせながら、ありがとうございます、と丁寧に頭をさげ、看守につきそわれて部屋を出て行った。

鈴江は、佐久間が顔を紅潮させ眼をかがやかせて鳥籠をうけとるだろうと想像していただけに、幾分拍子ぬけした思いであった。佐久間がそのような喜びをみせなかったのは、余りにも思いがけぬことに呆然《ぼうぜん》としていたためなのだろう、と推測した。

連合国軍総司令部の占領政策は強力に推しすすめられ、法務庁に対する支配も徹底していたが、前年の秋頃から緩和の動きがみられていた。それは戦後の急激な国際情勢の変化を反映したもので、アメリカの共産主義国に対する態度が加速度的に硬化し、旧敵国の日本を自由主義国側の一員としてあつかわねばならぬ、という空気が表面化してきたからであった。一月一日、連合国軍総司令部は、占領以来掲揚することを禁じていた国旗の自由使用をゆるす声明を発表、鈴江は戦後はじめて国旗を刑務所の庁舎のポールにかかげさせた。

二月初旬、教育部長が鈴江のもとにやってきて、思いがけぬ報告をした。佐久間が

小鳥を飼うことをこばみ、空に放すことを所長に頼んで欲しい、と申出たという。

鈴江は意外な申出に驚き、理由をたずねた。

「佐久間が言いますには、ウソはきれいな声で鳴いているが、楽しくて鳴いているのではない。山野を自由に飛ぶことができぬのを悲しんで鳴いている。自分は、山中で生活をしていたからよくわかる。山中の鳥の鳴声とは全くちがう。悲しげな鳴声をきくのはたえられない……と」

教育部長の顔には、困惑した表情がうかんでいた。

鈴江は、部長が去るとソファーに腰をおろし、思案した。守屋から鳥籠をうけとった折の佐久間の顔が思いおこされた。歓喜の色をみせるにちがいないと想像していたが、佐久間はとまどったような表情しかみせなかった。必ず効果があると期待していたが、それは誤算であったらしい。もしかすると佐久間は、鳥籠の中の小鳥に自分をみたのかも知れない。小鳥は、餌をついばむのを楽しみにしているだけで、せまい空間の中にとじこめられている。本能にしたがって澄んだ声で鳴いてはいるが、いつかは体もおとろえ籠の底に落ちて冷くなる。佐久間は小鳥と同じ道をたどるのを感じ、その姿を眼にしているのがたえられないのだろう。

危険だ、と思った。昨年夏に入所して以来、佐久間の心情はわずかながらも安定の方向にむかってきているのに、小鳥をあたえたことによって逆行するおそれがある。佐久間の感情は、ささいなことにも強い刺戟《しげき》をうけ、それが過激な行動にむすびつく傾向がある。佐久間の気持にさからわず、小鳥をかれの手もとからはなさなければならぬ、と思った。

かれは、受話器をとると守屋に電話をかけた。率直に事情を説明し自分の考えを述べると、彼女はすぐに諒解《りようかい》し、佐久間の申出通りにしてやって欲しい、と言った。

翌日、鈴江は、教育部長とともに管理部長室におもむいた。小鳥を放つにしても、佐久間を十分納得させる効果的な方法をとりたかった。一種の演出でもあった。

佐久間が、鳥籠を手に部屋に入ってきた。

「君の考えをきいた。申出通りにしたいので、一緒にきなさい」

鈴江は立つと、佐久間をうながした。

教育部長と看守がつきそい、佐久間は、鈴江の後について獄舎の裏手に出ると、樹林の近くに行った。

「放してやりなさい」

鈴江が声をかけると、佐久間は無言で籠の扉をあけた。

ウソは扉の入口にとまり、飛びあがると近くの樹木の枝にとまった。そして、周囲を落着かぬように見まわしていたが、再び飛び立って高い塀《へい》の外に消えていった。

「気がすんだかね」

鈴江は、笑顔をむけた。

「申訳ありません。これでほっとしました」

佐久間は、やわらいだ眼をして頭をさげた。

鈴江は、小鳥を放したことで佐久間が機嫌《きげん》を直したらしいことを感じた。

食糧状態がようやく好転し、四月には野菜類の統制が九年ぶりに撤廃され、翌月には酒類も自由販売になりビヤホールが再開された。刑務所に配給される主食をはじめ魚、野菜類も増し、所員の採用もつづいて定員を確保できるようになった。

終戦後、続発していた刑務所の事故は皆無になり、府中刑務所にも秩序正しい日々がすぎていた。

芸能人の慰問申出が多く、日曜日や祝祭日には一流の浪曲家、漫談家、落語家などがおとずれ、二所ノ関一門の力士たちが構内の土俵で相撲を披露《ひろう》してくれたりした。佐久間は、他の四人たちとともにそれを観《み》て、さかんに拍手をしたりしていた。

その頃、戦争犯罪人を収容している巣鴨《すがも》プリズンのアメリカ幹部所員や公安担当の係官などが、連れ立って府中刑務所をおとずれるようになっていた。かれらは、例外なく府中刑務所の管理状態を口をきわめて賞讃《しょうさん》し、工場の機械、器具が整然と配置され、獄房や通路がみがきぬかれているのに感嘆の声をあげていた。

巣鴨プリズンの幹部所員は、アメリカ本国から高官が来日すると、日本の行刑部門の実態をしらせるため府中刑務所に案内することを習わしにしていた。

夏がすぎ秋風が立ちはじめた頃、鈴江は、古橋矯正保護局長、滝沢勝司刑務協会常務理事とともに北海道内の刑務所視察のため出張を命じられた。かれにとって北海道の地をふむのは久しぶりで、旧知の者たちと石狩鍋《いしかりなべ》でもかこんで酒を飲みたいなどと思っていた。

出発の日、朝、庁舎に出て部下に留守中の指示をし、そのまま上野駅へゆき、古橋局長らとともに急行列車に乗った。仙台駅についたのは夕刻であった。列車がホームに入ると、それを待っていたらしい駅の助役が車内に入ってきて、

「府中刑務所の所長さんはおられますか」

と、言った。

鈴江は、私です、と答えた。

助役は、かれの前に立つと、

「刑務所に緊急の用事ができたので、駅から至急電話をして欲しいという連絡をうけ

ております。すぐに当駅から引返していただきたい、という伝言もうけております」

と、言った。

鈴江は思わず立ちあがっていた。佐久間が逃げた、と思った。入浴時か、それとも運動時間中か。北海道へ旅行中の自分に刑務所へ緊急連絡をし、さらに引返せというのは、容易ならざる事態が発生したことをしめしている。刑務所で最も懸念されているのは佐久間の脱獄で、それが現実のものになったとしか考えられなかった。

古橋局長も顔色を変え、

「佐久間だな」

と言って、鈴江の顔に視線を据《す》えた。かれは鈴江の佐久間に対するあつかいに理解をしめし、それを支持している立場にあったので、佐久間の破獄はかれにも責任のあることであった。

鈴江があわただしく網棚《あみだな》から鞄《かばん》をおろすと、古橋は、

「私も引返す」

と、言った。

鈴江は押しとどめ、

「これは私の仕事です。局長は予定通りこのまま北海道へ行ってください。詳細は、

御報告いたします」

と答え、足ばやにホームにおりた。

発車のベルが鳴り、鈴江は、古橋を見送ることもせず助役に案内されてあわただしく駅長室に入った。長距離電話では刑務所につながるのに数時間はかかるので、駅長のすすめるままに国鉄専用電話で府中刑務所に近い中央線国分寺駅につないでもらった。

鈴江は、国分寺駅の駅長を呼び出し、刑務所の幹部職員を至急駅までこさせて、仙台駅の駅長室に電話をかけさせて欲しい、と依頼した。

受話器をおいた鈴江は、足がよろめきかけるのを感じた。自分の処置が甘かったのだ、と思った。手錠、足錠をはずしたことにはじまる温和なあつかいは、特定不良囚の佐久間には基本的に不適切で、むしろ逃走事故をうながす拙劣なものであった。

鈴江は、所長としての重大責任を感じた。脱獄事件は大きな社会問題になり、世のはげしい批判をうけるだろう。自分が責任を問われるのは当然だが、指示通りに勤務をつづけてくれた実直な部下に減俸《げんぽう》などの処分をうけさせるのがたえられなかった。

佐久間に、はげしい憤《いきどお》りを感じた。脱獄歴も無視して軽作業、入浴、運動をゆるし、さらに慰問行事にも参加させてやったのに、それに背信という形で応じてきたかれを人間としてゆるせぬ、と思った。

その反面、かれの胸の中には佐久間がそのような事故をおこすはずはない、という考えもひそんでいた。佐久間の自分にむける眼にはやわらいだ光がうかぶようになり、感情も一年の間に徐々に鎮静してきているように思える。しかし、緊急事態といえば所内には佐久間に関すること以外におこる要素はなく、かれが脱走事故をおこしたとしか思えなかった。所員が狂ったように走りまわり、警察署員が大量動員されている情景が思いえがかれた。かれは、落着きなく椅子《いす》に坐ったり立ったりしていた。

三十分ほどして電話のベルが鳴り、受話器をとった助役が、刑務所からです、と言った。

鈴江は走り寄り、受話器をつかんだ。

「なんの事故だ」

鈴江は、せきこむようにたずねた。

相手は庶務課長で、鈴江の問いにとまどったような返事をした。

「事故は、なんなのだ」

「いえ。事故などおきておりません。所内は、いたって平穏で異常はありませんが……」

鈴江は、絶句した。

「この駅に緊急電話をかけてきて、すぐ引返してくれと連絡したのではないのか」

「はい、いたしました。実は、今日、巣鴨プリズンのルイス博士から電話があり、アメリカの重要な高官が刑務所を視察するので、明日、所長と打合せをしたいとのことです。出張していると申し上げたのですが、視察は明後日なので連絡をとって呼びもどして欲しいと申されましたので……」

課長は、途切れがちの声で言った。その声には、旅行中の鈴江に引返すようつたえねばならぬ辛《つら》さがにじみ出ていた。

鈴江は、体の筋肉が一時にゆるむのを感じた。

「わかった。すぐ引返す」

かれは、受話器をおくと、椅子に腰をおろした。自然に頰《ほお》がゆるむのを感じた。佐久間が逃げることなどするはずはないのだ、と胸の中でつぶやいた。

かれは、煙草《たばこ》をとり出しマッチで火をつけた。指が可笑《おか》しいほどふるえていた。

ようやく落着きをとりもどしたかれは、助役に上りの夜行列車の乗車券を依頼し、さらに青森刑務所に電話を入れた。責任感の強い古橋局長が心配しているはずなので、刑務所長に青函連絡船の桟橋《さんばし》に局長を出迎え、緊急の用件は佐久間についてではなかったことをつたえて欲しい、と依頼した。

かれは、駅長と助役に礼を述べ、駅長室を出ると鞄を手に上りのホームに歩いていった。

翌日、府中刑務所にもどった鈴江は、連合国軍総司令部民間情報局公安部行刑課長バーデット・G・ルイスの訪問をうけた。ルイスは法律学者で、占領下の日本の刑務所の指導、監督の責任者であった。

ルイス課長の訪問目的は、翌日、来日中のアメリカ陸軍次官トレーシー・ボリーズが日本の刑務所の実態を視察するため府中刑務所をおとずれることになり、その打合せをしたい、という。次官はきわめて多忙で視察時間が二十分しかなく、視察コースを分きざみできめるためリハーサルをすることになった。

鈴江は諒承《りょうしょう》し、ルイス課長とコースをきめ、実際に歩いてみたりした。

翌日、ルイス課長の案内で陸軍次官をはじめ高官多数が来所し、鈴江はコースにしたがってかれらを案内した。かれらは、アメリカの刑務所とちがって看守が武器をもたず規律正しく服務し、囚人たちが整頓《せいとん》された作業場で手を休めずに作業をしていることに強い感銘をうけたようだった。

視察を終えた後、陸軍次官が、突然、佐久間の名を口にした。佐久間が過去に四回脱獄し、府中刑務所に入所していることを知っていたのである。

鈴江は、問われるままに佐久間が四刑務所を脱獄した方法について説明し、次官たちは興味深げに通訳の言葉をきいていた。

「府中からの脱走をふせぐ自信はあるかね」

次官が、笑いながらたずねた。

「おそらく、かれは逃げぬと思います」

鈴江が答えると、次官は笑いの表情を消して大きくうなずいていた。

予定時間は三十分以上も越え、かれらは車をつらねて門外に去った。

気温が低下し、朝、構内に霜がおりるようになった。

佐久間は、静かに日をすごしていた。

鈴江は、最後の手段として佐久間に破格のあつかいをしてみよう、と考えるようになっていた。独居房に収容されている者は、作業をさせるにしても構内にもうけられた各種の工場へ出すことはせず、獄内で単調な軽作業をさせるにとどめていた。が、鈴江は、佐久間を思いきって工場の作業につかせ一般の囚人の集団の中に入れてやろう、と考えたのである。

もしも、それを実現させた場合、他の独居房に収容されている者たちが、佐久間にのみそれをゆるしたことに不満をいだき、不穏な動きをしめすことが十分に予想された。が、佐久間が特異な囚人であり、異例の恩典も刑務所側のかれに対する思いきった教化だと理解してくれそうにも思えた。

しかし、その出業が佐久間にとって、はたしてこのましい結果をうむかどうかは予断をゆるさなかった。工場で働く者は雑居房に収容されている刑期の短い者ばかりで、刑期を終えて出所してゆく。その中で、佐久間だけは無期に十年、三年の刑を加算された身で、つぎつぎに去る者たちを平静な気持で見おくることができるとは思えない。かれは、死をむかえるまで刑務所内にとどまらねばならぬ自分の境遇にはげしいいらだちを感じ、それが脱獄行為にむすびつくおそれがある。

しかし、鈴江は、危惧《きぐ》される要素はあっても試みてみるべきだ、と思った。佐久間がどのような反応をしめすか予想はつきかねるが、今までつらぬきとおしてきた方針を推しすすめてみたかった。

決断したかれは、さらに飛躍した方法をとることを思いついた。工場への出業をゆるすなら、いっそ炊場《たきば》に出してみたらどうか、と思った。

炊場へ出業させるのは、刑期がかなり経過した服役成績のきわめて良い者か、または仮釈放の日が近い者にかぎられていた。仕事の関係で、囚人が強い関心をもつ食物も自然に一般の囚人たちより恵まれたものを口にすることができる環境にある。いわば、全囚人が最もあこがれをいだいている作業場であった。

そのような性格をもつ炊場に特定不良囚の佐久間のような囚人を出業させることは、全く例のない破天荒のことであった。各工場には扉《とびら》に錠がかけられているが、炊場だけは逃走のおそれのない者ばかりが働いているので旋錠《せじよう》はしていない。それに、そこで働く者は、食事時に食物を入れた大きな容器を手押し車にのせて各工場、舎房に配って歩くので、構内の状態をひろく知ることができる。つまり脱獄をくわだてる囚人にとって、炊場に出業することは逃走計画を実行にうつすのに最も適した作業場でもあった。

しかし、佐久間の出業先として炊場はこのましい条件もそなえていた。多数の者が働く各工場とちがって炊場は三十名ほどが就業している小人数の作業場で、佐久間が人間関係で他の者との間に摩擦を生じることも少い。また、炊場内にある精米所での仕事は米俵をあつかうので重労働であり、ひときわ体力にめぐまれたかれには適していた。

鈴江は、佐久間を精米所に出業させることをひそかに決意したが、同時に炊場の監視態勢を強化する必要も感じた。それまで、監視責任者は看守一人であったが、塚本という優秀な看守部長を配属させることにした。つまり、一名増員となるが、その処置が佐久間に対する警戒と気づかれぬよう、早目に塚本を炊場の責任者に就任させた。

一カ月後、鈴江は、幹部所員に佐久間の出業をつたえて協力をもとめ、管理部長室に佐久間を呼び出した。

「君は、入所して以来一年半が経過し、成績もよい。それで所員と相談した結果、炊場の精米所で働いてもらうことになった。朝は早く終業時間はおそくて御苦労だが、明日から働いてもらいたい。いいね」

鈴江は、さりげない口調で言った。

佐久間の顔に驚きの表情がうかび、放心したように鈴江に視線をむけた。かれも、炊場が囚人の作業場としてどのような性格をもっているかは熟知し、自分には全く縁のない場所だということを知っている。かれは、自分の耳をうたがうように口をうすくあけ、言葉もなく立っていた。

「いいね」

鈴江が、念を押した。

佐久間は、無言でうなずき頭を深くさげた。顔をあげたかれの眼《め》には、うつろな光しかうかんでいなかった。

看守にともなわれて部屋を出てゆく佐久間の足どりは、幾分ふらついていた。

翌早朝から佐久間は精米所に出業し、その夜おそく塚本看守部長から電話で鈴江の官舎に報告があった。

朝、佐久間が出業してきたのを眼にした炊場の者たちは、呆気《あつけ》にとられ、佐久間は照れ臭そうに身をかたくしていた。が、佐久間は、米俵を片手に一俵ずつさげてはこんで周囲の者たちを驚かせ、手を休ませることなく夜まで働き、独居房にもどっていったという。

鈴江は、自分のとった処置があやまってはいなかったらしいことを知った。

その後、塚本から佐久間が仕事の手順なども工夫して能率をたかめているという報告などがつづき、鈴江も佐久間の作業状態を眼にしたかったが、炊場に近づくことは意識して避けていた。

一カ月ほどして、鈴江はなに気ないふりをよそおって炊場に入った。佐久間はスコップで麦を桶《おけ》にすくっていた。

「精が出るね」

声をかけると、佐久間が振返った。

鈴江は、その顔に一瞬驚きを感じた。なつかしそうな表情がうかび、皮膚に艶《つや》がある。頬をゆるめているが、それは明るい笑いであった。

陰気な光をたたえていた斜視の眼もかがやいていて、それを眼にした鈴江は不意に涙ぐみそうになった。自分の方針が確実に実をむすんだのだ、と思った。かれはおそらくもう逃げることはしないだろう、とも思った。

鈴江は、背をむけて精米所をはなれた。

年があけると、生活必需品の統制解除が急速にすすみ、自由販売がゆるされるようになった。それと並行するように新興宗教がつぎつぎにうまれ、好色物の出版、ショーなどが巷《ちまた》にあふれた。抑圧されていたものが一時に堰《せき》をきってあふれ出したような勢いで、犯罪事件も続発し、それは時代相を反映した多様な色彩をおびていた。

六月下旬、朝鮮戦争が勃発《ぼっぱつ》したが、それが鈴江の境遇に一つの変化をもたらした。

前々年の昭和二十三年十二月下旬、東京裁判によるA級戦犯七名の処刑がおこなわれた後、連合国軍総司令部の戦犯に対するあつかいはゆるみ、仮釈放がおこなわれるようになっていた。さらに、朝鮮戦争がはじまると同時に、その傾向は加速度をおびたが、それはアメリカが日本を友好国としてあつかいたいという強い願望のあらわれにほかならなかった。

戦争勃発にともなって巣鴨プリズンに配属されていたアメリカ将兵が、大量に戦場へ移動した。そのため連合国軍総司令部は、巣鴨プリズンを日本側に移管する構想を立て、法務府に対し所長以下三百八十九名の日本人看守をプリズンに派遣することを指令した。

総司令部と法務府間で打合せがかさねられ、巣鴨プリズンの日本国側初代所長に鈴江圭三郎を任命、府中刑務所長を兼務させることになり、八月二十三日、府中刑務所講堂で任命式がおこなわれた。

思わぬ兼務によって、鈴江は多忙な日々をすごすようになった。巣鴨プリズンで収容者に対するあつかいの改善を推しすすめる一方、連合国側所長のデービス大佐との意見調整に腐心し、自然にプリズンにいることが多く、府中刑務所には週に一、二度出向くだけになった。

かれは、佐久間のことが気がかりで刑務所にゆくたびにかれについての報告書を読み、炊場に入って遠くから米俵を両手にさげてはこぶ姿をながめたり、近づいて声をかけることもあった。佐久間は明るい眼をし、他の囚人たちともすっかりうちとけていた。

鈴江は、午前、午後と昼食後の休憩時間を利用して、各工場単位にスポーツをリーグ戦式にしてきそわせる仕組みをつくっていた。そして、春秋の二回に、その成績を発表して順位をさだめていた。種目は軟式野球、ソフトボール、庭球、卓球、相撲などで、すべての者が参加できるように工夫されていた。

相撲の種目には、炊場の代表として佐久間がくわわっていた。異常ともいえる体力のすぐれたかれは所内の注目の的になっていたが、技が力にともなわず、リーグ戦では白星がわずかに先行するだけであった。大相撲の幕下にいたことのある囚人には、一度も勝つことができなかった。

鈴江は、負けたかれが身をすくめながら土俵をはなれる姿に思わず頬をゆるめていた。

翌年五月、鈴江は巣鴨プリズン所長の任を解かれ、翌月、アメリカの行刑事情調査のため三カ月の予定で渡米することになった。

出発の日、所員とその家族とともに各工場の収容者代表が庁舎前にあつまってかれを見おくった。その中に炊場代表の一人として佐久間もまじっていたが、庁舎は獄舎をかこむ高い塀《へい》の外にあって、佐久間としては収容中に初めて所外の土をふんだのである。門から走り出れば逃げられるが、すでにそのような危惧をいだく所員はいなかった。

帰国して間もなく、鈴江は炊場で休憩をとっていた佐久間に話しかけた。なにか辛《つら》いことはないか、という問いに、佐久間は、

「出所した者が、また罪をおかしてもどってくるでしょう。その連中に、まだいるのか、と言われるのが辛くてね。いっそ、逃げようか、とも思いますよ」

と、ためらいがちに答えた。

「なぜ、逃げんのだね。その気になれば、いつでも逃げられるだろう」

佐久間は、少し首をかしげると、

「もう疲れましたよ」

と、かすかに笑いながら答えた。

鈴江は、所長室にもどると、佐久間の口にした「疲れましたよ」という言葉を反芻《はんすう》した。十五年前の昭和十一年に青森刑務所を脱獄したのを手はじめに計四回の破獄をかさね、逃走、逮捕をくりかえしてきた。それは想像を絶した智力《ちりよく》と労力を要したものので、疲れた、という表現には実感がある。おそらく、かれの人間としての力は、その間に燃えつきたのではないのだろうか。府中刑務所に収容されたのは、たまたまその時期で、思わぬ処遇に反抗心もうすれ脱獄への執念が急に萎《な》えてしまったのかも知れない。かれの背に疲労が重くのしかかり、それが、疲れたという表現になったのだ

ろう。

鈴江は、おそらく佐久間は今後、逃走事故をおこすことはないという確信をいだいた。

鈴江は、所員をはじめ上部機関の者の間で、佐久間が静かな服役生活をおくるようになったのは自分の周到でしかも大胆なあつかいによるものだ、と高く評価されていることを知っていた。しかし、鈴江は、佐久間に対する人間としてのふれ合いが功を奏したことはたしかだとしても、疲れがきざした頃に接した偶然が幸いしたのだと解していた。と同時に、自分が方針をつらぬき通すことができたのは、所員の厳正な勤務と深い理解によるものだ、とも思っていた。日常、佐久間に接するのはかれらであり、かれらの人間的なあつかいが、佐久間に脱獄の気持をうしなわせたことはあきらかだった。

また、外的な条件として、北国の刑務所内のきびしい寒気に恐れをいだいていたかれが、設備のととのった寒気にさらされることのない府中刑務所で日をすごすことに、満足感に似たものをいだいていることも疑いの余地がなかった。

かれは、佐久間の将来を想った。頭髪に白いものがかなりまじり、地肌《じはだ》も幾分すけてみえるようになっている。四十四歳で、年齢よりふけてみえた。

鈴江は、昭和二十二年八月に府中刑務所長に就任してからすでに四年がすぎ、近々のうちに転勤の辞令をうけるにちがいなかった。それまでの間に、佐久間を刑務所から出してやる可能性をつくることはできぬのだろうか、と考えた。

無期刑囚も、服役中に事故をおこさなければ、入所してから十年後には仮釈放の検討対象となる。が、脱獄をかさね、しかも逃走罪で三年、加重逃走・傷害致死罪で十年の刑を加算されているかれは、常識的に考えて一生涯刑務所ですごさねばならぬ立場にあった。

しかし、と、鈴江は思った。法律的にそれが全く絶望とは言いきれない。原則として、第一の刑の執行が終了しなければ第二、第三の刑の執行にうつれない。佐久間の場合、第一刑が無期なので、死ぬまで刑務所で服役していなければならなかった。

それを検事の裁量によって無期刑のみで服役している者と同じ扱いにしてもらうことがゆるされれば、途中逃走したことによって中断はしているが刑務所内で十年余をすごしているので、あと四、五年で刑の執行終了の措置をうけることができる。

ついで十年の刑と三年の刑の執行にうつり、それぞれ三分の一をすごせば刑の終了措置がとられるので、その期間をすごせば一応仮釈放される資格を得られることになる。

鈴江は、検察側にこばまれるかも知れぬと思ったが、佐久間に将来、仮釈放の道だけはつけておいてやりたい、と考えた。そして、東京地方検察庁に検事正馬場義続《よしつぐ》をおとずれ、これまでの経過と佐久間の服役状態をくわしく説明し、無期刑の執行停止について配慮してくれるよう懇請した。

馬場は、鈴江の気持を理解し、慎重に検討することを約束してくれた。

翌二十七年三月、鈴江は大阪矯正《きようせい》保護管区長への転勤を命じられた。

鈴江は、収容者全員をあつめて別れの挨拶《あいさつ》をし、特に佐久間を独居房におとずれ、訓示めいたことは口にせず、

「今後も元気でやるように……」

と、言った。

佐久間は、

「お世話になりました。所長さんもどうぞお元気で……」

と言って、頭をさげた。

後任の所長は東京矯正保護管区第一部長であった本田清一で、かれは、佐久間の仮釈放への努力を引きつぎ事項としてうけいれた。

鈴江は、その後も東京に出るたびに後任の所長と会って佐久間のその後の様子をた

ずねた。佐久間は温く接する看守たちにすっかりうちとけ、目立った違反もなく模範囚としてすごしていることを耳にした。

鈴江は、所長と佐久間に対する仮釈放について意見をかわし、検察庁へ同行して要請することをくりかえした。

三十一年二月、鈴江は東京矯正保護管区長に就任、三十五年八月に退官し、公証人をへて弁護士になった。

かれは、公証人の仕事をしている間、昭和三十六年十二月十二日に佐久間が仮出所したことを耳にした。佐久間は、五十四歳であった。

翌年正月、佐久間は千葉県我孫子《あびこ》町の鈴江の自宅に手土産をもって新年の挨拶におとずれ、その後、正月には必ず姿をあらわすようになった。鈴江は、辞退するのを無理に二度にわたって五千円と一万円の紙幣を小遣いとして渡したが、佐久間は、それらに所長の姓名を鉛筆でしるし、守り札として身につけていた。

かれにはすでに故郷とよべる帰住地はなく、身元引受人もいなかったので、刑務所に近い国分寺町の司法保護会に身を寄せていた。そして、篤志家《とくしか》の大島金作の経営するパン製造所で働いていたが、やがて保護会をはなれた。

鈴江に打明けたところによると、かれは、規則のある保護会に身をおくよりも、なんの拘束もない生活をしたいと願い、山谷の簡易宿泊所に寝泊りし日雇労務者として生活することを望んだのだ、という。

かれは、山谷で骨身惜しまず働いたので、特定の建築会社から入社するよう執拗《しつよう》にすすめられたが、自由の身でありたいという気持からそれに応じなかった。

正月に鈴江の家をおとずれることはつづき、かれは、不幸な少年時代、家族関係を口にし、脱獄時のことも笑いをふくんだ眼で話した。その折、釈放後、一度故郷へ足をむけたが会うのを拒む者が多く、むなしく帰京したことを暗い表情でもらしたりした。かれは、鈴江の妻が出す正月料理をうまそうに食べ、夕方、丁重に礼を述べて帰っていった。

かれは老い、心臓疾患にもおかされるようになった。労働ができなくなり、保護観察所のあっせんで府中市の司法保護会安立園の老人寮に収容された。その後、病状が思わしくなく保護観察所員がつきそって都内にある三井記念病院に入り、治療をうけて退院した。

一時は小康状態にあったが再び悪化、心筋梗塞《しんきんこうそく》で三井記念病院に入退院を繰返し、脳梗塞も併発した。

昭和五十三年十二月二十三日、かれは、病院の外来に来たが、診療まで時間があったので浅草の映画館に行った。客席で突然、呼吸困難を起して苦しみ、救急車で三井記念病院に運ばれた。

やがて昏睡《こんすい》状態におちいり、翌日午前三時四十五分に死去した。解剖の結果、心筋梗塞、大動脈不全で、心不全による死と判定された。七十一歳であった。

あとがき

十七年前、元警察関係の要職にあった方から、脱獄をくりかえした一人の男の話をきいた。警察関係者とは作中の桜井均《ひとし》（仮名）氏であり、一人の男とは私が佐久間清太郎と名づけた人物である。

その後、行刑史に接するにつれ、その男の像がひんぱんに私の眼《め》の前にあらわれるようになった。獄房に閉じこめられたかれと、かれを閉じこめた男たち。その一種の闘いは昭和二十年前後を時代背景としていて、それらの人間関係をえがくことは戦時と敗戦というものを特殊な視点から見ることになり、創作意欲をいだいて筆をとった。

尚《なお》、素材の性格上、人物のほとんどを仮名にし、同様の意味から協力して下さった多くの関係者の名を記すこともひかえる。それらの関係者の方々と、この小説の連載をすすめてくれた「世界」編集部の山口一信氏、発刊に御助力をいただいた岩波書店編集部の清水克郎氏、卜部三郎氏に心から御礼を申し述べる。

昭和五十八年初冬

吉村　昭

文庫版附記

この作品が岩波書店から単行本として出版された後、法務省の要職にある方の、私の作品に対する感想文が法務省関係のパンフレットに載せられているのを眼《め》にした。それは好意にみちたものであったが、その中で佐久間清太郎（仮名）の死の状況について記述してある個所に、私は注目した。佐久間が、浅草の映画館で倒れ、救急病院に運ばれて、翌日、息を引きとったという。

早速、要職にある方に連絡をとり、具体的な事柄《ことがら》を教えていただきたいと頼んだが、職務上それはできぬ、という答えであった。

無理からぬことで、私は断念し、独自に調査した。救急病院は三井記念病院であることがあきらかになり、さらに同病院で初めに診療を受けたのが昭和四十九年七月十四日、この折には九日間入院し、その後四年余の間に入退院を繰返してきたことも知った。

浅草の映画館については、所管の消防署の救急車出動記録をみれば判明するが、それは三年前に本庁に送られているというので、本庁に問い合わせてみたが、結局、館名をつきとめることはできなかった。

単行本の最後の三行は、右の調査のもとに、文庫化するため書き改めた。

また、官職名その他については、鈴木淳一氏の精確な御指示により訂正したことを書き添える。

昭和六十一年初冬

吉村　昭

参考文献

「戦時行刑実録」（矯正協会刊）、高橋良雄著「刑務事故の研究」（矯正協会刊）、「北海道警察史」（北海道警察本部刊）、「青森県警察史」（青森県警察本部刊）その他。

解説

磯田光一

吉村昭氏は本書の初版（昭和五十八年岩波書店刊）のあとがきに、つぎのように書いた。

「十七年前、元警察関係の要職にあった方から、脱獄をくりかえした一人の男の話をきいた。警察関係者とは作中の桜井均《ひとし》（仮名）氏であり、一人の男とは私が佐久間清太郎と名づけた人物である。」

創作の動機とモデルについては、まさにこのとおりには違いないのであるが、作品『破獄』を考える場合、それだけでは片づかないものに読者はやがて直面するであろう。

まずモデルについてみるとき、脱獄を四回くりかえした男となれば、それだけでわれわれの好奇心をそそってやまない。その限りにおいて、もし作者が読者の好奇心にこたえる方法をとったとしたら、作者は必ずしも小説『破獄』を必要とせず、ノンフィクションを書いたほうが話は簡単なのである。手錠のカギをはずす方法など、看守の目をぬすんでおこなう脱出手段を作中にしばしば暗示しながらも、独房のはるか上部にある監視窓から脱出する方法については、作者は結末にちかい三九五ページまで読者に知らせないのである。これは一面においては、読者にナゾへの関心をもちつづけさせる手段なのかも知れないが、しかしこの点には、もうひとつの意味がかくされているると思われる。すなわち、脱出の物理的手段だけを知れば終わってしまうような領域とは異なる部分に、作者の関心の中心があったということである。読者はナゾを追うかのように仕向けられながら、主人公の人間像や歴史の推移にひかれて、物語の流れに身をゆだねているのであって、そうしているあいだに展開する〝個人〟と〝歴史〟との緊張関係のほうが、この作品では脱出方法のナゾ解きよりもむしろ重要なのである。

主人公佐久間清太郎の犯罪史は、昭和の歴史とは直接のかかわりをもたないが、この小説のうちでは佐久間と時代とは微妙なかかわりをもちながら展開する。最初の犯罪で死刑を求刑され、まもなく脱獄するのは昭和十一年、すなわち二・二六事件の年である。青年将校の反乱が違法行為であるなら、行為の質はともかく、青年将校と佐久間とはともに犯罪者であるという点では変りはあるまい。ここにおいて、ひとりの脱獄囚の生活空間は、彼をとり巻いている時代の空間と微妙なかかわりを示しはじめる。

われわれの常識では、刑務所は社会から壁によってへだてられた場所である。ところが外部の国家や社会に異常事態がおこるとき、その余波は刑務所にまでおよんでくる。すなわち、南方諸島の飛行場建設に労働力が必要となれば、囚人たちの〝懲役〟は軍務の一端にかかわってくる。また、日米戦争によって東京攻撃がおこなわれるとしたら、都市での囚人の暴動もあり得るというので、「破獄、抗命のおそれのある無期、長期刑囚」が、秋田刑務所に集中的に収監されるのもその一例である。こうしてこの作品の動きをみてくると、刑務所の隔離の壁は、一方では脱獄囚・佐久間清太郎に破られるとともに、他方、時代の変動が壁のありかたを変えてゆくという、二重の緊張関係をもっているように思われる。作者はこの緊張関係を総合的にえがきながら、主人公の孤独な執念と時代の移りゆきとに有機的な関連をあたえているのである。

平常時の社会が、法と秩序とによって平静を保たれているのにくらべて、戦時下の現実は安定を許さない。一方では、国民への軍国政府の規制力がいちじるしく増してくるのに、他方、負けいくさは秩序のほころびのあいだから〝自然〟を露出させる。戦況が悪化してくるにつれて、人間はその日さえ生きていればいいようになり、秩序のうしろ側からアナーキーの萌芽《ほうが》があらわれはじめる。看守の絶対人数の不足だけでなく、食糧難もいやおうなしに刑務所にせまってくる。都会の刑務所の囚人たちが栄養失調でつぎつぎに死んでゆくのにくらべて、ふだん最も苛酷《かこく》な場所であった網走《あばしり》では、周囲に自然があるために食糧を手に入れることができるという事態のうちにも、自然と人間社会とのあいだの、アイロニカルな関係が読みとれるであろう。そういう時代のなかでは、刑務所を出れば生存にさえ支障がくると思われるのに、佐久間は昭和十九年にも脱獄するのである。

日本が焦土になってしまえば、敗戦もほとんど偶然事のようにしか刑務所では感じられない。しかし連合国軍の占領政策が徐々に施行されはじめると、行刑制度にもおのずから「民主化」の波が押し寄せてくる。また復員してくる看守をむかえるために、行政整理までおこなわれるのである。「民主化」の波は、まず囚人のあつかい方にあらわれる。

所長は米軍本部の動きが、五月末日に刑政局長から通達された「収容者の処遇につき注意の件」と関連があることに気づいていた。その注意事項は十一項目にわたっていたが、その第一は、「収容者ノ過失ニ対スル肉体的制裁（殴打）」であった。

また囚人たちへの「給食量ノ不足並ビニ其《そ》ノ品質ノ粗悪」も、不当な処遇としてとがめられる。この戦後の部分が、亀岡という刑務所の幹部の視点からえがかれている点には意味があり、行刑制度の改革や佐久間への態度の問題は、幹部の側からみたほうが反応がとらえやすいのである。

その後、亀岡は、佐久間が検事に網走刑務所を脱獄した動機について話した内容も耳にした。佐久間は、網走刑務所の苛酷な処置が動機のすべてである、と語ったという。特別製の手錠、足錠をかけられ、手錠が手首に食いこんで化膿《かのう》し、蛆《うじ》まで湧《わ》いた。後手錠をされていたので、犬のように食物を口に入れなければならず、冬になっても単衣《ひとえ》一枚しかあたえてくれない。このままでは死んでしまうと考え、脱獄を決意したという。

この言葉は、佐久間のフィクションにいろどられている。また佐久間に同情する占領軍のオックスフォード大尉も、善意の幻想からさめてくるのである。佐久間の脱獄はさらにつづくが、それらをくだくだしく説明してもはじまらないであろう。

しかしこの小説の焦点のひとつは、佐久間が脱獄の意欲を失うにいたるところにある。そのひとつの契機となるのが、鈴江という所長の登場である。温情をもって囚人に接する彼の態度は、民主主義にふさわしいといえないでもない。戦前の行刑制度が苛酷な懲罰の思想にもとづいていたのにくらべて、戦後には囚人の未来をめざしての、教育刑の思想が重くみられるようになったといえないでもない。しかし中途半端な温情主義が意味をもたないことは、すでに佐久間をえがいてきた作者には判りきったことであろう。いったい佐久間は、鈴江の温情によって改悛《かいしゅん》の情をいだくようになったのであろうか。そういう一面もあるであろうが、どうしてもそれだけではなさそうである。

なにか辛《つら》いことはないか、という問いに、佐久間は、

「出所した者が、また罪をおかしてもどってくるでしょう。その連中に、まだいるのか、と言われるのが辛くてね。いっそ、逃げようか、とも思いますよ」

と、ためらいがちに答えた。

「なぜ、逃げんのだね。その気になれば、いつでも逃げられるだろう」

佐久間は、少し首をかしげると、

「もう疲れましたよ」

　と、かすかに笑いながら答えた。

　この疲労は、脱獄のくりかえしによる人生の疲労ではあったろう。しかし、あえて脱獄におもむくような苛酷な条件が失われ、刑務所生活がそれほど苦痛ではない状態になれば、むしろ挑《いど》むべき壁を失ったために、脱獄の意欲をなくしたのかも知れないのである。行刑制度の「民主化」は、彼の脱獄を無意味化するにしたがって、彼の闘志をもうばいとったのである。私は佐久間が仮出所して、世間のなかに帰ってゆくのが一九六一年、すなわち高度成長期の発端の時期であったということに、ここで注目しないわけにはいかない。

　脱獄囚は社会的には〝悪〟の象徴である。しかし、哲学的な観点から、人生そのものを牢獄《ろうごく》と考える見方をとるならば、人間は自由を求めつつ、たえず社会秩序という牢獄のなかに置かれている。文学的想像力の存在理由は、こういう人間の条件のなかで、想像力による脱獄をめざしたものかも知れないのである。かつて文学者はアウトサイダーであり、社会にそむいた存在であった。しかし、われわれの文学は、佐久間の仮出所のころから、社会的に公認された価値観の内側に入ってしまい、その壁に気づかなくなっているのかも知れないのである。
　この小説を、スリルに富んだ物語として読むのも、ひとつの読み方ではあろう。だが昭和の歴史のなかでの〝佐久間清太郎〟をひとつの象徴と考えるとき、この作品は別のニュアンスをもって見えるかも知れない。少なくとも作者にとって、〝佐久間清太郎〟という象徴は、高度成長以降の物質的な繁栄とはおよそ正反対の極にあったといえよう。

（昭和六十一年十一月、文芸評論家）

この作品は昭和五十八年十一月岩波書店より刊行された。

吉村昭著
戦艦武蔵
菊池寛賞受賞

帝国海軍の夢と野望を賭けた不沈の巨艦「武蔵」——その極秘の建造から壮絶な終焉まで、壮大なドラマの全貌を描いた記録文学の力作。

吉村昭著
星への旅
太宰治賞受賞

少年達の無動機の集団自殺を冷徹かつ即物的に描き詩的美にまで昇華させた表題作。ロマンチシズムと現実との出会いに結実した6編。

吉村昭著
高熱隧道

トンネル貫通の情熱に憑かれた男たちの執念と、予測もつかぬ大自然の猛威との対決——綿密な取材と調査による黒三ダム建設秘史。

吉村昭著
冬の鷹

「解体新書」をめぐって、世間の名声を博す杉田玄白とは対照的に、終始地道な訳業に専心、孤高の晩年を貫いた前野良沢の姿を描く。

吉村昭著
零式戦闘機

空の作戦に革命をもたらした〝ゼロ戦〟——その秘密裡の完成、輝かしい武勲、敗亡の運命を、空の男たちの奮闘と哀歓のうちに描く。

吉村昭著
陸奥爆沈

昭和十八年六月、戦艦「陸奥」は突然の大音響と共に、海底に沈んだ。堅牢な軍艦の内部にうごめく人間たちのドラマを掘り起す長編。

新潮文庫最新刊

安部公房著
（霊媒の話より）題未定
―安部公房初期短編集―
19歳の処女作「（霊媒の話より）題未定」、全集未収録の「天使」など、世界の知性、安部公房の幕開けを鮮烈に伝える初期短編11編。

松本清張著
空白の意匠
―初期ミステリ傑作集（二）―
ある日の朝刊が、私の将来を打ち砕いた――。組織のなかで苦悩する管理職を描いた表題作をはじめ、清張ミステリ初期の傑作八編。

宮城谷昌光著
公孫龍　巻一　青龍篇
群雄割拠の中国戦国時代。王子の身分を捨て、「公孫龍」と名を変えた十八歳の青年の行く手に待つものは。波乱万丈の歴史小説開幕。

織田作之助著
放浪・雪の夜
―織田作之助傑作集―
織田作之助――大阪が生んだ不世出の物語作家。芥川賞候補作「俗臭」、幕末の寺田屋を描く名品「蛍」など、11編を厳選し収録する。

松下隆一著
羅城門に啼く
京都文学賞受賞
荒廃した平安の都で生きる若者が得た初めての愛。だがそれは慟哭の始まりだった。地べたに生きる人々の絶望と再生を描く傑作。

河端ジュン一著
可能性の怪物
―文豪とアルケミスト短編集―
織田作之助、久米正雄、宮沢賢治、夢野久作、そして北原白秋。文豪たちそれぞれの戦いを描く「文豪とアルケミスト」公式短編集。

破《は》　獄《ごく》

新潮文庫　よ－5－21

昭和六十一年十二月二十日 発行
平成二十三年十一月二十日 五十刷改版
令和 六 年四月二十日 六十刷

著者　吉《よし》村《むら》昭《あきら》
発行者　佐藤隆信
発行所　株式会社 新潮社
郵便番号 一六二—八七一一
東京都新宿区矢来町七一
電話 編集部(〇三)三二六六—五四四〇
読者係(〇三)三二六六—五一一一
https://www.shinchosha.co.jp

価格はカバーに表示してあります。

乱丁・落丁本は、ご面倒ですが小社読者係宛ご送付ください。送料小社負担にてお取替えいたします。

印刷・錦明印刷株式会社　製本・株式会社植木製本所

ISBN978-4-10-111721-8 C0193